Der Sehende

von

A. N. Green

1. Auflage, 2024

©Copyright 2024 A. N. Green

Verlag: BoD • Books on Demand GmbH, In de Tarpen 42,

22848 Norderstedt

Druck: Libri Plureos GmbH, Friedensallee 273, 22763 Hamburg

ISBN: 978-3-7597-9622-6

Text: A. N. Green

Cover: Katrin Maurer, Tina Daxberger, Verena Schmid

A. N. Green

c/o AutorenServices.de

Birkenallee 24

36037 Fulda

Für Pakete bitte gesondert via kontakt@a-n-green.at anfragen.

Inhaltswarnung

Dieses Buch enthält Themen wie:
Alkoholmissbrauch
Körperliche Gewalt
Sexuelle Gewalt
Mord
Drogenmissbrauch
Suizidale Gedanken
Panikattacken

Inhalt

Der Sehende

von

A. N. Green

24. Juli Richard Weiss

„Es wurde eine männliche Leiche gefunden."

„Dir auch einen schönen Abend Michael." Ich zog den Stuhl an meinem Schreibtisch zurück und wollte mich gerade niederlassen.

„Sorry Thomas, aber du brauchst dich gar nicht erst hinzusetzen. Wir müssen gleich los, der Anruf kam gerade rein."

„Aber unsere Schicht endet in einer Stunde."

„Es handelt sich um Mord und da unsere Schicht eben noch nicht vorbei ist, müssen wir zum Tatort."

„Ist ja schon gut." Ich schob den Stuhl zurück und folgte ihm aus dem Polizeirevier.

Michael Koller war mit seinen etwas mehr als einem Meter siebzig nicht gerade der Größte, aber das tat seiner respekteinflößenden Art nichts ab. Seit über acht Jahren war er nun mein Kollege und zusammen hatten wir schon so einiges erlebt. Mord kam in unserer Kleinstadt allerdings eher selten vor.

Am Tatort angekommen zündete ich mir erst mal eine Zigarette an und blickte den fünfstöckigen Gebäudekomplex empor.

Michael stellte sich neben mich und folgte meinem Blick. „Die Wohnung des Opfers befindet sich im obersten Stockwerk."

„Lift?"

„Nein, natürlich nicht." Er seufzte schwer und wischte sich mit dem Handrücken über die Stirn. „Es ist so verdammt heiß, selbst im Schatten."

„Es ist Sommer, was erwartest du denn?"

„Nichts." Er sah kurz auf meine Zigarette und marschierte dann auf den Eingang zu. „Komm nach, wenn du fertig bist."

„Bin ich schon." Ich drückte den Glimmstängel aus und folgte ihm durch die Tür.

Mit jeder Stufe wurde die Luft stickiger und abgestandener. Bereits im Gang, vor den Wohnungstüren, konnte man es riechen. Der typische Geruch des Todes. Es war eine Mischung aus Desinfektionsmittel, Metall und den Ausscheidungen eines Menschen. Mir drehte sich der Magen um.

„Endlich seid ihr da." Die erleichterte Aussage kam von einer Polizistin, welche ungeduldig von einen Fuß auf den anderen trat.

„Hey Jessy, wir sind gleich los."

„Ja, ich weiß, aber das ist echt nix für mich. Also können wir bitte schnell machen?"

Michael machte die Übernahme für uns, währenddessen trat ich durch die Tür. Instinktiv hielt ich mir die Hand vor Nase und Mund, in der Hoffnung den Geruch etwas dämpfen zu können. Es war eine kleine Wohnung. Ich ging am Badezimmer und an einer winzigen Küche vorbei in den Wohn-raum. Linkerhand stand ein Esstisch mit zwei Stühlen. Vom offenen Fenster drang der Lärm der Stadt herein, direkt dane-ben ein Schreibtisch mit großem Bildschirm.

Mein Blick streifte über eine Kommode und viel dann auf das Bett. Die Hände des Opfers waren mit einem Seil an das Kopfende gebunden. Der Strang war ebenfalls um seinen Hals geschlungen. Ein ehemals weißes Hemd lag offen und blutverschmiert an seinen Flanken. Die Hose hing halbzer-fetzt vom Bett.

Ich trat näher an die Leiche heran und als mein Blick auf den Oberkörper fiel, griff kalte Panik nach mir. Ich musste mich selber ermahnen, die angehaltene Luft auszustoßen und neuen Sauerstoff einzuatmen.

Seine Brust war übersäht mit Schnittwunden, alle gerade so tief, dass sie seine Haut spalteten, aber seine Muskeln intakt ließen. Was mich allerdings dazu brachte, den Atem anzuhalten, und meine Finger zittern ließ, waren die vielen Bisswunden, die seinen gesamten Oberkörper verunstalteten.

Ich hatte so etwas schon einmal gesehen, hatte es selbst erlebt. Meine Oberarme, die Schultern und der Rücken sahen genau so aus, waren ebenfalls voller Bissspuren. Seit dreiund-zwanzig Jahren trug ich schon diese Narben.

Ich zwang mich, ruhig zu atmen und mich auf meine Arbeit zu konzentrieren. Versuchte, die aufsteigende Galle unten zu behalten und ignorierte den kalten Schweiß, der aus meinen Poren kam.

Das, was jetzt kommen würde, wollte ich nicht, doch ich war es ihm schuldig. So wie jedem anderen Opfer davor und jedem, dass noch kommen würde. Ich war es ihnen allen schuldig, meine Gabe für sie einzusetzen. Deshalb trat ich einen Schritt näher, streckte die Hand aus und legte sie auf den Unterarm der Leiche.

Moosgrüne Augen blickten mich an, ein hämisches Lächeln teilte die Lippen des Mannes und gab seine Zähne frei. Er stand nackt über mir, ein Seil in der linken Hand, dessen Ende meinen Hals umschlang und ein langes Messer in der anderen. Ich konnte weder etwas spüren noch hören und dennoch ergriff die Panik Besitz von mir. Er setzte sich auf mich, umwickelte meine Handgelenke mit demselben Strang, der mich würgte und band mich am Kopfende des Bettes fest.

Was dann kam, war reine Folter. Wortwörtlich.

Die Bestie löste meine Krawatte und stopfte sie mir in den Mund, danach riss er das Hemd auf und setzte die Klinge an meine Brust. Langsam und qualvoll drückte er nach unten, zog sie durch das Fleisch. Er leckte das Blut von meiner Haut, saugte es aus der Wunde. Sein Penis wurde steif.

Ich spürte nichts, aber sah alles. So war es immer bei meinen Visionen. Wieso konnte ich hier nicht weg, es nicht selber steuern?

Schreien ging nicht, das Atmen fiel schwer, der Schmerz musste gewaltig sein. Immer mehr Schnitte zeichneten ein Bild auf der Haut, wurden durchbrochen von Bissspuren dieses Wahnsinnigen. Er öffnete meine Hose, zog sie nach unten und riss sie von den Beinen. Sein blutverschmierter Mund näherte sich meinem Schaft, küsste ihn, leckte daran. Ohne etwas dagegen tun zu können, trotz der schieren Todesangst, wurde das verdammte Ding steif und er nahm ihn in den Mund. Panik ließ den Blick trüben, die Ränder kamen näher und verschwammen.

„Thomas? Thomas!"

Jemand rüttelte an meiner Schulter, schrie mich an.

„Hey, bist du noch da?"

Ich stand wieder vor dem Bett, meine Hand immer noch an dem Toten.

„Mensch Junge, wenn es dir nicht gut geht, kannst du gerne an die frische Luft. Du bist weiß wie ein Laken."

Ich bemerkte, dass ich zitterte, ein Schweißtropfen kitzelte mich an der Schläfe. „Danke, es geht schon wieder."

„Bist du sicher? Du standest da ganz schön lange, ohne dich zu rühren."

Ich schnauzte ihn an. „Ist gut Michael, es geht wirklich wieder."

„Wie du meinst."

Ich konnte es nicht fassen, konnte nicht glauben, was ich gerade gesehen hatte. Bilder aus meiner Jugend tauchten vor mir auf. Zerschundene Körper, voller Bissspuren, so wie der Mann vor mir. Es verlangte mir alles ab, die aufkeimende Panikattacke runterzuschlucken.

Endlich konnte ich den Blick abwenden, sah meinen Kollegen an, der mich immer noch skeptisch beäugte. „Also, was haben wir, außer dem da?" Meine Hand deutete in Richtung Bett.

„Das Opfer heißt Richard Weiss, fünfundzwanzig Jahre alt. Das hier ist seine Wohnung, bezogen vor vier Monaten. Die Jungs sind gerade daran sein Handy zu durchforsten, um die letzten und häufigsten Kontakte zu checken."

Langsam ging ich ums Bett und sah mich genau um. „Schon irgendwelche Zeugen aufgetaucht? Haben die Nachbarn vielleicht etwas gehört?"

„Es wurden noch nicht alle befragt aber seine Nachbarin, schräg gegenüber, erzählte uns von einem Club, in dem er wochenends immer kellnerte."

„Welcher Club?"

„Das Space."

„Dann wissen wir ja schon, was wir heute Abend vorhaben."

Es war ein ungewohnter Anblick. Ich war schon öfters in dem Club gewesen, erkannte ihn aber fast nicht wieder. Es fing damit an, dass es hell war. Alle Hocker standen auf den Tresen und ein Angestellter schob eine laut vor sich hinbrummende Putzmaschine über die Tanzfläche. Hinter jeder der vier Bars füllte jemand geschäftig die Getränke nach und stellte Gläser bereit. Wir suchten den Inhaber des Etablissements, um ihn über Richard Weiss zu befragen.

Leider ergaben dessen Aussage und auch die seiner Mitarbeiter nichts Neues. Er war ein guter Angestellter, netter Kollege, eher zurückhaltend, trank fast nie Alkohol und ging jedes Mal allein heim. Es war ungewöhnlich für ihn, dass er am Vortag unentschuldigt von der Arbeit fern geblieben war. Da sie ihn nicht erreicht hatten, kontaktierten sie seine Eltern. Der Vater war es schließlich, der sich ins Auto setzte, die gut eineinhalb Stunden in die Stadt fuhr und dann seinen Sohn tot auffand.

Alle durchgefragt, waren rund zwei Stunden vergangen und mittlerweile war es nach zweiundzwanzig Uhr. Langsam füllte sich der Club mit feierlaunigen Menschen.

„Hey, Thomas!" Michael stieß mich mit seinem Ellenbogen an und schrie über die laute Musik hinweg. „Lass uns abhauen, hier erfahren wir nichts mehr!"

Ich beugte mich nah an sein Ohr. „Steht heute noch was am Plan, arbeitstechnisch?"

„Da unsere Schicht vor drei Stunden beendet war, würde ich nein sagen. Wieso?"

„Ich werde noch etwas bleiben."

„Wie du meinst. Aber vergiss nicht, morgen um sieben Uhr beginnt unsere nächste Schicht."

„Ja klar, bis dann."

Er drängte sich durch die Massen und verschwand nach draußen.

Erst mal durchatmen, die Arbeit für heute war getan, doch die Bilder in meinem Kopf waren noch brühwarm, wollten nicht verschwinden.

Ich drängte mich durch die vielen Menschen und bestellte mir fürs Erste drei Tequila. Normalerweise half der Alkohol, solche Visionen zu verdrängen, zumindest bis zum nächsten Tag. Doch dieses Mal war es anders. Schon die ganze Zeit über hatte ich einen Kloß im Hals und das Gefühl, mich übergeben zu müssen. Der Leichenfund, die Bissspuren, dass alles kratzte an meinen Nerven, ließ mich am Rande zu einer Panikattacke stehen. Ein kleiner Schubs und ich würde fallen.

Ich verzichtete auf das Salz und die Zitrone und stürzte die drei Shots hinunter. Der scharfe Alkohol rann meine Kehle hinab, verströmte Wärme in meinem Körper. Ich wusste nur zu gut, dass ich ein Problem hatte, dass ich süchtig war. Süchtig nach der vergessenden Schwere des Alkohols.

Doch nach solchen Visionen war es das Einzige, was mir beim Einschlafen half. Das Einzige, dass die Bilder meiner Visionen und Albträume zumindest für eine kurze Zeit vertrieb.

„Hey du, Lust zu Tanzen?" Ich hatte die Frau gar nicht bemerkt, die neben mir auf einen der klebrigen Hocker saß.

„Ja klar, warum nicht." Sie trug eine enganliegende schwarze Hose, dazu ein Longshirt, dass fast wie ein Minikleid wirkte. Ohne ihre hohen Schuhe wäre sie wirklich klein gewesen. Kaum auf der Tanzfläche drängte sie sich regelrecht an mich, stellte ein Bein zwischen meine und fing an ihre Hüften in engen kreisenden Bewegungen gegen mein Becken zu drücken. Zwei Lieder lang tanzten wir, eng aneinandergedrückt. Unsere Hände jeweils am Körper des Anderen. Ich hätte sie haben können, wenn ich sie gewollt hätte. Doch ehrlich gesagt, hatte ich keine Lust. Ihr ganzes Gebären, ihre Berührungen, lösten nichts in mir aus. Ich wollte lieber etwas trinken und eine Zigarette brauchte ich ebenfalls. Also beendete ich unser Tanzen und drängte mich durch die Massen, zurück zur Bar.

Die nächsten Stunden verbrachte ich damit, immer wieder rauszugehen, um zu rauchen und an der Bar zu sitzen, um zu trinken.

Der Bass durchfuhr meinen ganzen Körper, mein Herz fühlte sich komisch an. Ich hatte Schwierigkeiten damit, meine Augen richtig zu fokussieren, musste mich beim Gehen an der Wand abstützen. Ich wollte, nein musste nach Hause.

Endlich draußen. Frische Luft schlug mir ins Gesicht und eine seltsame Mischung aus Klarheit und doch auch Trunkenheit machte sich breit. Ein andauerndes Geräusch, wie ein Rauschen, klang mir in den Ohren und wollte nicht aufhören. Es war bereits nach zwei Uhr, in der Früh, und ich musste echt nach Hause und ins Bett. Zum Glück standen vorm Space immer Taxis bereit.

Endlich schaffte ich es, den Schlüssel rumzudrehen und die Türe zu öffnen. Ich war einfach hinüber, mein Hirn schien in Watte gepackt und all meine Gedanken gleich mit. Ohne mir auch nur die Schuhe auszuziehen, fiel ich aufs Bett und schlief sofort ein.

Kalte Hände drückten mich auf den Boden, stählerne Finger zogen gewaltsam meine Augenlider nach oben. Die leeren Augen meines Vaters starrten mich an, die unterdrückten Schreie meiner Mutter drangen in mein Ohr. Der Mann hielt ihr den Mund zu, während er seine Zähne in ihr Fleisch rammte und das Blut trank. Das harte Knie der Frau bohrte sich in meinen Rücken, als sie sich herab beugte.

„Sieh genau hin, du menschlicher Abschaum. Schau dir an, wie deine Mama qualvoll sterben muss."

Ihre Zunge leckte über meine Schulter und dann spürte ich ihre Zähne, wie sie meine Haut zerrissen.

Ich konnte nur schreien, wollte mich losreißen und dann kam ich schlagartig zu mir. Schwer atmend lag ich auf dem Boden, neben meinem Bett.

Michael sah mich mit großen Augen an. „Oh Mann, was träumst du denn?"

„Scheiße. Michael, was machst du hier?"

„Na anscheinend, dich zu Tode erschrecken oder warum schreist du hier so rum?"

„Alter, leck mich doch. Ich habe geschlafen." Mit etwas Mühe schaffte ich es, mich aufzurappeln und aufs Bett zu setzen. „Wie kommst du überhaupt in meine Wohnung?"

„Du hast mir deine Ersatzschlüssel gegeben, schon vergessen?"

„Für den Notfall. Ist das hier ein Notfall?"

„Du hast vielleicht Nerven. Stinkst wie ein Brauhaus, hast dass gleiche an wie gestern und in zwanzig Minuten sollen wir auf der Arbeit sein."

„Ist ja schon gut. Ich dusch mich schnell, wartest du solange?"

„Ja klar, hab dir übrigens Kaffee mitgebracht, aber nichts zu danken."

„Du bist ja gut drauf. Hätte mich schon noch bedankt."

Im Vorbeigehen nahm ich ihm den Kaffee aus der Hand und verschwand damit im Bad.

Mein Schädel brummte, aber das war ich mittlerweile schon gewöhnt. Ich schälte mich aus den Sachen vom Vortag, exte das Getränk, drehte das kalte Wasser auf und stellte mich darunter. Es war herrlich belebend und ließ mich halbwegs klar denken. Nach zwei Minuten drehte ich dann aber doch mal am Temperaturregler. Warmwasser half einfach besser gegen den Gestank des Alkohols.

„Thomas, beeile dich! Wegen dir komme ich zu spät!"

„Du brauchst nicht so zu schreien, ich bin ja schon fertig." Ich trocknete mich schnell ab und ging wieder raus, um mir frische Klamotten zu holen. Immer noch ziemlich erschöpft schlurfte ich zum Kasten und griff nach einer Hose, da fiel mir plötzlich ein, dass ich vollkommen nackt war. Ich drehte mich langsam um und, wie erwartet, stand Michael mit offenem Mund vor mir und starrte mich an.

„Michael, mach den Mund zu. Du hast bestimmt schon mal einen nackten Mann gesehen."

„Sind das Narben?"

„Ja, und jetzt hör bitte auf, mich so anzugaffen."

„Sorry, aber ... es sind so viele. Wie ist das passiert?"

„Ist lange her, vielleicht erzähle ich es dir irgendwann mal."

„Thomas, sind das Bissspuren? Bist du deswegen so extrem tätowiert?"

„Mann Alter, bitte lass mich erst mal richtig munter werden. Ich will jetzt auch überhaupt nicht darüber sprechen, okay?"

„Ja, klar. Entschuldigung." Er drehte sich verlegen weg und fischte sein Handy aus der Tasche, um sich damit zu beschäftigen.

„Es tut mir leid, Michael. Ich bin noch nicht ganz wach, und bin es nicht gewöhnt, dass jemand hier ist. Sonst hätte ich mich im Bad angezogen."

„Du kannst doch nichts dafür, also brauchst du dich auch nicht zu entschuldigen."

Ich zündete mir eine Zigarette an. „Ich bin fertig, wir können los. Wo gehts zuerst hin?"

Er hielt mir die Wohnungstür auf und folgte mir die Treppe ins Erdgeschoss hinab. „Er war ein richtiger Eremit, keine Freundin und auch keinen Freund, nur oberflächliche

Bekanntschaften. Seine Familie wohnt über zwei Autostunden entfernt und sie hatten nicht viel Kontakt. Unter der Woche arbeitete er als Büroangestellter, keine hohe Position, und am Wochenende, wie wir ja schon wissen, als Kellner im Space."

Mittlerweile waren wir auf der Straße und steuerten auf unseren Dienstwagen zu. Michael setzte sich auf den Beifahrersitz, schnallte sich an und fuhr mit seiner Aufzählung fort. „Wir fahren also zuerst ins Büro, dort werden die Nachbarn befragt und dann dürfen wir uns durch die Aufzeichnungen der Überwachungskameras quälen, die sich in der Nähe seiner Arbeitsstellen und seiner Wohnung befinden."

„Also ein langer Vormittag und ein noch längerer Nachmittag. Was sagt der Gerichtsmediziner zur Todesursache und zum Todeszeitpunkt?"

„Du hast wirklich kein Zeitgefühl."

„Wieso?"

„Na überleg mal. Die Leiche haben wir gestern Abend übergeben, jetzt ist es erst sieben Uhr. Wann hätte er sie denn ansehen sollen?"

„Ach ja, stimmt. Also zuerst die Befragungen und am Abend zu Paul."

Den ganzen Vormittag und den halben Nachmittag verbrachten wir damit, die Nachbarn auf dem Revier noch mal zu vernehmen und das Videomaterial zu besichtigen, welches wir vom Space bekommen hatten. Seine Kollegen hatten Recht. Keine Frauen, keine Männer. Er selber trank nur Wasser oder Cola, kam immer pünktlich zur Arbeit und fuhr auch dementsprechend mit seinem Fahrrad wieder nach Hause. Auch die

Nachbarn hatten in der kurzen Zeit, in der er in der Wohnung gelebt hatte, keine Freunde oder Bekannte gesehen. Nur Richard, immer alleine. In seinem ganzen Umfeld gab es niemanden, mit dem er engeren Kontakt hatte. Er wohnte noch nicht lange in der Stadt und wie wir von seinen Eltern wussten, tat er sich schon immer schwer, neue Freunde zu finden. Also ein Einsiedler, durch und durch.

Er wurde wohl genau deswegen als Opfer ausgesucht.

Michael seufzte, lehnte sich in seinem Stuhl zurück und rieb sich die Nasenwurzel. „Oh Mann, das ist anstrengender als ein Außeneinsatz."

„Ja, da hast du recht." Ich drückte bei der Aufnahme, welche ich mir gerade angesehen hatte, auf Pause und drehte mich zu ihm hin.

„Ich sehe mir die letzten zehn Minuten dieses Bandes noch an, dann können wir zu Paul fahren. Der müsste doch schon fertig sein, oder?"

„Ja, seine Sekretärin hat vorhin angerufen."

„Du kannst ja noch einen Kaffee trinken, bis ich fertig bin."

Eine halbe Stunde später parkte ich das Auto in einer Seitengasse. „Da wären wir. Es war mir eine Freude, dass sie sich für das Taxiunternehmen Hader entschieden haben."

Michael sah mich schräg an und begann zu lachen. „Du hast echt einen an der Waffel."

„Danke, ich weiß. Deswegen magst du mich ja so, stimmts?" Ich zwinkerte ihm zu.

„Ja klar, wie du meinst, und jetzt komm."

Es war ein unscheinbares Gebäude, drei Stufen führten zur Eingangstüre. Eine kleine Messingtafel wies darauf hin, was sich im Inneren befand. Wir traten in einen kleinen Empfangsbereich wo uns ein Radio entgegenplärrte, begleitet von einem fröhlichen Summen und dem klackernden Geräusch einer Tastatur.

Ich stellte mich an den Tresen, legte mein Kinn in der Handfläche ab und setzte ein charmantes Lächeln auf. „Hey Nicole, wie geht es dir heute?"

Sie fuhr erschrocken hoch, ihre Finger hingen in der Luft über der Computertastatur, das Summen verstummte. Kurz blinzelte sie und dann strahlte sie mich an. „Hallo mein Hübscher. Es geht mir gut und dir?"

„Nichts zu beklagen. Wo ist Paul?"

„In Raum drei. Ihr könnt gerne nach hinten gehen, er erwartet euch schon."

„Danke dir. Michael, kommst du?"

„Wenn es sein muss."

„Du kannst hier warten, wenn es dir lieber ist. Ich sag es keinem."

„Danke. Du hast was gut bei mir." Er blickte mich erleichtert an, zog sein Handy aus der Hosentasche und setzte sich auf einen der wenigen Stühle, die an der Wand, gegenüber des Empfangstresens, standen. Schon beim Tatort war er blass und vermied es tunlichst, den Toten anzusehen. Man könnte meinen, in unserem Beruf gewöhnt man sich an den Anblick, aber auf Michael schien das nicht zuzutreffen.

Ich drückte die Schwingtür auf und ging den langen, breiten Gang entlang. Meine Schritte waren das einzige Geräusch. Die Wände waren weiß gestrichen, der Boden aus grau gesprenkeltem Linoleum. Umso weiter ich ging, desto intensiver wurde der Geruch nach Desinfektionsmittel und Tod.

Ich blieb vor der Tür mit der römischen drei darauf stehen, atmete einmal tief ein und drückte meine Schulter dagegen. Das Einzige, nicht Gefliese an diesem Raum, war die Decke. In der Mitte befand sich ein im Boden verankerter Metalltisch. Die Ränder waren erhöht und er hatte einen Abfluss, um Blut und andere Flüssigkeiten abfließen lassen zu können. Darauf lag Richard Weiss und davor stand Paul. Die Leiche war bereits wieder zugenäht, alle Spuren der Obduktion verschwunden und der Gerichtsmediziner legte gerade ein weißes Tuch über ihn.

„Da komme ich ja genau richtig."

Paul drehte sich in meine Richtung. „Hallo Hader. Meinst du, weil ich schon fertig bin?"

„Ja genau. Nichts gegen dich, aber mir reicht der Zustand, in dem wir ihn gefunden haben."

„Das kann ich gut verstehen, war kein schöner Anblick."

„Nein, das war es wirklich nicht." Ich stellte mich neben ihn und blickte auf das weiße Tuch. Es wirkte fast friedlich, wenn ich nicht genau gewusst hätte, was sich darunter befand. „Was kannst du mir sagen?"

„Der Todeszeitpunkt war vor ca 39 Stunden, die Todesursache war schlichtweg Verbluten. Obwohl das Ganze schon seltsam ist. "

Ich sah ihn fragend an. „Wie meinst du das?"

„Ich habe die Tatortbilder gesehen und dort war zu wenig Blut, als dass es den Verlust erklären würde. Die vielen Schnittwunden hätten weit größere Flecken hinterlassen müssen. Aber es waren ja nicht nur Schnittwunden, das weißt du ja."

„Ja, das weiß ich nur zu gut. Also, was meinst du?"

„Es klingt verrückt, aber ich gehe davon aus, dass der Täter das Blut entweder mit irgendwelchen Behältnissen aufgefangen hat, oder ... oder er hat es getrunken."

„Es klingt nicht verrückt."

„Bitte was? Das klingt für dich nicht verrückt?"

„Nein, Paul, tut es nicht. Wenn du wüsstest, was es alles gibt." Kurz drifteten meine Gedanken in die Vergangenheit, doch ich musste mich konzentrieren. „Gab es sonst noch Spuren?"

„Ja, ich fand Speichelrückstände. Natürlich an den Bisswunden und auch an seinem Penis. Des Weiteren wurde er vergewaltigt, dafür sprechen typische Verletzungen und Spermaspuren. Was uns auch sehr schnell das Geschlecht des Täters verrät."

„Freiwilligen Sex kannst du ausschließen?"

„Nach dem Grad der Verletzungen zu urteilen, war es auf alle Fälle Vergewaltigung."

„Danke Paul."

„Nichts zu danken, ich mache nur meinen Job." Der große, stämmige Mann ging zu einem kleinen Schreibtisch, der unter den breiten Fenstern stand und holte einen Zettel. „Hier sind die Ergebnisse für deine Akte. Die Speichelprobe habe ich gestern schon eingereicht, die Resultate sollten bald da sein. Vielleicht hast du deinen Mörder schneller als gedacht."

„Ich fürchte fast, so einfach wird es nicht."

Paul sah mich fragend an. „Wie kommst du darauf?"

„Nennen wir es ein Bauchgefühl." Ich drehte mich wieder in Richtung des Seziertisches und ging einen Schritt darauf zu. „Darf ich ihn noch mal sehen?"

„Natürlich, das machst du doch immer so. Hätte mich gewundert, wenn du nicht gefragt hättest." Mit einem Ruck zog er das Tuch vom Leichnam.

Der junge Mann lag vor mir, seine Haut war bleich und fahl. Angefangen von seinem Hals zogen sich mindestens zwei Dutzend Bisse über seinen Oberkörper, unterbrochen wurde diese Spur von sieben leichten Schnitten an Brust und Bauch. Ich wollte ihn nicht berühren, wollte dieses Monster kein weiteres Mal mehr sehen, aber ich war es diesem Mann, der hier vor mir lag, schuldig. Vielleicht sah ich noch etwas anderes, das uns weiterhelfen, und uns zum Mörder führen konnte.

Zaghaft streckte ich meine Hand aus, leicht berührten meine Finger die harte und kalte Haut. Sofort verschwand der Raum um mich und ich stand in der Wohnung von Richard Weiss.

Ich öffnete das Fenster, blieb kurz stehen und drehte mich dann um, ging Richtung Badezimmer. Plötzlich wurde ich an der Schulter gepackt, herumgewirbelt und gegen die Wand gedrückt. Wieder diese moosgrünen Augen, ein teuflisches Grinsen. Der Mann vor mir war circa einen Meter achtzig groß, hatte kurze dunkelbraune Haare und trug eine Jeans, dazu ein dunkles Hemd. Er sagte irgendetwas, seine Lippen bewegten sich. Er lachte und ich konnte die etwas längeren, spitzen Zähne erkennen. Sie waren nicht wie in den Filmen, viel kürzer, schienen fast normal, aber ich wusste aus eigener Erfahrung, dass sie die Schärfe eines Messers besaßen. Im nächsten Moment schleuderte mich

dieses Biest auf das Bett und kam mit einem Seil in der Hand auf mich
zu.

Ich kam wieder zu mir, stand vor Richard Weiss, oder besser gesagt, seinen kalten Überresten. Meine Visionen bestanden nur aus Bildern, keine Geräusche, keine Gefühle. Der Sehsinn war der Einzige, mit dem ich diese Visionen empfing und ich sah die Geschehnisse immer mit den Augen des Opfers.

Paul stand neben mir und sah mich an. „Wir haben echt keinen leichten Job."

Ich war noch zu sehr in dem eben Gesehenen verankert, daher stand ich einfach nur da und starrte ihn an.

Er legte mir eine Hand auf die Schulter, was mich zusammenzucken ließ. „Entschuldigung, Hader. Willst du vielleicht ein Glas Wasser? Du bist ziemlich blass."

„Nein danke. Es geht mir gut."

„Wie du meinst."

Ich versuchte, meine Gefühle zu überspielen, und winkte seine Sorge ab. „Ich brauch einfach nur Urlaub von dem ganzen Scheiß."

„Das ist mal ein Wort. Da bin ich mit dabei." Er nahm das weiße Tuch und deckte das Opfer wieder zu.

„Danke noch mal für die schnelle Bearbeitung." Ich hielt den Bericht hoch, um zu zeigen, was ich meinte. „Einen schönen Tag noch."

„Danke, dir auch."

Zurück im Wartebereich saß Michael immer noch in einem der Plastikstühle, mit Blick auf sein Handy.

„Michael, wir können gehen, ich habe den Bericht." Zur Demonstration hielt ich den Hefter in die Höhe.

„Das ging aber schnell." Er steckte sein Smartphone in die Hosentasche, verabschiedete sich bei Nicole und folgte mir nach draußen, wo uns die heiße Julisonne begrüßte. Ein Stöhnen kam über meine Lippen. Die Hitze und das grelle Licht waren echt nicht gut, wenn man zu viel getrunken hatte.

„Thomas, steig ein, ich fahre weiter."

„Wieso?"

„Weil du einen Kater hast und ich mir sicher bin, dass du noch gar nicht fahren dürftest. Abgesehen davon, ist dein Gesicht wieder mal so weiß wie eine Wand."

„Habs schon kapiert, du fährst. Lass mich nur schnell eine rauchen."

„Du solltest echt etwas weniger qualmen."

„Ja ich weiß, aber das nennt man Sucht. Aufzuhören ist nicht so leicht wie gesagt."

„Das ist mir schon klar, aber in deinem Fall wäre es wohl schon von Vorteil, wenn du mal nur die Hälfte rauchen würdest."

Ich tat dies mit einem Schulterzucken ab und rauchte einfach weiter.

Kaum angeschnallt, fuhr Michael mit durchgedrücktem Gaspedal vom Parkplatz, sodass es mich in den Sitz drückte.

„Bist du jetzt wütend?"

„Nein." Er sah stur geradeaus.

„Siehst du, ich brauche gar keine Beziehung. Den Sex hole ich mir, wenn ich ihn brauche und für den Rest habe ich dich." Ich wollte ihn provozieren und es gelang mir auch.

Er sah kurz zu mir, mit hochgezogenen Augenbrauen und schnaubte beleidigt. „Für den Rest? Was meinst du bitte damit?"

„Du weckst mich auf, bringst mir Kaffee ans Bett und du kannst rumzicken wie die beste Ehefrau."

„Weißt du, Thomas. Manchmal würde ich dir echt gerne eine knallen. So richtig schön mitten in dein Gesicht."

„Mach nur, wenns dir dann besser geht. Eine Narbe mehr macht bei mir schon nichts mehr aus." Sofort bereute ich das Gesagte und es war mir klar, was jetzt kam.

„Meinst du deine Narben am Oberkörper, die ich heute gesehen habe?"

„Vergiss es wieder, Michael."

„Nein, das werde ich nicht. Ich habe die Leiche gestern auch gesehen, falls du dich erinnern kannst. Das waren Bissspuren und deine Narben sehen ebenfalls aus wie Bissspuren."

„Und weiter?"

„Wer hat dir das angetan?"

„Du lässt nicht locker, oder?"

„Nein, werde ich nicht also kannst du es mir auch gleich erzählen."

Ich seufzte schwer und sah ihn an. „Unsere Schicht ist vorbei. Hast du jetzt was vor?"

„Nach Hause gehen und schlafen."

„Also hast du nichts vor. Gehen wir in den Pub, was trinken."

„Wieso?"

„Ich erzähle es dir, aber dazu brauche ich Alkohol."

Die halbe Wahrheit

Ich betrat den Pub ein paar Minuten nach Michael, da ich noch eine geraucht hatte. Beim Aufdrücken der schweren, alten Türe, kam mir ein Dunst aus Frittiertem und Bier entgegen. Michael saß in der hinteren linken Ecke. Er winkte mir zu und deutete auf zwei Gläser, die bereits auf dem Tisch standen. „Hier, ich hab dir schon mal ein Bier bestellt."

„Danke Michael. Hast du auch etwas zu essen geordert?"

„Nein, ich wusste ja nicht, was du willst."

„Okay, ich bestell gleich an der Bar, sonst dauert es ewig. Was magst du?"

„Einen Cheeseburger."

„Kommt sofort." Ich lächelte ihm zu und ging Richtung Tresen. Der Barkeeper bemerkte mich aus dem Augenwinkel, schnappte sich seinen Bestellblock und kam zu mir.

„Was darf es sein?"

Ich griff an den Kragen seines Hemdes und zog daran. Sofort hob sich sein Blick und er lächelte mich an. „Thomas, Schatz! Lange nicht gesehen. Was machst du hier?" Er überbrückte die Distanz zwischen uns und küsste mich.

„Hallo Vinny. Ich bin mit einem Kollegen hier. Feierabend-Bier sozusagen."

Er sah an mir vorbei, genau zu Michael und lächelte mich dann an. „Der sieht süß aus. Etwas klein, aber wirklich niedlich."

„Vinny, er ist mein Kollege von der Arbeit. Er hat eine Frau und drei Kinder."

„Ach, was sagt das schon aus."

„Dass er nicht schwul ist und ich nicht an ihm interessiert bin."

„Du bist ja auch nicht schwul." Er zwinkerte mir zu.

„Nein, bin ich nicht. Ich bin bisexuell und das weißt du auch genau."

„Ja, habe verstanden." Er klickte auf seinen Kugelschreiber. „Schieß los."

„Einen Cheeseburger, Spareribs und eine große Portion Wedges, bitte."

Vinny strich kurz über meine Wange und zwinkerte mir zu. „Ich bring euch das Essen, wenn es fertig ist." Mit diesen Worten drehte er sich einfach weg und ging zur nächsten Kundschaft.

Schwer seufzend ließ ich mich Michael gegenüber auf den Stuhl fallen. „Mann, bin ich müde."

„Was war das denn eben?"

Ich blickte ihn nur fragend an, da ich gerade an meinem Bier trank.

„An der Bar. Der Kerl ... ihr habt euch geküsst."

„Ja."

„Einfach nur ja?"

Ich zuckte mit der Schulter. „Was willst du denn hören?"

„Ist das eine normale Begrüßung?"

„Zwischen Vinny und mir schon."

Jetzt war es an Michael mich fragend anzublicken.

„Wir sind sozusagen Freunde mit gewissen Vorzügen, wenn du verstehst."

„Ihr seid ... was?"

„Was bist du denn jetzt so überrascht?"

„Seit wann bist du homosexuell?"

„Bin ich doch gar nicht." Ich stellte mein Glas wieder ab und lehnte mich entspannt zurück.

„Sondern?"

„Ach komm schon. Ich sag doch immer, ein bisschen bi, schadet nie."

„Ich dachte, das sagst du nur so daher."

„Tja, jetzt weißt du es besser."

„Also echt. Diese Woche hat es in sich. Wie lange arbeiten wir jetzt schon zusammen? Und dann erfahre ich gleich so viel in gerade mal zwei Tagen."

Vinny kam zu uns an den Tisch und servierte das Essen. Er konnte es nicht lassen mein Gegenüber genau zu mustern und mir beim Gehen die Schulter zu drücken.

Stillschweigend schlugen wir uns die Bäuche voll. Die ganze Zeit über merkte ich, wie mich Michael immer wieder musternd anstarrte. Ich putzte mir die Finger an der Serviette ab, trank mein Bier aus und lehnte mich zurück. „Na los, frag schon."

Irritierte Blicke trafen mich. „Was denn?"

„Na was weiß ich? Aber auf alle Fälle brennt dir irgendwas auf der Seele."

„Na ja, also ..." Er druckste herum und konnte mich nicht ansehen. „Also, du bist bisexuell?"

„Ja, sagte ich doch schon."

„Und dass du mir immer zuzwinkerst ..."

Ich konnte nicht anders, als anfangen zu lachen. „Keine Sorge, Mann. Ich will nichts von dir. Du bist mein Kollege und ein guter Kumpel, weiter nichts.“

„Entschuldigung.“ Er war richtig rot im Gesicht geworden.

„Vergiss es einfach. Lass uns lieber was trinken.“

„Okay.“

Ich wusste nur zu gut, dass ich mir Mut angetrunken hatte. Mut, um Michael aus meiner Kindheit zu erzählen. Fünf Bier, sechs Kurze und einen Brandy später war ich betrunken genug, um seine Neugierde zu stillen. Mein Kollege half mir zum Auto, fuhr zu mir nach Hause und schleppte mich halb die Treppen hoch, zu meiner Wohnung.

„Michael, es tut mir leid.“

Er zog mir gerade die Schuhe aus, während ich auf der Couch lag. „Was denn?“

„Das du mich nach Hause bringen musstest.“

„Kein Ding. Aber ich warte immer noch auf deine Geschichte. Denke nicht, dass ich das jetzt vergessen hätte.“

„Schon klar.“ Mühsam setzte ich mich auf, fischte nach meiner Zigarettenschachtel, die auf dem Couchtisch lag und klopfte die Packung gegen mein Knie. Ein paar Kippen schoben sich oben raus und mit den Lippen nahm ich mir eine davon. Ich zündete sie an, sog gierig den Rauch in meine Lungen und lehnte mich zurück.

„Ich war vierzehn, als es geschah.“ Mit diesen Worten zog ich seine Aufmerksamkeit auf mich. Michael setzte sich mir gegenüber in einen Stuhl, lehnte sich zurück und sah mich einfach nur an.

„Der schrille, panische Schrei meiner Mutter weckte mich auf. Ich lief nach unten und dort sah ich sie." Ein weiteres Mal sog ich gierig an dem Glimmstängel. Meine Hand zitterte. „Mein Vater war bereits tot, seine leeren Augen starrten mich an. Auf meiner Mutter lag ein Mann, überall war Blut. Eine Frau stieg über meinen Vater hinweg und riss mich zu Boden. Mit ihren Fingern zwang sie mich, die Augen offen zu halten und zuzusehen, wie meine Mutter ermordet wurde. Während ich das mitansehen musste, fing die Verrückte an, mich zu beißen."

Bei der Erinnerung griff ich mir an die linke Schulter. „Hier war der Erste. Ich weiß noch, dass ich schreien wollte, aber irgendwie kam kein Laut über meine Lippen. Nachdem meine Mutter ebenfalls tot war, kam auch der Mann zu mir. Insgesamt sind es dreiundzwanzig Bisswunden. Ich hatte noch mehrere Knochenbrüche und etliche andere Verletzungen. Die zwei ließen mich einfach liegen, im Blut meiner Eltern und in meinem eigenen. Sie dachten wohl, ich würde bald sterben. Die Nachbarin fand mich ein paar Stunden später. Ich habe knapp überlebt."

Ich zündete mir die nächste Zigarette an, stand auf und ging Richtung Küche. „Jetzt weißt du, was mir passiert ist." Ich füllte mir ein Glas mit Whiskey, leerte es in einem Zug und füllte es erneut. Plötzlich packte Michael meinen Arm, drehte mich zu sich um und umarmte mich. Er hielt mich fest, drückte meinen Kopf an seine Schulter und strich mir mit der anderen Hand über den Rücken. Zuerst war ich zu perplex, um zu reagieren, doch dann erwiderte ich seine Umarmung und stützte mich auf ihn. Ich konnte mich nicht mehr daran erinnern, wann ich das letzte Mal geweint hatte, doch an diesem Abend geschah es. Ohne sie zurückhalten zu können, kamen mir die Tränen, rannen über meine Wangen und wie ein Kind stand ich dort. Wie ein Kind, dass von seinem Vater getröstet wurde. Michael ist Vater, vielleicht kann er das deshalb so gut. Er spürte einfach, was ich in dem Moment brauchte und ich fühlte mich seit langem ein klein wenig lebendig, sogar etwas geborgen.

Er schaffte es mit nur einer einzigen Umarmung, meine Mauer aus Gleichgültigkeit zu durchbrechen. In diesem Moment wurde mir bewusst, dass ich weit mehr Probleme hatte, als nur meine Alkoholsucht.

Langsam löste ich mich aus der Umarmung, wischte mir mit dem Handrücken über das Gesicht und griff wieder nach meinem Glas.

„Thomas, wieso hast du mir das nie erzählt?"

„Warum hätte ich das tun ssollen? Es ändert ja nichss an dem, was geschehen is." Das Reden fiel mir immer schwerer.

„Das nicht, aber alleine darüber zu sprechen, kann schon hilfreich sein. Wurden die Täter gefasst?"

„Nein." Mehr konnte ich nicht sagen. Ich spürte, wie mir erneut Tränen in die Augen traten. Es schien, als hätte er einen Damm gebrochen und ich schaffte es nicht, ihn zu flicken. Irgendwie brachte ich es zustande, mein Glas erneut zu füllen, und wieder exte ich es. Mittlerweile war ich ziemlich bedient und ich musste mich gegen die Küchenzeile lehnen, um nicht umzufallen. „Michael, würdes du bidde ghen?"

„Nur, wenn du dich hinlegst und nichts mehr trinkst."

Es kostete mich viel Kraft, aus der Küche zu gehen. Alles fing an, sich zu drehen, und eigentlich konnte man nicht mehr sagen, dass ich ging. Es war ein Torkeln und auf dem kurzen

Weg rempelte ich gegen den Türstock und stieß mir das Schienbein am Bett.

„Schaffst du es morgen in die Arbeit?"

„Ja, klar, wieso nich?"

„Na ja, du bist ziemlich betrunken und das schon den zweiten Tag."

„Ha! Den zssweiten Tag. Weißt du wass, Michael? Ich bin jeden Tag bedrunken, schon immer."

Danach muss ich wohl eingeschlafen sein, denn ich konnte mich an nichts weiter erinnern.

Am nächsten Tag wurde ich durch den Klingelton meines Handys geweckt. Blind tastete ich danach und fand es schließlich auf der leeren Seite des Bettes. Ohne auch nur drauf zu sehen, wischte ich nach rechts, um abzuheben. „Was los?"

„Guten Morgen Thomas."

„Was soll der Scheiß? Wieso rufst du mich an?"

„Um dich aufzuwecken. Es ist fast halb sieben und unsere nächste Schicht beginnt. Ich bin in zwanzig Minuten bei dir, also steh auf und geh duschen."

„Michael?"

„Ja, was ist?"

„Was war gestern los?"

„Werde erst mal munter, wir können später reden." Er hatte einfach aufgelegt und langsam kamen meine Erinnerungen zurück. Ich hatte es ihm erzählt. Nicht dass es echte Vampire waren, die mir das angetan hatten. Aber den Rest hatte ich ihm erzählt. Ich schlug die Decke zurück und erlebte die nächste Überraschung. Ich trug nur noch meine Boxershorts und die Socken. Michael musste mich ausgezogen haben. Sowas konnte nur ein echter Freund machen.

Mühsam rappelte ich mich hoch und schlurfte ins Badezimmer, um zu duschen. Danach putzte ich mir gleich zweimal die Zähne und benutzte eine Mundspülung. Ich hatte mir gerade eine Hose angezogen und war dabei die Knöpfe meines schwarzen Hemdes zu schließen, als es an der Tür klopfte.

Meine Hand umfasste die Klinke und drückte sie nach unten. „Hallo Michael."

„Guten Morgen Thomas. Bist du startklar oder soll ich dich krank melden?"

Ich blickte ihm eine Weile in die Augen, dann fuhr ich fort, meine Knöpfe zu schließen. „Alles gut. Ich weiß nicht mehr genau, wie viel ich gestern getrunken habe, aber ich bin schon einiges gewöhnt."

Ich hörte, wie er die Türe hinter sich schloss und ein paar Schritte in die Wohnung kam. „Das sagtest du bereits." Meine Augen sahen ihn fragend an.

„Du meintest gestern, dass du dauernd betrunken bist, schon immer. Thomas, wenn das stimmt, dann muss ich das melden. Du kannst so nicht arbeiten."

Ich konnte nicht glauben, was ich da hörte. Er wollte mich melden? Was sollte das? „Läufts noch? Wenn du das machst, bin ich meinen Job los!"

„Aber du kannst so nicht weiter machen!"

„Ist es wegen dem, was du gestern erfahren hast?"

„Natürlich!"

Jetzt war ich wirklich schockiert. War Michael echt so kleinlich? Fühlte er sich durch meine Sexualität bedroht?

Ehe ich wusste, was geschah, stand er plötzlich vor mir und packte mich an den Schultern. „Du bist persönlich zu involviert! Die Täter von damals wurden nie gefasst. Hast du schon daran gedacht, dass es dieselben sein könnten?"

„Das meinst du?"

Er sah mich verständnislos an. „Was sollte ich sonst meinen?"

„Das ich bisexuell bin."

Michael ließ mich los und trat einen Schritt zurück. „Spinnst du? Das ist mir doch scheißegal! Thomas, ich mach mir Sorgen um dich! Ich weiß schon länger, dass du irgendwas vor mir verheimlichst, aber ich wollte dich nicht bedrängen. Außerdem ist mir sehr wohl aufgefallen, dass du oft nach Alkohol riechst. Aber so, wie du dich die letzten zwei Tage gibst, ist auch für dich nicht mehr normal."

Er hatte recht. Mir war es nicht aufgefallen, aber ich zog sehr wohl Parallelen zu mir selbst. Die Bisswunden, die Schnitte, die Grausamkeit. Immer öfters sah ich die leeren Augen meiner Eltern vor mir und auch immer öfters stellte ich mir die Frage, ob es eine Verbindung zwischen dem jetzigen Opfer und mir selber gab.

„Bitte Michael, melde mich nicht. Ich schaffe das, versprochen."

„Du musst aufhören zu trinken. Ich brauche deinen klaren Verstand, um diesen Mörder zu finden, und ich muss mich auf dich verlassen können."

„Das kannst du. Du kannst dich auf mich verlassen."

„Ich hoffe es und ich werde dich unterstützen. Du kannst mir alles sagen, das weißt du?"

„Ja. Danke dir."

„Gut, dann hätten wir das geklärt. Heute sind die Angestellten des Space dran, für die Befragung."

Ich befand mich in einer Zwickmühle. Ich wusste genau, dass es nicht dieselben Täter waren wie bei mir. Ich wusste sogar genau, wie der jetzige Täter aussah, konnte aber nichts sagen. Wie hätte ich ihm erklären können, woher ich das wusste? Die Wahrheit konnte ich ihm einfach nicht sagen, das stand außer Frage. „Michael?"

„Ja?"

„Es sind nicht dieselben Täter wie bei mir."

„Das dachte ich ehrlich auch schon. Die wären sicher bereits zu alt, da es bei dir ja schon dreiundzwanzig Jahre her ist."

„Ja genau. In meinen Erinnerungen zumindest waren die zwei irgendwas zwischen fünfunddreißig und vierzig."

„Gut, das wäre allerdings noch im Rahmen des Möglichen. Ich werde jemanden darauf ansetzen, der nach ähnlichen Fällen suchen soll." Er hatte gemerkt, dass ich mich verkrampft hatte. Seine Hand legte sich wieder auf meine Schulter aber dieses Mal auf eine beruhigende Art und Weise. „Ich mache es selber, okay? Wenn ich auf deinen Fall stoßen sollte, erfährt es kein anderer."

„Danke Michael. Ich bin dir echt was schuldig."

„Schon gut." Er sah mich fragend an. „Warum denkst du, dass es andere Täter sind?"

Ich musste mir schnell etwas einfallen lassen, dass auch plausibel klang. „Bis jetzt spricht alles dafür, dass es sich nur um einen Täter handelt. Wenn die Speichelproben abgeschlossen sind, wissen wir bestimmt mehr."

„Dann mach dich fertig für die Arbeit. Vielleicht hat Paul die Ergebnisse schon geschickt."

Wie zu erwarten, lieferten die Proben kein Ergebnis. Die DNA war in keiner Datenbank gespeichert, was für uns bedeutete, dass wir nichts in der Hand hatten. Die vielen Befragungen ergaben rein gar nichts, genauso wie die Überwachungskameras. Auf keinem einzigen konnte ich dieses Monster entdecken.

Die Tage zogen sich dahin und wurden zu Wochen. Michael machte es sich zur Gewohnheit, mich nach jeder Schicht nach Hause zu bringen. Er kontrollierte tatsächlich meine Schränke und suchte nach Alkohol. Er nahm mir nicht alles, denn er wusste, dass ich nicht so schnell von meiner Sucht loskommen würde, aber er achtete darauf, dass es sich deutlich reduzierte.

Wir hatten andere Fälle und standen bei dem Mord an Richard Weiss vor einer unüberwindbaren Mauer. Bis, ... ja bis wann eigentlich? Es war nicht so, als hätte uns das nächste Geschehen weiter gebracht aber es führte dazu, dass eine Sondereinheit gegründet wurde, und mich wählte man zum Leiter.

12. August Sandra Hillinger

Die heiße Augustsonne brannte auf meinem Kopf, blendete in den Augen. Michael und ich traten in den Schatten des Waldes und ich seufzte erleichtert auf. Die Sonne war einfach nichts für mich.

Wir waren die Ersten am Tatort. Eine anonyme Anruferin kreischte ins Telefon, sie habe eine Leiche entdeckt und da wir in der Nähe waren, übernahmen wir.

Von der Wiese, die wir gerade verlassen hatten, schrillte uns das Zirpen der Grillen hinterher. Vögel sangen ihr Lied, doch am lautesten war das Krächzen der Raben. Mir schwante nichts Gutes. Raben sind Aasfresser.

Das Sonnenlicht brach sich durch das Blätterdach, erhellte ihre, wie Pergament scheinende Haut. Der leichte Sommerwind ließ ein paar Strähnen ihres Haares wehen. Die restlichen klebten am, mit Blut verschmierten, nacktem Körper fest. Zu ihren Füßen saßen zwei schwarzgefiederte Vögel und labten sich an dem Fleisch. Die Frau selber war mit der Vorderseite gegen einen Baum gebunden. Seile schlangen sich um ihren Hals, die Handgelenke und um ihre Taille. Ihr Kopf war in den Nacken gefallen und so blickten uns die leeren Augenhöhlen entgegen. Die Vögel mussten ihre Augäpfel herausgepickt haben, denn ihr ganzes Gesicht war übersät mit Kratzspuren. Der Mund stand grotesk verzerrt offen, wie zu einem letzten Schrei.

Neben mir sog Michael mit einem zischenden Geräusch die Luft ein, gefolgt von einem würgenden. Er schaffte es gerade noch, sich nicht zu übergeben.

Es dauerte eine Weile, bis mein Gehirn seine Funktion wieder aufnahm. Ich verscheuchte die Vögel, damit sie nicht noch mehr Beweismittel zerstörten. „Michael, ruf bitte Verstärkung, inklusive Spurensicherung. Die sollen hier alles absperren."

„Klar, ich komm gleich wieder." Er drehte sich um und verschwand zwischen den Bäumen, um zu unserem Wagen zurückzugehen.

Ich wollte es nicht, wollte nicht sehen, was mit der Frau passiert war. Aber ich sah es als Pflicht, meine Gabe dafür zu benutzen. Sie einzusätzen, um Mörder zu finden. Ich hatte nur das blöde Gefühl, den Mörder, den ich vielleicht gleich sehen würde, schon zu kennen. Langsam bewegte ich mich auf sie zu, streckte meine Hand aus und berührte ihre nackte Schulter.

Ich hatte diese Visionen schon, so lange ich zurückdenken konnte, und dennoch war es immer wieder ein seltsames Gefühl. Ich konnte nichts hören, sehen oder riechen. Alle meine Sinne, außer der Sehsinn existierten nicht. Manchmal war ich froh darüber, vor allem, dass ich nichts fühlen konnte, aber es wäre bestimmt das ein oder andere Mal hilfreich gewesen, etwas zu hören.

Ich sah über meine Schulter und blickte in das Gesicht eines schönen großen Mannes. Moosgrüne Augen blitzten mich an, ein bestialisches Grinsen auf seinen Lippen.

Er strich mir über die Wange, sein Mund bewegte sich. Meine Sicht war getrübt, wahrscheinlich durch Tränen. Der Kopf wurde nach hinten gerissen, seine Lippen pressten sich auf die meinen. Ich versuchte, mich zu wehren. Das Biest ließ von mir ab, drückte mich nach vorne, gegen einen Baum und hielt mir ein Seil vor Augen. Sein Mund war blutverschmiert. Er wickelte mir den Strick um die Hüfte und fesselte mich an den Stamm. Einen zweiten legte er um meinen Hals, führte die Enden nach vorne, um die Handgelenke und anschließend um den Baum. Ich konnte nicht mehr aus, war gefangen.

Mein Blick war nach unten gerichtet, ich war vollkommen nackt. Seine Füße kamen näher an mich ran, seine Hose umwickelte die Knöchel. Die Hand des Monsters strich die Hüfte entlang, meine Seite hinab und hob das linke Bein. Mit einem Ruck wurde ich nach vorne gedrückt, dann war alles Schwarz.

Kurze Zeit später öffnete ich die Augen wieder, blickte an mir hinab. Ein Rinnsal an Blut rann über meine Brust, die im festen Griff des Vampirs gefangen war. Das Aufblitzen eines Messers ließ mich zusammenzucken. Langsam schnitt es in meinen Bauch, spaltete die Haut und entließ den Lebenssaft.

Ein Rütteln an meiner Schulter riss mich aus der Vision. Michael sah mich besorgt an. Wie lange war ich weg? Wie lange stand er schon hier?

Er atmete lautstark aus und ging einen Schritt zurück. „Was war das denn schon wieder?"

„Was meinst du?" Meine Hand sank nach unten und ich drehte mich weg. Weg von der armen Frau.

„Ich glaube, ich hab ungefähr siebenmal deinen Namen gerufen und dich locker ne halbe Minute geschüttelt. Du standest da wie in Trance."

„Tut mir leid."

„Das ist alles? Hör mal Thomas, das ist doch kein normales Verhalten."

Langsam war ich genervt. Als ob es nicht reichte, mir sowas ansehen zu müssen, blaffte er mich jetzt auch noch von der Seite an. „Ist doch scheiß egal! Was ist dein Problem?"

„Ganz ruhig Thomas. Du weißt genau, dass ich mir nur Sorgen um dich mache. Du bist wieder mal extrem blass geworden und du zitterst."

Tatsächlich. Meine Hände zitterten und meine Atmung ging unregelmäßig und schnell. Ich brauchte dringend eine Zigarette, doch meine fahrigen Finger schafften es nicht, die Schachtel aus meiner Hosentasche zu ziehen.

Michael kam wieder einen Schritt auf mich zu, griff in meine linke Seitentasche und fischte die Packung raus. Er sah mir in die Augen und seine Miene wurde noch besorgter. „Willst du dich hinsetzen?"

Meine Antwort war einfach nur ein Kopfschütteln. Daraufhin öffnete er die Schachtel und nahm eine Zigarette samt Feuerzeug heraus. Er klemmte sie zwischen seine Lippen, schirmte die kleine Flamme mit der Hand vor dem leichten Wind ab und sog an dem Glimmstängel. Danach hielt er sie mir sogar an den Mund und wartete darauf, dass ich sie mit den Lippen einklemmte.

„Danke"

„Schon gut. Aber wenn du das genauso wenig abkannst wie ich, warum schaust du dann immer so genau hin?"

„Das mache ich doch gar nicht."

„Du berührst sie jedes Mal und starrst dann vor dich hin. Gut, vielleicht nicht direkt die Leichen, aber wegdrehen tust du dich auch nicht. Warum?"

„Das würdest du mir sowieso nicht glauben, also lassen wir es doch einfach auf sich beruhen. Die offizielle Version ist, dass mir beim Anblick schlecht wird, okay?"

„Schon gut, wie du meinst. Aber vergessen werde ich das jetzt bestimmt nicht einfach so."

Eher zu mir selbst als zu ihm murmelte ich: „Das war ja klar."

„Bitte was?"

„Nichts, alles gut."

Michael schüttelte den Kopf und wechselte das Thema. „Die Spurensicherung wird gleich da sein und die Verstärkung ebenfalls. Wir sollten hier schon mal alles etwas genauer unter die Lupe nehmen."

Ich zog meinen kleinen Block aus der Brusttasche und den Stift dazu, um mir Notizen zu machen.

„Und hier meine Damen und Herren, sehen sie das typische Bild eines Polizisten. Den Doughnut hat er bereits gegessen." Michael war einfach spitze darin, die Stimmung zwischen uns wieder zu lockern. Das konnte er schon immer, in letzter Zeit brauchte er diese Gabe halt etwas zu oft, wie ich mir eingestehen musste.

„Bist du seit neuesten unter die Kabarettisten gegangen?"

„Sorry Alter, aber mit deinem Block könnte man dich in einen billigen Film stellen."

„Du weißt genau, dass ich sonst wieder so viel vergesse und auch die Eindrücke die man hat, sind wichtig. Ich schreib mir sowas nun mal gerne auf." Damit er verstand, dass ich es nicht böse meinte, setzte ich mein klassisches Zwinkern hinterher. Das allerdings, gab ihm nur noch mehr Stoff um sich über mich lustig zu machen. Ich hatte es aber auch verdient. Michael wusste ja nicht, was ich gesehen hatte.

„Hey Kumpel, so hübsch du auch bist, ich bin glücklich verheiratet. Aber ich verspreche dir, wenn ich mal das andere Ufer testen will, dann komm ich zu dir."

„Vielleicht bist du gar nicht mein Typ." Kindisch wie ich war, streckte ich ihm die Zunge raus.

Eine Stimme von hinten ließ uns beide herumfahren. „Oh Mann, ihr seid ja ganz schön abgebrüht, hier solche Scherze zu reißen."

Ich winke ihm mit meinem Block zu. „Hallo Finn. Wir sind nicht abgebrüht, aber du weißt ja, was man sagt. Lass es nicht zu nah an dich ran, sonst lässt es dich nicht mehr los."

„Stimmt, da hast du auch wieder recht. Das restliche Team packt grad alles ein, um es herzutragen. Also, was haben wir hier?"

Jetzt erst merkte ich, dass ich ihm die Sicht auf die Frau versperrte, also trat ich einen Schritt zur Seite, nicht ohne ihn vorher zu warnen.

Ich wusste bis dahin nicht, wie schnell einem das Blut aus dem Gesicht weichen konnte, aber Finn machte es mir vor. Er tat mir leid. Finn war erst seit kurzem bei der Spurensicherung und war den Anblick noch nicht gewohnt.

Schlimm, an was sich ein Mensch alles gewöhnen kann. Mich selber eingeschlossen. Ich trank jeden Tag, wachte meist von Albträumen geplagt auf, log schon mein ganzes Leben lang. Ich war es gewöhnt. Diesen Schmerz, tief in mir. Erst durch Michael wurde mir wieder bewusst, dass es nicht normal war, so zu fühlen. Dass es nicht alltäglich war, ständig in Angst zu leben und eine schwere Last alleine zu schultern. Nur zu gerne hätte ich ihm alles erzählt, aber konnte ich das? Würde er mir überhaupt glauben oder eher denken, dass ich vollkommen durchgeknallt sei?

Finn riss mich aus meinen Gedanken. „Wie krank muss man sein, um so etwas zu tun?" Er schüttelte seinen Kopf, drehte sich um und dirigierte die anderen zu uns.

Der ganze Tatort wurde weiträumig abgesperrt, viele Fotos geschossen und jede Menge Spuren gesichert. Die würden uns nur nichts nützen. Der Mörder war nicht im System, aber das konnte ich den anderen ja schlecht erklären. Also konzentrierte ich mich einfach auf die Umgebung, in der Hoffnung, dass dieser kranke Mann etwas liegen gelassen hatte, dass uns weiterhelfen konnte.

Vorsichtig schnitten sie die Seile durch und legten die Frau in einen Leichensack. Ich ging hin und sah sie mir an. Die Leichenstarre hatte schon begonnen und ihr Mund war erstarrt, ihr Kopf in der verdrehten Haltung geblieben. Die Arme ließen sich noch bewegen, aber man merkte auch hier, dass sie bereits steif wurden. Sie war seit circa drei Stunden tot, vielleicht vier. Es war zwölf Uhr zweiunddreißig, also konnte davon ausgegangen werden, dass der Tod zwischen acht und neun Uhr eintrat. Das war interessant, Vampire konnten also in die Sonne. Das machte es nicht gerade einfacher den Wohnort des Mörders einzugrenzen.

Ich seufzte laut, packte meinen Block ein und winkte Michael zu mir. „Ich denke hier können wir nichts mehr machen. Sollen wir uns noch im restlichen Park umsehen?"

„Nein, lass das die Spurensicherung übernehmen. Wir könnten mit der Suche nach Überwachungskameras beginnen."

„Ja okay. Das ist eine gute Idee."

Gemeinsam traten wir von der kleinen Lichtung zwischen die Bäume und atmeten fast zeitgleich erleichtert auf. Michael sah mich kurz von der Seite an, kickte einen Tannenzapfen vor sich her und brach dann die Stille. „Denkst du, es war der gleiche Mörder wie bei diesem Weiss?"

„Ja." Die Antwort kam schnell, denn ich kannte die Wahrheit.

„Du scheinst dir ziemlich sicher zu sein. Weshalb?"

„Hm." Um mir eine plausible Antwort überlegen zu können, fischte ich nach einer neuen Zigarette und zog erst mal daran, bevor ich mich zu Michael umdrehte. „Das Seil, die Schnitte und ich habe an ihrer Schulter mindestens eine Bissspur gesehen."

„Oh. So genau habe ich wohl nicht hingeschaut. Dann klingt es wirklich so, als hätten wir einen Serienmörder."

„Ja, klingt ganz danach. Wir müssen nur die DNA Tests abwarten, dann wissen wir es genau. Wenn es so weit ist, wird eine Sondereinheit gegründet werden."

„Da hast du wohl recht."

„Hey, Thomas."

„Ja, was ist?" Michael stand hinter mir und schaute über meine Schulter auf den Bildschirm.

Zwei Parkplätze die an den Park, in dem wir die Leiche entdeckt hatten, grenzten, hatten Kameras. Wir waren gerade dabei, das Filmmaterial zu sichten.

„Es ist sieben Uhr zehn. Unsere Schicht ist vorbei."

„Danke." Ich sah über meine Schulter nach oben und erschrak kurz, weil Michael sehr dicht bei mir stand. Ich rollte mit meinem Stuhl ein Stück weg. „Einen schönen Feierabend wünsch ich dir."

„Komm, pack zusammen. Ich bring dich heim." Michael richtete sich wieder auf und hielt seine Autoschlüssel in die Höhe.

„Nicht nötig. Aber danke."

„Ich habe das Gefühl, es wäre besser, wenn ich dich zu deiner Wohnung fahre." Er sah mich durchdringend an.

„Wieso? Es ist alles gut."

„Das glaube ich nicht."

Langsam wurde ich zornig. Er führte sich auf wie eine Glucke. „Und woher willst du das bitte wissen?"

„Man sieht es dir an, Thomas. Es ist in Ordnung, dass es dir nicht gut geht." Er fuhr sich durch sein Haar. „Tu mir doch einfach den Gefallen und lass dich nach Hause bringen."

„Alter, du kannst hartnäckig sein. Ich hol noch meine Sachen, wenns recht ist." Auf eine Antwort wartete ich nicht mehr, sondern stand einfach auf und ging zu den Umkleiden. Ich öffnete meinen Spind und holte die Schlüssel, Geldbörse und das private Handy raus. Beim Verlassen des Raumes blickte ich in den Spiegel, welcher neben der Tür hing und stockte. Ich sah wirklich nicht gut aus. Meine Haut war blass, tiefe Schatten lagen unter den Augen und die Haare waren zerzaust, da ich mir wohl oft mit den Fingern durchgefahren war. Erst jetzt bemerkte ich das Zittern meiner Hände, da der Schlüssel klimperte, obwohl ich ruhig da stand.

Ich fuhr mir mit der Hand übers Gesicht und ging nach draußen auf den Parkplatz. Michael stand gegen seinen Wagen gelehnt und als er mich erblickte, öffnete er die Fahrertür und wartete.

„Fehlt nur noch, dass du mir die Türe aufhältst, wie so ein Chauffeur."

„Ich merke es mir fürs nächste Mal."

Er wartete doch allen Ernstes darauf, bis ich eingestiegen war, und setzte sich dann erst selber rein.

Stillschweigend fuhr er mich zu meiner Wohnung. Ein kurzes ‚bis morgen‘ war alles, was er noch zu mir sagte. Ich schlug die Autotüre hinter mir zu, öffnete die Tür zum Wohnkomplex und schleppte mich die Treppen nach oben in meine Bleibe.

Ich kannte Michael gut genug und deshalb schaute ich sofort aus dem Fenster. Ich hatte Recht. Er war wohl einmal um den Häuserblock gefahren und parkte nun ein gutes Stück die Straße rauf. Manchmal war er echt naiv, schon fast peinlich für einen Polizisten.

Außer drei Flaschen Bier hatte ich nichts im Kühlschrank, denn alles Andere hatte Michael entsorgt. Ich musste raus, brauchte dringend etwas Härteres.

Mein Zittern wurde immer schlimmer und ich spürte eine unergründliche Wut in mir aufsteigen. Ich war wütend auf einfach alles und jeden. Ich beschloss, schnell zu duschen, zog mir eine Jeans und ein schwarzes Shirt mit einem Aufdruck irgendeiner Band an und verließ die Wohnung.

Von mir war es nicht weit bis zu meinem Stammlokal, an dem ich auch vor ein paar Wochen mit Michael war. Aber anstatt direkt dorthin zu gehen, steuerte ich das nächste Kaufhaus an. Zuerst schlenderte ich durch eine Buchhandlung, dann bog ich in einen Klamottenladen ein und huschte schnell in eine der Kabinen. Dort wartete ich fünf Minuten und verließ anschließend das Gebäude auf der Rückseite. Ich hatte ihn abgehängt. Es war Donnerstag und die Geschäfte hatten länger offen, daher war es ein leichtes in der Masse unterzutauchen.

Ein vertrauter Geruch stieg mir beim betreten des Pubs in die Nase. Ich steuerte die Bar an, setzte mich ganz nach hinten, auf den letzten Hocker und wartete auf den Barkeeper.

„Hey Süßer, du hier?"

„Siehts du ja, oder?"

Vinny legte seinen Kopf leicht schräg und sah mich besorgt an. „Stimmt etwas nicht?"

„Nein, alles gut. Könnte ich bitte was zu trinken haben?"

„Ja klar, was darfs denn sein?"

„Einen Whiskey bitte."

Er drehte sich um, richtete meinen Drink und stellte mir das Glas hin. „Sonst noch was?"

„Ja, ich brauche Zigaretten."

„Die üblichen?"

„Ja."

Vinny und ich kannten uns mittlerweile seit fast fünf Jahren. Er wusste, welche Marke ich rauchte, was ich gerne trank, und kannte mein Lieblingsessen. Dieser Kerl kannte sogar mein bevorzugtes Label bei Unterwäsche.

Er schob mir die bereits geöffnete Zigarettenpackung über den Tresen.

Zuerst nahm ich einen großen Schluck, das war dringend nötig, danach fischte ich mit fahrigen Fingern eine Zigarette aus der Schachtel und steckte sie mir zwischen die Lippen. Scheiße, ich hatte mein Feuerzeug vergessen. Noch ehe ich fragen konnte, erschien vor meinem Gesicht eine kleine Flamme. Vinny hatte mir ein Feuerzeug hingehalten. Ich nahm seine Faust in die Hand, führte sie näher zu mir und neigte zeitgleich den Kopf, um das Ende des Glimmstängels in die Flamme halten zu können. Erleichtert nahm ich einen Zug. Meine Lungen füllten sich mit dem kalten Rauch.

Ein weiterer Schluck vom Glas ließ mich aufseufzen.

„Harter Tag?" Vinny stand immer noch vor mir.

„Du hast ja keine Ahnung."

„Das nicht, aber ich merke es dir an. In 20 Minuten habe ich Pause." Nach der Aussage drehte er sich einfach um und kümmerte sich um die anderen Gäste.

Es war noch relativ ruhig, aber um die Uhrzeit auch kein Wunder. Ich zog mein Handy aus der Tasche. Drei Anrufe in Abwesenheit, eine Voicemail und zwei WhatsApp Nachrichten. Es war zwanzig Uhr achtunddreißig. Wie viel Zeit hatte ich wohl noch, bevor Michael auf die Idee kam, hier nach mir zu suchen?

Ohne etwas sagen zu müssen, wurde mein Glas aufgefüllt, einmal, zweimal, dreimal. Die zwanzig Minuten waren rum. Ich hatte fünf Zigaretten geraucht und vier Whiskey getrunken. Ich fühlte mich besser, leichter. Es war noch zu wenig, um das Gesehene zu vergessen, zu wenig, um mich schlafen zu lassen, aber es war ein guter Anfang.

Vinny meldete sich bei seinem Kollegen ab, ging um die Theke und nahm mich bei der Hand. „Komm mit, wir werden dich etwas entspannen."

Ich wusste genau, was er meinte, hatte eigentlich keine Lust, aber vielleicht half es ja. Zwischen uns war das nichts Außergewöhnliches. Es passierte alle drei Monate mal, wenn keiner von uns eine Beziehung hatte. Wir reagierten uns quasi gegenseitig ab, schufen uns Erleichterung. Es war nichts Falsches daran.

Kaum waren wir durch die Tür fürs Personal, lag seine Hand auf meiner Brust und stieß mich gegen die nächste Wand. Sein Knie drückte meine Beine auseinander und er presste sich an meinen Körper.

Die Tür hinter uns fiel zu, doch der Bass des Liedes dröhnte weiterhin auf uns ein. Der Text von „I know you want me", hallte mir in den Ohren wieder, während Vinny seine Lippen fest und gierig auf meine legte. Seine Zunge verlangte Einlass. Er schmeckte nach Zigaretten und Minze.

Seine Hände erkundeten meine Brust, fuhren an den Seiten hinab und schließlich unter mein Shirt. Er rieb seinen bereits harten Schwanz gegen meinen Oberschenkel und nahm eine Brustwarze zwischen Daumen und Zeigefinger, drückte zusammen und zog leicht daran.

Hatte ich zu Anfang keine Lust, war ich jetzt Feuer und Flamme. Er konnte so unglaublich gut küssen, wusste genau, wo er mich berühren musste.

Sein Kuss wurde noch fordernder, sein Atem ging schneller und ich konnte die Beule in meiner Hose nicht mehr verstecken. Mit einem Ruck machte ich mich von ihm los, umgriff seine Hüften und drehte ihn so, dass nun er gegen die

Wand stand. Kurz blitzte ein Bild vor mir auf. Es zeigt mich selber, wie ich mir mit lüsternen Blick über die Lippen leckte. Scheiß Visionen.

Ich öffnete seine Hose, zog sie ein Stück nach unten und umschloss seinen steifen Penis mit meiner Hand. Vinny zog zischend die Luft ein, griff mir in den Nacken und zog mich zu sich, um mich wild zu küssen. Unsere Zungen lieferten sich einen Kampf, während er seine Hände über meinen Körper gleiten ließ und schließlich am Bund meiner Hose zum stehen kamen. Er öffnete den Gürtel, den Knopf und zog den Reißverschluss nach unten. Seine Hand befreite meine Erektion und ich konnte ein Aufstöhnen nicht unterdrücken. Er fing an, sie im gleichen Rhythmus zu bewegen in der ich meine Eigene seinen Schaft entlang führte.

Wir pressten unsere Körper eng aneinander, unser Kuss wurde immer wilder und verlangender. Vinny schob meine Hand von sich und umschloss uns beide. Mein Schwanz wurde gegen seinen gepresst und ich konnte das heiße pulsierende Fleisch fühlen. Seine Bewegung wurde immer schneller, immer fahriger.

Während seine linke Hand in meinen Haaren festgekrallt war, schob ich meine zwischen ihn und die Mauer. Ich zog seine Hose noch weiter nach unten, drückte seinen Hintern, knetete ihn und wanderte immer näher zur Mitte. Ich strich über seinen Eingang, massierte sein Loch, das von meiner Berührung zuckte. Ich unterbrach den Kuss und schob ihm einen Finger in den Mund, an dem Vinny sofort zu saugen begann. Gierig machte er ihn nass, wissend, was ich machen wollte.

Zeitgleich mit meiner Zunge, die wild in seinen Mund drang, führte ich den feuchten Finger in ihn. Heiße Enge umfing mich und ich wünschte mir, es wäre mein Schwanz gewesen. Vinny stöhnte mir in den Mund, seine Knie gaben kurz nach und er rutschte etwas nach unten. Doch ich hörte nicht auf, bewegte meinen Finger im Rhythmus seiner Hand mit.

Lange konnte ich mich nicht mehr zurückhalten. Ich musste den Kuss unterbrechen, musste Luft holen. Seine Augen waren halb geschlossen, sein Atem ging stoßweise und sein Mund war rot und geschwollen vom Küssen. Alleine dieser Anblick machte mich noch schärfer als ohnehin schon.

„Hm ... ha ... Vinny ... ich komme gleich."

„Ich auch." Mehr konnte er nicht sagen.

Ich küsste ihn noch mal, fuhr wild in seinen Mund, dann sah ich einfach nur in sein Gesicht. Sein Atem wurde immer schneller, kam keuchend über seine Lippen. Ich spürte, dass er kurz davor war, sein Muskel schloss sich gierig um meinen Finger und als er Erlösung fand, stöhnte er meinen Namen. Das war zu viel für mich. Sein Anblick, die leicht geöffneten Lippen, sein träger Blick, die geröteten Wangen. Ich legte ihm eine Hand in den Nacken, lehnte die Stirn gegen seine und stieß mit meinem Schwanz in seine Faust. Gerade mal drei Stöße später kam auch ich. Mit einem halbgrunzenden Stöhnen ergoss ich mich in seine Hand.

Vinny öffnete seine Augen und blickte an mir vorbei. Ich brauchte eine Weile, um den Luftzug an meinem Hintern zu registrieren.

Michael stand mit hochrotem Kopf und geöffnetem Mund in der Tür. Wie erstarrt blickte er in unsere Richtung.

„Hast mich ja doch noch gefunden." Ich war echt ein Idiot, aber etwas Besseres war mir einfach nicht eingefallen.

Michael drehte sich um, murmelte eine Entschuldigung und war verschwunden.

Vinny und ich sahen uns kurz an und mussten dann beide loslachen. Es hatte gut getan. Nicht nur das Rummachen, auch das Lachen. Vinny war einfach ein klasse Typ. Warum wir nicht zusammen waren? Wir liebten uns einfach nicht. Wir empfanden freundschaftliche Gefühle füreinander und sexuelle Anziehung. Wir hatten es versucht, ein halbes Jahr lang aber es klappte nicht.

Wir säuberten uns in den Waschräumen fürs Personal. Ich richtete sein Hemd, strich ihm sanft über die Wange und küsste ihn noch mal. „Danke dir. Du weißt immer genau, was ich brauche."

„Nichts zu danken. Ich hatte es ebenso nötig wie du."

Ich setzte mich auf den Hocker neben Michael, zündete mir eine Zigarette an und bestellte mir ein Bier. „Wieso bist du mir gefolgt?"

„Das weißt du genau."

„Nein, Michael. Ich weiß es nicht."

Er drehte sich um und blickte mich wütend an. „Ich konnte mir schon sehr gut vorstellen, dass du etwas trinken willst. Deswegen bin ich dir nach, um dich davon abzuhalten!"

„Nach diesem Tag brauchte ich einfach was. Du hast mir ja nur noch drei Flaschen Bier gelassen."

„Falls es dir entfallen sein sollte, ich hatte den gleichen Tag wie du!"

Klar, von seinem Standpunkt aus, hatte er den auch. Aber er musste nicht miterleben, was dieses Schwein der Frau angetan hatte. Er musste nicht in diese Augen sehen. Das konnte ich ihm nur leider nicht sagen.

„Ja, den hattest du. Du bist wohl stärker als ich, verkraftest solche Dinge besser."

„Es tut mir leid. Ich weiß ja, dass du normalerweise nicht so extrem reagierst. Es liegt ja auch an den besonderen Fällen, die dich an deine Vergangenheit erinnern." Er legte seine Hand auf meinen Unterarm. „Ich mache mir doch nur Sorgen um dich."

„Ist schon gut. Das weiß ich ja. Es liegt nicht nur an den Fällen. Ich habe wohl mehr Probleme, als ich mir selber eingestehen möchte."

Panik

Meine Lungen brannten, dass Atmen fiel mir schwer. Röchelnd saugte ich Luft in meinen Körper. Es tat weh, schmerzte fürchterlich. Meine Sicht verschwamm, ich konnte nur noch Rot sehen. Ich spürte es, überall auf meinem Körper. Es war nass, feucht, mittlerweile kalt. Ich lag darin, war damit bedeckt. Wieso lebte ich noch? Ich müsste doch schon längst verblutet sein.

Das Atmen wurde immer schwieriger, ich bekam nicht genug Sauerstoff, irgendetwas schnürte mir die Kehle zu. Ich wollte mir an den Hals fassen, konnte meine Arme nicht bewegen. Ich war am Sterben, ganz bestimmt. Es konnte nicht mehr lange dauern. Wieso starb ich nicht schneller? Zu ersticken war fürchterlich, schrecklich.

Verzweiflung kam in mir hoch, meine Lungen waren voll und doch leer. Wieso konnte ich nicht mehr atmen?

Jemand packte mich an den Schultern, rüttelte mich, schrie nach mir.

Ich riss meine Augen auf und wurde von einem Licht geblendet. Ich hatte Panik. Blanke, nackte Panik, bekam immer noch keine Luft. Ich war wach, es war ein Traum, eine Erinnerung. Dennoch lag ich in meinem Bett und versuchte verzweifelt, zu atmen.

Michaels Gesicht schob sich vor das Licht und er sah mich aus erschrockenen Augen an. „Thomas, was ist los? Beruhige dich doch!"

Beruhigen, der war gut. Merkte er nicht, dass ich keine Luft bekam?

„Ausatmen."

Was? Was wollte er von mir?

„Thomas, du musst ausatmen." Seine Hände ruhten stark auf meinen Schultern, fixierten mich. Er redete ruhig auf mich ein. „Bitte beruhig dich. Atme langsam aus, dann erst wieder ein."

Ich versuchte es, stieß die Luft aus meinen Lungen und füllte sie mit neuem Sauerstoff. Laut atmend wiederholte ich das eine Minute lang. Michael sah mich besorgt an, seine Hände ruhten immer noch auf meinen Schultern. Erst da bemerkte ich, dass ich meine Finger in seine Unterarme gekrallt hatte, und ich ließ ihn los.

Er nahm seine Hände weg und ich hörte ihn aufseufzen.

„Hattest du sowas schon mal?" Ich nickte.

„Was machst du sonst bei einer Panikattacke?"

„Ich hatte schon länger keine mehr."

„Du hast mir einen ganz schönen Schrecken eingejagt."

„Es tut mir leid."

„Schon gut, kannst ja nichts dafür." Ich spürte, wie sich die Matratze hob, da Michael aufgestanden war. „Geh erst mal Duschen, du bist völlig durchgeschwitzt."

Seine Schritte entfernten sich. Langsam öffnete ich die Augen, setzte mich auf und rieb mir mit beiden Händen über das Gesicht. Er hatte recht, das Bett war völlig klamm und meine Boxershorts klebte an meiner Haut. Ich kroch aus dem Bett und schlurfte müde ins Badezimmer. Da Michael meine Narben schon kannte, sparte ich mir die Mühe, extra ein Shirt überzuziehen.

Der Wasserstrahl unter der Dusche schaffte es, mich etwas munterer zu machen. Aus dem Kasten holte ich mir wie übliche eine schwarze Jeans und passendes Hemd. Eigentlich verrückt von mir bei so einer Hitze in Schwarz rumzulaufen aber ich war einfach kein großer Fan von Farben.

Michael saß auf einen der Küchenstühle, schlürfte an seinem Kaffe und starrte mich an. „Willst du dich krank melden?"

„Nein, ist nicht nötig."

„Scheiße, Thomas. Du hattest gerade eine Panikattacke. Ich dachte schon, du erstickst."

„Bin ich aber nicht. Ich hatte sie früher sehr oft und kann damit umgehen."

„Das sah aber ehrlich gesagt, nicht danach aus."

Ich nahm gegenüber von ihm Platz, stellte die Ellenbogen auf den Tisch und legte meinen Kopf in die Hände.

Michael schob mir einen Kaffee unter die Nase. „Ich denke, den kannst du brauchen."

„Eigentlich soll ich keinen trinken, wegen der Attacken." Mit diesen Worten nahm ich das Getränk und nippte daran.

„Ich nehme mal an, Alkohol solltest du auch vermeiden."

Ich zuckte nur mit den Schultern.

„Du hast gestern zu viel getrunken."

„Nicht genug."

„Spinnst du!" Seine Stimme wurde lauter und ich hörte die Wut heraus. „Nicht genug? Du hattest vier Whiskey und dann noch vier Bier, was ist daran nicht genug?"

„Das reichte aber nicht, um zu vergessen."

„Was willst du denn vergessen?"

„Nicht so wichtig." Ich stand auf, schob meine Geldbörse in die linke Hosentasche, das Handy mit den Schlüsseln in die Rechte, steckte mir eine Zigarette an und griff nach meinem Kaffee. „Kommst du? Ich bin mir sicher, Paul wartet schon auf uns."

Er sah mich finster an und ich wusste genau, was dieser Blick bedeutete. Damit sagte er mir, dass er es sicher nicht vergessen, und mich später wieder darauf ansprechen würde. „Kann ein Tag noch schöner anfangen?"

„Ja allerdings, also komm jetzt." Ich grinste ihn frech an. „Sonst fahr nämlich ich."

Das reichte, um Michael in Bewegung zu versetzten. Seit er wusste, dass ich öfter als nur hin und wieder etwas trank, ließ er mich nicht mehr fahren. Sollte mir recht sein.

Im Auto holte ich mein Handy raus und wählte die Nummer der Gerichtsmedizin. Beim zweiten Freizeichen wurde bereits abgehoben, es war Nicole.

„Hey meine Liebe, vermisst du mich schon?"

„Thomas, wie gehts?"

„Gut danke, dir?"

„Viel Arbeit, und unerträglich bei der Hitze, aber wem sag ich das." Sie kicherte kurz.

„Ja, wem sagst du das. Ist Paul schon so weit?"

„Natürlich, ihr könnt jederzeit kommen."

„Gut, wir sind in ungefähr zehn Minuten da."

„Dann bis gleich."

„Ja, bis gleich." Ich legte auf.

Michael seufzte erbärmlich. „Also fahren wir in die Gerichtsmedizin, zu meinem liebsten Ort."

Das Handy hatte ich wieder in meine Tasche geschoben und sah dann zu ihm. „Du kannst ja draußen warten, wenn du willst."

„Das kann ich doch nicht immer machen."

„Wie du meinst. Ich werde nichts sagen."

Wir fuhren auf den Parkplatz und stellten unseren Dienstwagen ab.

Kaum schwang die Tür des Gebäudes auf, kam uns der Geruch von Desinfektionsmittel entgegen, dazu das lästige Geplärre eines Radios und das typische Klackern von Nicole, die in die Tasten klopfte.

„Hey, meine Liebe."

Sie beendete ihre Arbeit und blickte auf. „Oh, hallo ihr zwei! Das ging ja wirklich schnell."

„Ich sagte ja, zehn Minuten. Können wir einfach durch?"

„Ja, es ist wieder Raum drei. Paul erwartet euch schon."

Ich drehte mich noch mal um und sah Michael an. „Letzte Chance. Ich bin dir nicht böse und sags auch keinem."

Kurz blickte er zwischen der Türe, die zu den Obduktionsräumen führten, und mir, hin und her. „Ist das wirklich in Ordnung?"

„Ja klar. Warte hier einfach auf mich. Ich bin auch gleich wieder zurück."

Erleichtert setzte er sich in einen der Stühle und zog, wie jedes Mal, sein Handy hervor, um sich irgendwas anzusehen.

Wie schon viele Male, führten meine Schritte den kalten Gang entlang. Mir wurde schlecht und schwindelig. Kurz blieb ich stehen und stützte mich mit einer Hand an der Mauer ab. Ich hätte essen sollen, konnte mich gar nicht mehr daran erinnern, wann ich das letzte Mal etwas zu mir genommen hatte. Mir stand eine verdammt lange Schicht bevor.

„Guten Morgen Paul."

Der Gerichtsmediziner saß in einem Drehstuhl und schrieb irgendetwas. Bei meinen Worten blickte er auf, wandte sich mit seinem Stuhl zu mir und stand auf. „Hey Thomas. Dir auch einen guten Morgen." Paul blieb ungefähr einen Meter von mir entfernt stehen und sah mich nachdenklich an. „Geht es dir nicht gut?"

„Alles in Ordnung, wieso?"

„Du bist ja meist blass aber so wie heute habe ich dich noch nie gesehen. Du scheinst nicht viel geschlafen zu haben."

„In letzter Zeit habe ich Probleme damit."

Er sah mich fragend an also setzte ich noch eine Erklärung dazu. „Gerade sehr viel Arbeit, da funktioniert das Abschalten nicht immer."

„Kann ich verstehen, vor allem wenn ihr solche Fälle bekommt." Bei der Aussage deutete er auf den Seziertisch, der mitten im Raum stand. „Die Papiere liegen bei Nicole, ich muss sie nur noch unterschreiben." Paul trat an den Tisch und zog das Tuch von dem toten Körper.

Sandra Hillinger, fünfundzwanzig Jahre jung. Sie hatte als Kosmetikerin in einem Studio gearbeitet, hinterließ ihre Eltern, zwei Geschwister und einen Verlobten. In solchen Momenten hasste ich meinen Job.

„Die Todesursache war Verbluten. Sie hat zwar sehr viele Verletzungen, aber keine davon tödlich."

Langsam trat ich an den Tisch und sah mir die Leiche an. „Was kannst du mir noch sagen?"

„Der Todeszeitpunkt war gestern zwischen acht und neun Uhr in der Früh. Sie wurde brutal vergewaltigt, hat insgesamt sieben Bisswunden und zwölf Schnittwunden. Die meisten davon nur oberflächlich, die eine auf der Vorderseite ihres Torsos ist die tiefste, aber ebenfalls nicht tödlich."

„Hast du noch andere Spuren gefunden? Außer dem Speichel und Sperma des Mörders?"

„Nein, nur von unserem Unbekannten. Deine Theorie eines Einzeltäters scheint sich zu bewahrheiten."

„Ja, sieht fast so aus."

„Ich gehe schnell nach vor, den Bericht unterzeichnen. Du kannst dich gerne solange verabschieden." Paul verschwand durch die Tür und ich war alleine. Alleine mit diesem toten Körper. Musste ich sie wirklich berühren? Jedes Mal stellte ich mir die gleiche Frage und jedes Mal kam ich auf dieselbe Antwort. Ja, denn ich war der Einzige, der mehr sah, mehr als nur das Oberflächliche. Ich konnte vielleicht ihren Mörder schnappen. Also überbrückte ich die letzten Zentimeter, streckte meine Hand aus und legte sie auf ihren Oberarm. Sofort verschwand der Tisch vor mir, die weiß gefliesten Wände, der Linoleumboden.

Mein Sichtfeld hüpfte vor mir auf und ab. Ich blickte auf die Armbanduhr, acht Uhr zwölf. Laufschuhe trugen mich über einen asphaltierten Gehweg, dann bog ich ab und joggte weiter in einen Wald hinein. Der Blick war auf den Boden gerichtet und plötzlich tauchte ein Paar Schuhe vor mir auf. Ich blieb stehen, sah nach oben, über schwarze Jeans und ein schwarzes Hemd. Vor mir stand ein mir nur zu bekannter Mann. Seine Haare waren ungefähr zehn Zentimer lang, ein paar Strähnen hingen ihm in die Stirn. Seine Augen blitzten ungewöhnlich und seine

vollen Lippen zeigten ein freundliches Lächeln. Er sagte irgendetwas,
woraufhin ich meinen Kopf schräg legte. Die Bestie kam ein paar
Schritte auf mich zu, sprach immer noch mit mir. Ich schüttelte jetzt
meinen Kopf, um etwas zu verneinen oder abzulehnen.

Dann ging alles ganz schnell. Mit übermenschlicher Geschwindigkeit
bewegte er sich auf mich zu. Er hielt mir eine Hand auf den Mund und
mit der Anderen drückte er mich eng an sich. Ich blickte erneut in sein
Gesicht. Das zuvor freundliche Lächeln war einem höhnischen Grinsen
gewichen und seine Augen blitzen mir entgegen, wie die einer Raubkatze.
Wir bewegten uns tiefer in den Wald hinein und er zwängte mich gegen
einen Baum. An die Stelle seiner Hand setzte er seinen Mund und
presste diesen brutal an meine Lippen. Kurz darauf wich er etwas
zurück und ich konnte Blut sehen. Es klebte an seinem Mund und ein
kleiner Tropfen hing an seiner Unterlippe. Ich hörte, wie jemand meinen
Namen rief.

Paul stand vor mir und sah mich an. „Bist du dir sicher, dass
alles gut ist? Ich habe dich drei Mal gerufen."

Ich brauchte noch ein paar Sekunden, um ins Jetzt
zurückzukommen, dann schüttelte ich mich kurz und sah
Paul an. „Ja, wie gesagt, ich bin nur ziemlich übermüdet."
„Okay, dann solltest du wohl einfach mal früher ins Bett
gehen." Er nahm das weiße Tuch und breitete es wieder über
Sandra Hillinger. „Ich habe den Bericht unterschrieben, du
kannst ihn beim Empfang gleich mitnehmen."

„Danke dir Paul."

Ich verließ den Raum und ging den Gang zurück zum
Empfangsbereich. Michael stand bei Nicole und hatte den
Bericht bereits in der Hand.

„Gut, du hast ihn schon, dann können wir ja gleich gehen. Schönen Tag noch Nicole."

Ich wartete gar nicht erst auf eine Antwort, sondern stürmte nach draußen. Scheiße, ich zitterte immer noch. Gerade so schaffte ich es, mir eine Zigarette anzustecken, bevor Michael sich zu mir stellte.

„Warum hast du es denn so eilig?"

„Ich wollte eine rauchen."

„Das sehe ich." Er zog den Autoschlüssel aus seiner Tasche und setzte sich in Bewegung.

Zurück auf der Station gaben wir unseren Bericht ab und es kam so, wie wir schon vermutet hatten. Es wurde eine Sondereinheit gegründet. Womit ich aber eher weniger gerechnet hatte, war die Tatsache, dass ich der Leiter wurde.

Die nächsten drei Wochen vergingen damit, dass ich das Team noch Mals zu allen Zeugen schickte, das gesamte Videomaterial sichtete und in der Datenbank nach ähnlichen, ungeklärten Fällen suchen ließ.

Ich persönlich fiel tiefer in mein Loch. Die Albträume wurden immer schlimmer, und auch die Panikattacken traten häufiger auf. So war es also ganz gut, dass meine Trinkerei nach wie vor von Michael kontrolliert wurde. Ohne den vielen Alkohol hatte ich allerdings Probleme beim Einschlafen und so fing ich an, Schlaftabletten zu nehmen. Sie halfen, machten mich aber auch während des Tages müder. Michael ritt zum Glück nicht darauf herum und fragte auch nicht nach der Ursache. Ihm genügte es, dass ich nicht jeden Tag mit einer Fahne aus dem Bett stieg. Alles lief in einer Routine bis zu einem gewissen Tag.

06. September Claudia Norman

Die Nachtschicht war zu Ende, die Uhr zeigte bereits neun vorbei und wir saßen gerade bei unserem Lieblingsbäcker auf ein Frühstück. Ich war extrem müde, der Kopf tat mir weh und ich sehnte mich nach meinen Schlaftabletten.

Doch dies war mir nicht vergönnt, denn aus der Tiefe meiner Hosentaschen spielte das Firmenhandy die eingestellte Melodie für die Zentrale ab. Nach ein bisschen herumfummeln, schaffte ich es, das Teil herauszuziehen.

„Hader am Apparat ...“

Ich telefonierte etwa zwei Minuten und drehte mich dann seufzend zu Michael um.

„Tja, das war es mit unserem Feierabend. Es wurde eine Leiche, gefesselt in einer Ruine, gefunden. Mit Bissspuren.“

„Wohl das dritte Opfer.“

„Ich fürcht, ja.“

Der Weg zum Tatort führte uns vierzig Minuten aus der Stadt hinaus. Die letzten zwei Kilometer fuhren wir auf einem Schotterweg durch den Wald. Nach der letzten Rechtskurve, welche uns zwischen den Bäumen ausspuckte, ragte vor uns eine Ruine empor. Ein großer Turm lenkte unser Augenmerk auf sich.

Michael fuhr den Wagen auf einen Parkplatz. „Bist du bereit?“

Ich hatte mich bereits abgeschnallt, eine Zigarette im Mund und das Feuerzeug in der Hand. „So weit man für so einen Scheiß bereit sein kann, ja." Ich öffnete die Autotür, stieg aus und entzündete den Glimmstängel. „Wieso ist es nur so hell?"

Michael stellte sich neben mich und sah grinsend zu mir. „Tja, mein Lieber. Das ist die Sonne. Weißt du, die Erde dreht sich um die Sonne und um sich selbst, daher gibt es Tag und Nacht."

„Ach halt doch die Klappe du Idiot."

Er streckte mir die Zunge raus, wie ein kleiner Bengel.

„Klar doch, ich mag dich auch."

Ein Kollege führte uns einen Fußweg entlang, eine kleine Anhöhe und eine Holztreppe hinauf. Wir gingen über eine Brücke und durch das erste Tor. Es war eine große Ruine und wir durchquerten sie fast zur Gänze, ehe wir vor einer breiten Steintreppe anhielten. Die Mauern strahlten noch die Kühle der Nacht ab, und es roch nach Wildblumen und den feuchten Steinen.

„Ab hier werdet ihr Taschenlampen benötigen." Der Kollege hielt uns zwei Stablampen entgegen und führte uns die abgetretenen Stufen hinab, in den ehemaligen Keller.

Ohne das künstliche Licht hätten wir nichts ausmachen können, doch so bot sich uns ein krotesker Anblick.

Vor uns hing, etwa zwanzig Zentimeter über den Boden, eine nackte Frau. Ihre Handgelenke waren von Seilen umschlungen, welche in zwei Eisenringen endeten. Die Ringe waren in gut drei Metern höhe und mit einem Abstand von zwei Metern in der Mauer eingelassen. Sie hing dort wie am Kreuz. Ihre blasse Haut blitze zwischen dem ganzen Blut hervor. Ihr Kopf war nach vorne gekippt und ihre langen, braunen Haare verdeckten ihr Gesicht.

Die Stimme eines Kollegen forderte meine Aufmerksamkeit. „Eine Fotografin hat sie gefunden und sofort die Polizei verständigt. Das Opfer war wohl ihre Freundin, mit der sie sich hier verabredet hatte."

„Danke dir." Das war alles, was ich sagen konnte. Außer Michael, mir und dem Kollegen, befand sich niemand mit uns hier unten. Ich konnte es ihnen echt nicht übel nehmen und weil ich kein ganzer Arsch bin, setzte ich zu dem „Danke dir", noch ein „Du wartest besser oben auf die Spurensicherung" hinzu.

Langsam ging ich auf die Frau zu. Sie hatte, wie die anderen Opfer auch, etliche Schnittwunden und Zahnabdrücke auf ihrem Körper verteilt. Unter ihren Füßen befanden sich viele Blutstropfen aber keine Lache. Der Bastard war wohl nicht verschwenderisch, was seine Nahrung anging. Ich bückte mich leicht, um in ihr Gesicht sehen zu können. Ihre Augen waren geschlossen, eines davon zierte ein Veilchen. Der blaue Fleck zog sich über ihre ganze, linke Gesichtshälfte. Am Hals sah ich auf den ersten Blick, drei Bisswunden und Würgemale. Weitere Zahnabdrücke kamen auf den Schultern hinzu und auch um ihre Brustwarzen waren eindeutig welche zu erkennen. Meine Aufmerksamkeit glitt die Arme nach oben. Ihre Gelenke waren aufgeschürft, ihre Nägel voll Dreck und Blut. An den Armen hatte sie weitere Blutergüsse. Diese zogen sich über ihren gesamten Körper. Neben dem in ihrem

Gesicht war der Größte, der an ihrer linken Seite. Anhand der Form nahm ich an, dass er sie getreten hatte.

Ich machte meinen Job echt nicht schlecht und konnte anhand von Spuren schon sehr viel ablesen. Genau deswegen fiel es mir noch schwerer, den nächsten Schritt zu tun. Ich wusste, dass mich Michael beobachtete, daher streckte ich zwei Finger aus und führte sie an ihre Halsschlagader. Er sollte denken, dass ich mich von ihrem Tod überzeugen wollte. Als meine Finger ihre, noch warme Haut berührten, zuckte ich etwas zusammen.

Die Sonne hüllte die Ruine in ein wunderschönes, orangenes Licht. Die Strahlen drangen in die alten Fensterspalten ein und krochen durch das Gemäuer. Ein traumhaftes Bild. Ich schloss das Auto ab, machte einen Schwenker nach rechts und stieg den kleinen Hügel hinauf. Vor der Brücke, mit der man ins Innere der Ruine gelangte, blieb ich stehen und sah mich um. Dann überquerte ich sie und trat zwischen die alten Mauern. Ich sah mir alles an, was es zu erkunden gab und der Weg führte mich immer weiter hinein. Beim Durchqueren eines Torbogens fiel mein Blick auf eine gewendelte Steintreppe, auf der ich einen Schemen ausmachte.

Ich blieb stehen und wartete ab, bis sich der Schatten plötzlich bewegte und sich in eine menschliche Gestalt umwandelte. Sie stand auf und kam langsam auf mich zu. Ich erkannte einen, mir mittlerweile sehr bekannten, Mann. Er sagte irgendetwas zu mir und kam immer näher. Ich ging rückwärts, wollte gerade etwas aus meiner Tasche holen, da packte er mich am Hals und drängte mich gegen eine Mauer. Ich holte mit der Hand aus und schlug ihm ins Gesicht. Vier rote Striemen bildeten sich auf seiner Wange.

Sein Blick veränderte sich und obwohl ich nichts spüren oder hören
konnte, bekam ich Angst. Der Ausdruck in seinen Augen wich blanker
Wut. Sie verengten sich zu schmalen Schlitzen und ehe ich reagieren
konnte, schleuderte seine Faust meinen Kopf zur Seite. Ich fiel auf den
Boden und in der Sekunde hörte ich, wie jemand meinen Namen rief.

„Thomas!" Michael stand neben mir und sah mich an.
„Thomas, die Spurensicherung ist da, wir müssen Platz
machen."

Ich schüttelte meinen Kopf, zog die Finger zurück und
verließ ohne eine Erwiderung den Raum. Oben angekommen,
deutete ich den anderen ein kurzes Hallo mit der Hand und
ging dann schnellen Schrittes bis ans Ende der Ruine. Ich
stützte mich auf dem Geländer, dass dort angebracht war, ab
und holte ein paar Mal tief Luft. Michael war mir gefolgt und
sah mich besorgt an. Das wurde langsam zur Routine und es
kotzte mich an. Nicht wegen ihm, sondern weil ich mich
selber nicht mehr unter Kontrolle hatte. Mit meiner zitternden Hand fuhr ich mir übers Gesicht und blickte ihm dann
direkt in die Augen. Er sah einfach nur zurück, sagte kein
Wort. Es war, als würde er versuchen, mich zu lesen. In mein
Innerstes zu blicken.

„Scheiße, Michael. Sieh mich doch nicht so an, sonst stürz
ich mich noch auf dich." Mehr schlecht als recht versuchte
ich einen Scherz zu landen und zu lächeln.

Er ging einfach nicht darauf ein, sondern machte einen
weiteren Schritt auf mich zu, zog mir die Schachtel Zigaretten
aus der Tasche und steckte sich eine an. Nach einem Zug
hielt er sie mir an den Mund und ich klemmte den Glimm-

stängel zwischen meine Lippen. Er hatte, wie schon damals, bemerkt, dass ich zu sehr zitterte, um es alleine zu schaffen.

Ich kam mir schäbig vor. Gierig sog ich daran, nahm sie zwischen meine bebenden Finger und blies den kalten Rauch aus. „Danke Mann."

„Schon gut." Sonst nichts. Er frage nicht, was los sei. Fragte nicht, warum ich wieder mal in eine Starre verfallen war oder warum ich so zitterte. Mein ohnehin bereits schlechtes Gewissen ihm gegenüber wurde immer größer. Ich sollte ihm die Wahrheit sagen aber ich hatte Angst davor. Hatte Angst vor seiner Reaktion, hatte Angst, dass er mich vielleicht für völlig verrückt halten könnte.

Es war bereits nach zwölf Uhr, als mich Michael endlich zu Hause absetzte. Ich bedankte mich noch fürs Heimbringen, schlug die Autotüre hinter mir zu und schleppte mich in meine Wohnung. Ich wäre wohl auch so eingeschlafen aber aus Gewohnheit nahm ich mir drei Tabletten und nahm sie mit etwas Wasser zu mir. Auf dem Handy stellte ich mir noch einen Wecker auf sechs Uhr abends, zog mich bis auf die Unterwäsche aus und legte mich schlafen.

Es war ein traumloser Schlaf, eine herrliche Schwärze. Ich konnte mich schon gar nicht mehr daran erinnern, wie es war, keine Albträume zu haben. Dafür war das Erwachen alles andere als angenehm. Eine flache Hand klatschte gegen meine Wange, danach wurde ich unsanft an der Schulter gepackt und durchgeschüttelt.

„Thomas! Mann wach auf!"

Michael kniete neben mir auf dem Bett. Seine, vor Panik geweiteten Augen, blickten mir glasig entgegen. „Gott sei dank, du kommst zu dir."

Müde fuhr ich mir übers Gesicht, hatte keinen blassen Schimmer, was hier los war. Michael wirkte gehetzt, als er sein Handy aus der Tasche zog. „Ich rufe einen Rettungswagen."

Jetzt war ich wach. „Verdammt was?" Mühselig setzte ich mich auf. „Was laberst du da?"

„Fühlst du dich fit genug, dass ich dich fahren kann?"

„Wohin denn?"

„Ins Krankenhaus."

„Wieso sollten wir ins Krankenhaus?"

„Weil du verdammter Arsch versucht hast, dich umzubringen!"

„Sag mal, bist du total bescheuert? Wie kommst du auf so einen Scheiß?"

Zur Antwort hielt er die leere Blisterpackung in die Höhe, in der meine Schlaftabletten waren.

„Du denkst doch nicht wirklich, dass ich mich mit Schlaftabletten umbringen würde?"

Er schoss mir die Verpackung ins Gesicht und ich konnte sehen, wie sich seine Augen mit Tränen füllten. Scheiße. „Michael, ich hab drei Stück genommen, wie jeden Abend. Ich brauch die Dinger zum Einschlafen, dafür trinke ich nicht mehr so viel."

Ich lehnte mich nach vor und zog ihn in meine Arme. „Es tut mir leid. Ich wusste nicht, dass du dir solche Sorgen um mich machst, dass du sogar glaubst ich würde mich selber umbringen."

„Hast du schon mal in den Spiegel geschaut? Du siehst alles andere als gesund aus. Du trinkst und rauchst zu viel. Hast Aussetzer und zitterst ständig. Außerdem isst du fast nichts mehr."

Ich seufzte in seine Schulter und schob ihn dann ein Stück von mir weg. „Dir entgeht leider auch nichts, oder?"

„Wir sehen uns fast jeden Tag, wie soll mir da so etwas nicht auffallen?"

„Hör zu, es geht mir momentan nicht gut, aber das bessert sich auch wieder."

„Bist du dir sicher?"

„Ja, bin ich. Wenn wir diesen Fall hinter uns haben dann wird das schon wieder, versprochen."

Er stand auf und sah mich etwas verlegen an. Die ganze Situation war ihm sichtlich unangenehm. „Apropos dieser Fall. Wir kommen zu spät zur Arbeit."

„Wieso? Es kann noch nicht mal sechs Uhr sein. Ich habe mir doch einen Wecker gestellt."

„Was denkst du, warum ich hier bin?"

Ich warf die Decke ans Fußende des Bettes, stand auf und ging Richtung Bad. „Keine Ahnung, aber die Frage habe ich mir auch schon gestellt."

„Ich bin ungefähr zwanzig Minuten vor sieben hier gewesen. Du hast weder auf mein Klopfen noch Rufen reagiert und als ich dann deinen Wecker in Endlosschleife hörte, hab ich den Schlüssel genommen." Er ging mir nach und sah mich vorwurfsvoll an. „Als ich in dein Schlafzimmer kam, lagst du hier und hast dich nicht gerührt. Das verdammte Handy war keine dreißig Zentimeter von dir entfernt, aber du hast überhaupt nicht darauf reagiert und dann entdeckte ich die Tabletten und habe Angst bekommen."

„Jetzt weißt du ja, dass alles gut ist." Ich zog die Boxershorts über meinen Hintern und ließ sie nach unten rutschen. Danach griff ich in die Dusche und drehte das Wasser auf.

„Willst du mitkommen?" Ich konnte es mir einfach nicht verkneifen und zwinkerte ihm zu.

„Nein danke, aber beeile dich. Es ist schon fünf vor Sieben."

Die hohen Gebäude der Stadt versteckten bereits die Abendsonne. Zum Glück war es von meiner Wohnung gerade mal zehn Minuten bis zur Pathologie, daher kamen wir trotz meines Trödelns um kurz nach halb acht dort an.

Wie meistens, rauchte ich vor dem Betreten des Gebäudes noch eine. Es war recht viel los auf den Straßen und die Leute nützten den warmen Abend.

Michael war vor mir an der Türe und klingelte an. Die Pathologie hatte bereits geschlossen, aber Paul war noch extra für uns länger geblieben.

„Heute gehe ich mit rein."

Ich sah verblüfft über die Schulter. „Bist du dir sicher?"

„Ja, bin ich. Ich kann dich doch nicht jedes Mal alleine gehen lassen, ist ja unkollegial."

„Wie du meinst."

Von der anderen Seite der Türe hörten wir, wie sich der Schlüssel im Schloss drehte und als Nächstes blickten wir auf einen sehr müde wirkenden Paul.

Ich lächelte ihn mitfühlend an. „Hey du. Vielen Dank, dass du noch auf uns gewartet hast. Du bist echt der Beste."

„Kein Ding. Ich bin sowieso erst vor zwanzig Minuten mit der Arbeit fertig geworden." Er ließ uns eintreten und schloss dann wieder zu. „Papierkram, ihr kennt das."

„Oh ja, ist echt der langwierigste Teil unserer Arbeit."

Still folgten wir Paul in den Autopsieraum, wo er auf den, im Boden verankerten, Metalltisch zuging. Er hob das Laken und entfernte es bis zur Hälfte. „Claudia Norman, 35 Jahre alt. Todeszeitpunkt zwischen sieben und acht Uhr heute Morgen. Todesursache war ersticken."

Michael wirkte überrascht, aber er hatte sich die Frau auch nicht so genau angesehen, als sie noch in der Ruine hing.

Ich beugte mich über die Leiche. „Er hat sie also tatsächlich erwürgt. Was noch?"

„Neun Bisswunden, sieben Schnittverletzungen und zahlreiche Prellungen, hervorgerufen durch Faustschläge und Tritte. Außerdem wurde auch dieses Opfer vergewaltigt."

Michael sog scharf die Luft ein. „Es ist das erste Opfer, das er so misshandelte. Warum auf einmal?"

„Sie hat ihn geschlagen. Da wurde er wohl wütend."

Fragende Blicke trafen mich. „Mir ist am Tatort aufgefallen, dass sie Blut und Haut unter den Nägeln hatte."

Paul bestätigte dies mit einem Nicken. „Ja, du hast recht. Sie hatte die DNA unseres Täters unter den Fingernägeln. Nach der Menge zu urteilen, hat derjenige wohl ziemliche Kratzer davon getragen. Mit etwas Glück im Gesicht."

„Ja, das könnte hilfreich sein."

Paul wandte sich wieder ab und steuerte seinen Schreibtisch an. „Ich füll das hier noch schnell fertig aus, du kannst dich solange verabschieden."

„Danke Paul."

Die Blicke von Michael konnte ich förmlich auf mir spüren. Er sagte kein Wort, sondern beobachtete mich einfach nur.

Ich trat noch näher an den Seziertisch heran, streckte langsam meine Hand aus und berührte die Schulter von Claudia Norman.

Zuerst war da nur die Dunkelheit, dann öffneten sich die Augen und ich konnte etwas sehen. Ich lag auf kahlem Boden, Erde und Steine. Langsam rappelte ich mich in eine sitzende Position, mein Kopf drehte sich und ich sah, dass ich von einer Steinmauer umgeben war. Ein Stück entfernt von mir drang Licht durch eine Öffnung und strahlte über eine schiefe Steintreppe. Plötzlich ruckte mein Kopf zur Seite und ich blickte auf ein paar Schuhe, wandte das Gesicht nach oben, folgte den Beinen entlang, über den Oberkörper bis in das Antlitz eines Mannes. Wieder diese moosgrünen Augen. Er sagte etwas zu mir, woraufhin ich verneinend den Kopf schüttelte. Sein Ausdruck wurde zornig und ehe ich mich versah, holte er aus und trat mir in die Seite. Ich kippte zurück auf den Boden, schloss die Augen, wohl vor Schmerz, dann wurde ich grob gepackt und auf den Rücken gedreht.

Das Monster senkte sich herab und küsste mich. Seine Lippen waren blutverschmiert und spitze Zähne blitzten aus seinem Mund hervor. Nun kniete er über mir und ich sah, wie er seine Hose öffnete und seinen steifen Schwanz heraus holte. Mit der nächsten Bewegung schob er meinen Rock nach oben und spreizte meine Beine. Ich wollte das nicht sehen, aber die Augen blieben wie hypnotisiert auf den Mann gerichtet. Dieser beugte sich wieder zu mir und umklammerte meinen Oberarm.

Ich konnte seine Hand spüren, spürte wie sie sich um mich schloss. Die Panik kam so schnell, dass ich nicht reagieren konnte. Mir stockte der Atem und mein Herz begann zu rasen. Wieso spürte ich auf einmal etwas? Ich hatte das Gefühl zu fallen und dann wurde alles Schwarz.

Die ganze Wahrheit

Auf dem Boden der Gerichtsmedizin kam ich wieder zu mir, die Vision war vorbei. Ich sah Pauls erschrockenes Gesicht über mir, sah wie sich seine Lippen bewegten, aber konnte nichts hören.

Die Luft wollte einfach nicht in meine Lungen, so als wären sie verschlossen. Ich hatte Angst. Angst davor, zu ersticken. So wollte ich nicht sterben.

Irgendjemand richtete meinen Oberkörper etwas auf, lehnte ihn gegen seine Brust. Kurz sah ich das Gesicht von Michael, als er vor mich griff und seine flache Hand auf mein rasendes Herz legte, und ich hörte seine beruhigende Stimme. „Ausatmen Thomas. Langsam ausatmen, dann wieder ein. Konzentriere dich auf meine Hand."

Erst jetzt bemerkte ich, dass er mit dieser in einem stetigen Rhythmus auf meiner Brust klopfte. „Drei Schläge aus und drei einatmen. Gut Thomas, weiter so."

„Ich ... ich habe ihn gespürt. Seine Hand gespürt." Zitternd griff ich mir an den linken Oberarm. Meine Worte waren nur als Krächzen über die Lippen gekommen.

„Das war ich, Thomas. Du hast wieder mal nicht reagiert. Ich habe dich mindestens viermal angesprochen, aber du hast nur vor dich hingestarrt." Michael sah mich entschuldigend an. „Paul war mit den Unterlagen fertig und ich wollte gehen."

Ich war noch nicht fähig, etwas zu erwidern. Es war also Michael, der mich durch einen beschissenen Zufall genau an der Stelle berührt hatte, an der dieses Monster die arme Frau angegriffen hatte. Ich war immer noch durcheinander, meine Lungen schmerzten, mir war schwindelig und ich konnte nicht aufhören zu zittern.

Plötzlich überkam mich eine Übelkeit und ich musste würgen. Paul holte schnell einen Eimer und stellte ihn mir hin. Zum Glück blieb es bei dem Würgen, aber mein Zittern wurde noch heftiger und ich spürte, wie mir der Schweiß auf die Stirn trat.

Paul sah mich besorgt an. „Was war das eben?"

Mit meiner Hand drückte ich den Arm von Michael, an den ich mich klammerte. Er verstand und antwortete statt mir. „Das war eine Panikattacke."

„Ich wusste gar nicht, dass er unter so etwas leidet."

„Mach dir nichts draus, Paul. Ich wusste es bis vor kurzem auch nicht." Michael sah mich vorwurfsvoll an. „Ich denke, es wäre besser, wenn ich dich nach Hause bringe."

„Nicht nötig, es geht schon wieder." Um das Gesagte zu beweisen, stemmte ich mich hoch und stand auf. Blöd war nur, dass ich ohne Michaels Hilfe umgefallen wäre.

„Gar nichts geht wieder. Ich rufe in der Zentrale an und sag Bescheid."

„Das kannst du nicht machen! Denkst du die lassen einem die Leitung, wenn man unter Panikattacken leidet? Oder überhaupt diesen Job?"

Er sah mich betreten an. „Es tut mir leid, du hast wohl recht. Arbeiten kannst du so aber auch nicht."

„Ich brauche nur was zu essen und muss etwas Schlaf nachholen. Das heute Nachmittag war einfach zu wenig."

Paul war das Ganze sichtlich unangenehm und so machte er sich auf, ein Glas Wasser für mich zu holen.

„Wann hast du das letzte Mal etwas gegessen?"

Ich musste kurz überlegen, weil ich es wirklich nicht mehr wusste. „Heute Morgen, beim Bäcker."

„Thomas, da hast du nichts gegessen. Du meintest, du seist nicht hungrig und hast deswegen nur einen Kaffee getrunken."

Paul reichte mir ein Glas mit kaltem Wasser. „Die Straße runter ist ein Laden, wo es gute Nudelboxen gibt."

Ich trank in einem Zug leer, gab ihm dankend das Gefäß zurück und drehte mich zu Michael. „Hörst du? Dort kann ich mir etwas besorgen und es unterwegs im Auto essen."

„Ist gut, aber morgen früh gehst du pünktlich nach Hause und legst dich gleich hin."

„Wird gemacht. Jetzt lass uns gehen, damit ich etwas essen kann." Ich schnappte mir noch den Eimer und stellte ihn unter das Waschbecken, welches an der Wand neben der Tür angebracht war, zurück. Danach geleitete Paul uns noch zur Eingangstüre und ließ uns wieder nach draußen. Ich winkte ihm kurz zu, verabschiedete mich und trat nach draußen, in den hellen Gang. Ich hörte, wie Michael mir folgte, und langsam aufholte. Doch ich ignorierte ihn, marschierte schnell an Nicole vorbei und trat in die Abenddämmerung. Ich brauchte eine Zigarette, und zwar dringend. Ein Whiskey oder ein paar Shots wären besser gewesen, aber das ging gerade nicht.

Die kleine Flamme des Feuerzeugs leckte am Tabak, als mir der Glimmstängel aus dem Mund gezogen wurde.

Michael stand vor mir, in seiner ganzen Größe, also nicht unbedingt furchteinflößend, und funkelte mich böse an. „Wir müssen reden."

„Du klingst wie meine Ex."

„Denke ja nicht, du kannst mir ausweichen. Heute lass ich dich noch in Ruhe, aber morgen beginnt unsere Freischicht und sobald du mal richtig ausgeschlafen hast, und etwas Fitter bist als jetzt, wirst du mir mal einiges erklären."

„Was soll ich dir denn erklären?"

„Zum Beispiel was du vorhin meintest, als du gesagt hast, er hat dich berührt und du konntest ihn spüren."

Scheiße. Es war klar, dass er sich das merken würde. Wie sollte ich ihm das denn bitte erklären? Alleine bei dem Gedanken, dieses Monster zu sehen, wie er seine Hand senkte und ich genau an der Stelle jemanden spürte, bereitete mir erneut Übelkeit.

„Behaupte jetzt ja nicht, da gibt es nichts zu erklären, denn deine Reaktion sagt etwas anderes."

Da ich Mühe hatte, überhaupt stehen zu bleiben, erwiderte ich gar nichts. Michael gab mir meine Zigarette zurück, setzt sich ins Auto und wartete darauf, dass ich fertig geraucht hatte.

Kaum hatte ich mich angeschnallt, fuhr er stillschweigend los und blieb vor einem kleinen unscheinbaren Laden stehen, an dessen Front eine Rikscha aus der Mauer ragte, die, statt Menschen, eine Schüssel Nudeln transportierte.

„Soll ich dir auch etwas mitbringen?"

„Nein danke, ich habe zu Hause gegessen."

Ich bestellte mir gebratene Nudeln mit Hühnerfleisch, schnappte mir noch eine Packung Stäbchen beim rausgehen und setzte mich zurück zu Michael ins Auto.

„Stört es dich, wenn ich hier esse?"

„Nein, mach nur." Er sah mich kurz von der Seite her an, startete den Motor und fuhr los. „Ich komme morgen Abend zu dir."

„Aha."

„Das ist alles? Einfach nur aha?"

„Was soll ich denn sonst sagen? Du kommst ja so oder so vorbei, auch wenn ich sage, dass ich es nicht will."

„Stimmt. Wir müssen unbedingt reden und ich denke, dass du etwas vor mir verbirgst. Mehr als nur der Überfall aus deiner Jugend." Er sah kurz fragend in meine Richtung ehe er sich wieder vollends auf die Straße konzentrierte.

Da wir in der Nachtschicht keine Zeugen befragen oder mit der Familie des Opfers sprechen konnten, verbrachten wir die restliche Zeit mit Bürokram. Man brachte uns auf den neuesten Stand, da wir ja den Tag über nicht auf der Arbeit waren, und ich schaffte es endlich, meinen Papierkram zu erledigen.

So verging die Schicht relativ schnell und ereignislos. Michael setzte mich, wie in letzter Zeit immer, direkt vor der Haustüre ab und wartete, bis ich drinnen war.

Ich hatte gar nicht die Kraft, noch irgendwohin zu gehen, also stellte ich mich kurz unter die Dusche, putzte mir die Zähne und warf mir die mittlerweile üblichen drei Tabletten rein. Nur in Boxershorts bekleidet, legte ich mich ins Bett und war sehr schnell eingeschlafen.

Einer meiner üblichen Albträume bescherte mir einen unruhigen Schlaf.

Ich lag auf dem Bauch und über mir kniete die Vampirin, welche zuvor meinen Vater getötet hatte. Sie schob mir das Shirt nach oben und fuhr sanft über meine Haut. Dann beugte sie sich zu mir herab und biss mich in die Seite. Ich wollte mich aufbäumen, wollte weg, doch sie war zu stark. Plötzlich nahm jemand meine Hand und riss sie unsanft nach oben, wodurch sie mir nach hinten gedreht wurde. Meine Mutter war tot und der Mann, der ihr das angetan hatte, vergrub nun seine Zähne in meiner Armbeuge und fing an, Blut zu trinken.

Mein Herz klopfte wie wild und schien das Blut nur noch schneller aus den Wunden zu drücken. Verzweifelt versuchte ich, mich hin und her zu drehen, wollte mich irgendwie befreien. Mein flacher Atem kam stoßweise und ich wünschte mir, endlich sterben zu dürfen. Die zwei spielten mit mir, wie eine Katze mit einer Maus. Sie waren satt, doch es machte ihnen Spaß, mich zu quälen, machte ihnen Spaß, mir Schmerzen zu bereiten.

Eine warme Hand berührte mich an der Schulter, drückte sanft zu. Diese Hand war wärmer als die der Vampire und schien freundlich. Mein Traum verblasste und ich wurde wach.

Langsam öffnete ich meine Augen und sah in das besorgte Gesicht von Michael. Er stand über mich gebeugt, ganz ungewöhnlich in blauen Jeans und einem grauen Shirt, mit ACDC Aufdruck gekleidet. „Du scheinst ja nur noch Albträume zu haben."

„Und du scheinst mich echt gerne zu wecken." Blind griff ich nach der Decke und zog sie mir über den Kopf. Leider war Michael sehr hartnäckig, entriss sie mir und beförderte sie mit einem Ruck ans Fußende des Bettes. „Ich wecke dich deswegen auf, weil ich mir nicht vorstellen kann, dass du gerne diese Albträume hast, oder irre ich mich da?"

„Warst du nicht derjenige der meinte, ich solle dringend ausschlafen?" Genervt vergrub ich mein Gesicht in das Kissen und stöhnte auf als Michael auch noch den Vorhang zur Seite riss und das Fenster aufmachte. „Jetzt hast du mich aufgeweckt und ich träume nicht mehr, kannst du mich dann nicht einfach wieder einschlafen lassen?"

„Nein das kann ich nicht. Ich habe dir essen mitgebracht und das wird sonst kalt."

Ich spürte, wie sich die Matratze neben mir absenkte und er nach meinem Polster griff. Schnell schnappte ich nach seinem Handgelenk, zog daran und warf ihn mit einer Drehung über mich hinweg auf die andere Bettseite. Ich fixierte seine Arme und drückte ihn in die Matratze. „Treib es nicht zu weit, Michael. Ich habe seit zwei Tagen nichts getrunken, was daran liegt, dass ich zu müde war, um auch nur eine Flasche zu öffnen. Ich habe Entzugserscheinungen und bin dementsprechend nicht gut drauf."

Entsetzt sah er mich an, versuchte sich, aus meinem Griff zu befreien, aber er war um einiges kleiner als ich und auch viel leichter. So fixierte ich ihn schon alleine mit meinem Gewicht.

Ich ließ ihn los, rollte von ihm runter und setzte mich auf. „Scheiße. Es tut mir leid, Michael. Mir ist das alles langsam zu viel."

„Was ist dir denn zu viel? Verdammte Scheiße, rede doch endlich mit mir."

Mit den Händen fuhr ich mir über das Gesicht und durch die Haare. „Darf ich was essen und trinken, bevor du mich mit deinen Fragen bombardierst?"

Michael stand auf, richtete sich seine Kleidung zurecht und verließ mein Schlafzimmer. Ich hörte wie er Teller, Besteck und Gläser aus den Schränken holte. Das war wohl seine Antwort.

Ich stand auf, verschwand kurz im Bad, zog mir eine Jogginghose und ein Shirt über und ging ins Wohnzimmer.

Es roch einfach herrlich. Er hatte einen Eintopf mitgebracht, mit Hühnerfleisch, Gemüse und Reis. Neben meinem Teller stand ein großes Glas Wasser. Ohne miteinander zu sprechen, aßen wir und nach dem letzten Bissen holte ich mir eine Flasche Bier aus dem Kühlschrank.

Ich fühlte mich deutlich besser. Das Essen tat gut und ich muss zugeben, dass ich durch den Alkohol ruhiger wurde. Mein Zittern war weniger und ich spürte nicht mehr so eine unbändige Wut in mir.

Seufzend stand ich auf, öffnete das Fenster im Wohnraum und setzte mich auf die Fensterbank. Ich entzündete mir eine Zigarette und sog entspannt den Rauch ein. „Danke für alles. Ich weiß, dass es in letzter Zeit nicht grade leicht mit mir ist." Unsere Blicke trafen sich, als er auf die Couch zusteuerte und sich setzte. „Schon gut. Ich weiß zwar nicht wieso, aber ich merke sehr wohl, dass es dir nicht gut geht. Kannst du mir jetzt bitte erklären, was mit dir los ist?"

„Machst du das Fenster im Schlafzimmer zu?"

Kurz sah er mich fragend an, doch dann stand er auf und verließ den Raum. Ich rauchte noch zu Ende, schloss dann meinerseits das Fenster im Wohnzimmer und setzte mich zurück zum Esstisch.

Michael nahm mir gegenüber platz und sah mich abwartend an.

„Ich habe dir erzählt, was mir in meiner Jugend passiert ist."

„Ja und ich finde es verständlich, dass dich dieser Fall deswegen so mitnimmt."

„Das ist es gar nicht."

Wieder einfach nur ein fragender Blick seinerseits.

Ich holte tief Luft und fuhr fort. „Also, ich werde dir jetzt etwas erzählen, dass du wahrscheinlich nicht glauben wirst. Es wird dir unvorstellbar erscheinen und du wirst mich für verrückt halten, aber es ist die Wahrheit."

„Dann leg mal los."

„Okay. Also, das Ereignis aus meiner Jugend. Die zwei, die damals meine Eltern getötet haben und es bei mir fast geschafft hätten, waren Vampire." Ich wartete kurz, doch er erwiderte nichts, also fuhr ich fort.

„Ich habe die spitzen Zähne gesehen und ihre Augen reflektierten das Licht wie die von Raubtieren. Sie waren unglaublich stark und ich hörte jeden einzelnen Schluck, als sie mein Blut tranken."

„Du denkst, dass unser Täter auch ein Vampir ist?"

„Nein, ich weiß es."

„Mal ganz langsam. Gehen wir davon aus, dass ich dir das glaube, mit den Vampiren. Woher willst du dann so sicher wissen, dass es sich hier auch um einen handelt und nicht einfach um einen Psychopathen?"

„Ich weiß doch, dass es schwer zu glauben ist, Vampire, Unsterbliche, Blutsauger, aber, es ist die Wahrheit. Du hast nicht gesehen, was ich damals erlebt habe, und du hast ebenfalls nicht gesehen, was den Opfern passiert ist."

„Du ja auch nicht."

„Doch, das habe ich."

„Was meinst du?"

Ich setzte die Flasche an und leerte sie zur Hälfte. „Wenn ich die Opfer berühre und in diese Starre verfalle, dann liegt es daran, dass ich Visionen habe."

„Bitte was?"

„Ich habe Visionen. Ich sehe das, was sie zuletzt gesehen haben."

„Du willst mich verarschen, stimmts? Zuerst die Vampire und jetzt Visionen." Aufgebracht stand er auf und lief im Raum auf und ab. „Nimmst du Drogen?"

„Michael, bitte beruhige dich wieder. Es ist die Wahrheit und ich kann dir wenigstens einen Teil davon beweisen."

„Was willst du mir beweisen?"

„Meine Visionen. Ich habe sie schon, solange ich zurückdenken kann. Sie sind aus der Vergangenheit, meist etwas, an das die Leute gerade denken."

„Wie willst du mir das beweisen?"

„Bitte setze dich wieder. Denke an etwas, dass ich nicht weiß, nicht wissen kann. Denke ganz fest daran und dann gib mir deine Hand."

„Das ist doch verrückt." Obwohl er das sagte, setzte er sich wieder und sah mir tief in die Augen. „Ist gut, ich denke an etwas, dass ich bis jetzt nur meiner Frau erzählt habe. Du kannst es nicht wissen und auch nicht einfach so erraten."

Michael streckte seine Hand aus und legte sie in meine Offene. Kaum berührten mich seine Fingerspitzen, verschwand der Raum und ich saß am Boden in einer Zimmerecke.

Mein Blick ruhte auf meinen nackten, kleinen Füßen, ich zitterte am ganzen Körper und zuckte immer wieder zusammen. Plötzlich änderte sich mein Sichtfeld, ich wurde hochgehoben und hinter einer Couch hervorgezogen. Ein wütender Mann sah mich hasserfüllt an und brüllte mir ins Gesicht.

Wie bei allen Visionen hörte und fühlte ich nichts, sah nur, was geschah.

Der Mann schleuderte mich auf den Boden und trat nach mir. Jetzt sah ich eine Frau, die ebenfalls auf dem Boden lag, übersäht mit blauen Flecken. Ihre Lippe war aufgesprungen, ihre Augen zugeschwollen und sie rührte sich nicht. Ich wollte auf sie zukriechen, doch da traf mich erneut der Schuh des wütenden Mannes gefolgt von seiner Faust, die mir das Bewusstsein raubte.

Die Vision war vorbei, ich saß wieder an meinem Esstisch, immer noch die Hand von Michael in meiner. Instinktiv drückte ich sie leicht, strich mit dem Daumen sachte über seinen Handrücken.

„Es tut mir sehr leid, dass du so etwas mitmachen musstest. War es dein Vater?"

Michael entriss mir seine Hand und sah auf die Tischplatte. „Was soll er gewesen sein?"

„Hat er deine Mutter und dich verprügelt?"

Jetzt sah er mich doch wieder an, mit verblüfft geweiteten Augen. „Woher ...?"

„Ich habe es gesehen. Ich höre und spüre nichts in meinen Visionen, aber ich sehe alles aus der Sicht des Menschen, den ich berühre."

„Du hast es wirklich gesehen?"

„Ja Michael, ich habe es gesehen. Ich habe gesehen, wie du dich hinter dem Sofa verstecktest, wie er dich hervorgezogen und auf den Boden geworfen hat. Ich habe die Frau dort liegen sehen, mit blutender Lippe und zugeschwollenen Augen und ich habe ebenfalls gesehen, wie der Schuh dich mehrmals traf und die Faust dir schließlich das Bewusstsein raubte."

„Das ist doch unmöglich."

„Glaub es oder nicht, aber es ist die Wahrheit."

„Jedes Mal, wenn du in eine Starre verfällst, wenn du eines der Opfer berührst, dann hast du eine Vision von ihnen?"

„Nicht nur irgendeine Vision. Ich sehe ihren Tod, denn es ist das Letzte, was sie sahen."

„Deswegen bist du immer so blass und zitterst." Plötzlich sprang er auf. „Dann weißt du ja, wer der Mörder ist!"

„Ich weiß, wie er aussieht, ja. Deshalb will ich mir ja auch alle Überwachungsaufnahmen selber ansehen."

„Aber das ist ja klasse. Es kann uns helfen, den Mörder zu finden!"

Ich nahm einen weiteren Schluck und bat ihn, sich wieder zu setzten. „Du vergisst da etwas."

„Was denn?"

„Das, was ich dir zuerst erzählt habe."

Kurz musste er überlegen, eher er wusste, worauf ich anspielte. „Du meinst, unser Mörder ist ein Vampir?"

„Nein, ich WEIß es! Ich habe gesehen, was er mit ihnen gemacht hat. Dieses Ding ist kein Mensch, er ist ein Monster." Ich spürte, wie sich die Panik in mir hocharbeitete, wie sie Wellen schlug und meinen Kopf überschwemmen wollte.

„Michael ..." Ich griff mir an die Stirn, versuchte andere Gedanken zu fassen. Bei dem Versuch, die Bierflasche zu greifen, stieß ich dagegen und leerte den letzten Rest über den Tisch. Meine Atmung wurde bereits schneller, ich bekam einen Tunnelblick und die Panik drohte überhandzunehmen.

Ich musste mich beruhigen, musste mich ablenken.

Plötzlich stand Michael vor mir, drehte den Sessel so, dass ich ihm zugewandt war, und nahm mein Gesicht in seine Hände. Er legte seine Stirn an meine, sah mir tief in die Augen und atmete ganz langsam und laut.

Ich starrte in seine dunklen, braunen Augen, verlor mich darin. Seine linke Hand wanderte von meinem Gesicht zur Brust, wo er sie über dem Herzen liegen ließ. Er begann wieder diesen Rhythmus zu schlagen und sofort beruhigte ich mich.

„Thomas, es tut mir leid. Ich verstehe immer noch nicht ganz, was du mir gerade gesagt hast, und kann es auch, ehrlich gesagt nicht so richtig glauben." Er seufzte, schob sich den Sessel neben mir zurecht und nahm Platz. „Du sagtest, du siehst in deinen Visionen, mit den Augen desjenigen, den du berührst?"

„Ja, aber nur sehen. Ich kann weder etwas spüren, hören noch riechen."

„Das heißt, du hast gesehen, was der Mörder mit den Opfern gemacht hat, so wie sie es selber sahen?"

Mehr als ein Nicken brachte ich nicht zustande.

„Was war dann mit gestern Abend, als du meintest, er hat dich berührt?"

„Du hast mich durch einen beschissenen Zufall genau an der Stelle angegriffen, an der dieses Monster in meiner Vision gerade die Frau berührte, also mich berührte. Es war so, als würde ich auf einmal spüren können was ich sah und deswegen bekam ich Panik."

„Das tut mir leid. Hätte ich das gewusst, dann ..."

„Es muss dir nicht leidtun." Ich unterbrach ihn, da er ja kein bisschen dafür konnte. Er wusste schließlich nichts von meinen Visionen.

Der Abend wurde lang und ging weit bis in die Nacht hinein. Grob schilderte ich ihm, was ich gesehen hatte, und beschrieb ihm ganz genau das Aussehen des Wahnsinnigen.

„Wieso glaubst du, dass er ein Vampir ist? Die zwei von damals, die deine Eltern getötet haben und unser Mörder, könnten doch einfach Verrückte sein, die Blut trinken."

„Könnten sie ja, aber wie erklärst du dir die Zähne, die Kraft, das Leuchten ihrer Augen und die unheimliche Schnelligkeit?"

„Die Zähne könnten falsch sein, in Amerika ist so was gang und gäbe. Vielleicht hatten sie Linsen, die irgendwie reflektieren?"

„Ja, all das wäre möglich. Aber dennoch, es waren keine Menschen so wie du und ich."

„Was macht dich da so sicher?"

„Man spürt es."

Er sah mich fragend an.

„Es ist schwer, zu erklären. Die zwei von damals, sie strahlten irgendetwas aus. So wie wenn man einer Raubkatze bei der Jagd zusieht. So eine Art Überlegenheit, etwas Animalisches."

„Ich glaube, ich weiß, was du meinst."

„Gut. Ich will jetzt auch nicht mehr darüber sprechen."

„Ja, ich verstehe. Ich werde dann wohl lieber abhauen und dich in Ruhe lassen." Michael stand auf, klopfte mir kurz auf die Schulter und machte sich auf, meine Wohnung zu verlassen.

„Warte." Er drehte sich um und sah mich an. „Danke dir fürs Zuhören und dafür, dass du mich nicht gleich als vollkommenen Spinner abstempelst."

„Schon gut."

„Ich verstehe es, wenn du mir nicht glaubst. Es klingt ja wirklich wie aus einem schlechten Film, daher bedeutet es mir umso mehr, dass du mir zugehört hast."

„Weißt du Thomas, es ist wahrlich schwer zu akzeptieren, aber ich neige dazu es zu tun."

„Wie? Du glaubst mir?"

„Ich komme noch nicht mit allem ganz klar, aber es ergibt einen Sinn und erklärt vor allem dein Verhalten."

„Das ist alles?"

„Du kannst dich bei meiner Frau bedanken."

„Wieso?"

„Ironischerweise habe ich es dir nie gesagt, weil ich dachte, du hältst mich dann für verrückt, aber meine Frau legt Karten und pendelt."

27. September Jonathan Winter

Ab diesem Tag fiel mir die Arbeit um einiges leichter. Es nahm mir eine große Last von den Schultern, nicht mehr alles verbergen zu müssen. Michael zeigte sich sehr verständnisvoll und konnte nun auch nachvollziehen, warum ich so oft zur Flasche griff und weshalb es mit unserem, damals aktuellen Fall immer schlimmer geworden war.

Leider half es nichts, dass Michael nun ebenfalls wusste, nach wem, oder besser nach was, wir suchten und wie dieses Monster aussah.

Gerade mal drei Wochen nach unserem Gespräch wurde die nächste Leiche gefunden. Ein siebenundvierzigjähriger Mann wurde im Wald von einem Wanderer entdeckt.

Nackt, auf einem Felsen liegend. Es war zehn Uhr achtundvierzig, als der Anruf in der Zentrale ankam. Der Grund, warum wir hingeschickt wurden, war die Aussage des Wanderers. Der Tote sei sicher von einem Tier angegriffen worden, da er voller Bissspuren war. Das hätte schon stimmen können, aber warum war das Opfer nackt?

Michael lenkte unseren Dienstwagen von der Hauptstraße, eine schmale Nebenstraße entlang. Nach ungefähr einem Kilometer endete der Asphaltweg und ging in einen unebenen Waldweg über. Ein Polizist wartet dort bereits auf uns.

Er stellte sich uns als Jeffrey vor. „Mit einem normalen Auto ist die Zufahrt leider nicht möglich, ich führe sie zum Tatort."

„Danke Jeffrey. Das ist mein Kollege Koller und ich bin Hader."

Der Weg dauerte zwölf Minuten, führte an einem Bach vorbei, einem alten Postkutschenhaus und einer Kapelle. Danach bogen wir einen schmalen Pfad nach links ab, der leicht anstieg. Der Boden war durch den Regen der vergangenen Tage aufgeweicht und rutschig. Die Luft war feucht und das Surren der Mücken begleitete uns.

Jeffrey blieb auf einmal stehen und fast wäre ich in ihn hineingelaufen. Er drehte sich zu uns um und deutete mit seiner Hand weiter den Weg entlang. „Noch fünf Meter, dann seid ihr da."

Ich nickte einfach und ging an ihm vorbei. Nach besagter Distanz erhob sich linker Hand eine Felsenreihe, die den Hügel aufwärts immer höher wurde. Die Wand bildete vor sich eine Lichtung auf der, teils komplett mit Moos, bedeckte Felsen verschiedenster Größe waren.

Der Mann lag auf dem Rücken und zuerst hätte ich ihn beinahe übersehen. Seine weiße Haut verschmolz fast mit dem Gestein und der hohe Farn, der auf dem ganzen Platz wuchs, trug ebenfalls seinen Teil dazu bei.

Michael trat neben mich, wir sahen uns kurz an und dann ging ich weiter. Der Waldboden federte meine Schritte, das Moos war weich und gab nach. Dann trat ich auf Gestein und musste aufpassen nicht zu stolpern. Endlich war ich bei unserem Opfer angekommen. Er hatte dunkles, kurzgeschnittenes Haar und war frisch rasiert. Seine geschlossenen Augen wurden von langen Wimpern umspielt und seine vollen Lippen standen leicht offen. Der Mann sah unserem Mörder nicht unähnlich. Er war hübsch und bestimmt noch attraktiver, als er lebte.

„Thomas, berührst du diesen auch wieder?"

Ich hatte mich neben die Leiche gehockt und blickte nun auf. „Ja, das mache ich. Es muss sein." Ich versuchte, einen überzeugenden Blick aufzusetzen. „Du weißt ja jetzt Bescheid, also kannst du helfen, falls es mir danach schlecht geht." Bevor er irgendwelche Einwände aufbringen konnte, ließ ich mich auf die Knie sinken, stützte mich mit der rechten Hand an dem Stein ab und berührte die kalte Haut.

Ich saß rittlings auf einem Mann, die Finger umklammerten seine nackten Schultern, die Füße waren seitlich neben ihm abgestellt und ich bewegte mich auf und ab. Mein Blick glitt nach unten, auf meinen steifen Schwanz, der halb zwischen uns eingeklemmt war, und auf starke Hände, die meine Hüfte umfassten und mich in einem stetigen Rhythmus bewegten. Eine dieser Hände steuerte auf mein Gesicht zu, umfasste mein Kinn und hob es an. Ich sah in moosgrüne Augen, die halb geschlossen waren. Seine Zunge fuhr über die vollen Lippen, die sich den meinen näherten. Meine Augen schlossen sich und es wurde dunkel.

Ich kam wieder zu mir und war einfach nur verwirrt. Was ich gesehen hatte, war keineswegs eine Vergewaltigung oder gar Mord. Das war eindeutig einvernehmlicher, leidenschaftlicher Sex. Aber warum?

„Was hast du gesehen? Geht es dir gut, Thomas?"

„Das war heiß." Ich konnte einfach nie meine Klappe halten, aber es war wirklich ein heißer Anblick und ich spürte ein Zucken in meinem Schwanz.

„Bitte was?" Michael sah mich einfach nur verwirrt an.

Ich versuchte, die Situation noch zu retten. „Mir ist heiß, aber sonst gehts mir gut."

„Was hast du gesehen?"

„Es war unser Mörder, allerdings ..."

„Allerdings was?"

Ich sah ihm in die Augen. „Sie hatten Sex, einvernehmlich."

„Unser Opfer hatte einvernehmlichen Sex mit seinem Mörder?"

„Ja, das war eindeutig kein Zwang. Es war leidenschaftlich und sie küssten sich. Mehr habe ich leider nicht gesehen. Ich versuche es nochmal."

„Bist du dir sicher?"

„Ja. Wie lange war ich weg?"

„Ungefähr eine Minute, würde ich sagen."

„Okay. Solange die Spurensicherung noch nicht hier ist, habe ich ja Zeit dafür. Du könntest dich in der Zwischenzeit schon mal umsehen."

„Ist gut, mache ich." Michael blickte sich um und sah sich die unmittelbare Umgebung genauer an.

Erneut streckte ich meine Finger aus und berührte die tote, feste Haut.

Ich lag auf dem Rücken, über mir ragten die Äste von großen Bäumen auf, ein Stück wolkenbehangenen Himmel und einen Schleier aus leichtem Nieselregen. Mein Kopf drehte sich zur Seite und ich konnte die Felsen rund um mich sehen, das Moos und den Farn.

Das Monster schob sich in mein Blickfeld. Aus sanften Augen sah er mir entgegen, seine Hand strich über meine Wange, wanderte abwärts, meine Brust entlang, über den Bauch, vorbei an meiner Hüfte und ergriff

meinen Oberschenkel. Er drückte meine Beine auseinander, winkelte sie
an und presste sie in Richtung meines Torsos. Ich sah in sein Gesicht,
wie er sich genüsslich über die Lippen leckte, seine schmale, drahtige
Figur entlang und schließlich in seinen Schoß, wo mir der steif aufgerich-
tete Penis entgegenblickte. Langsam näherte er sich meiner Öffnung und
führte seinen Schaft in mich ein.

Es folgte ein sanfter Rhythmus, er beugte sich vor und umgriff
meinen Hals. Ich schüttelte den Kopf und wollte seine Hand wegschlagen,
doch er gab nicht nach. Sein Ausdruck wurde zornig und er sagte etwas
zu mir. Wieder schüttelte ich den Kopf, versuchte, unter ihm hervorzu-
kommen, aber er beugte sich einfach noch weiter zu mir herab. Er sah
mir tief in die Augen, sagte wieder etwas, leckte sich dann über einen
seiner spitzen Zähne und senkte seinen Mund auf meine Brust. Ich fing
an um mich zu schlagen und zu zucken doch es half nichts.

Die Kälte des Steines drang durch meine Hose, immer noch
kniete ich neben dem Leichnam. Ich zog meine Hand zurück
und suchte nach Michael. Er stand zwei Meter von mir entfernt und sah mich mit schräg gelegtem Kopf an. Er schien
abzuwägen, ob ich Hilfe brauchte oder alles in Ordnung war.
Er kam auf mich zu. „Willst du nicht aufstehen? Deine Hose
ist sicher schon nass."

„Würde ich gerne aber ich warte lieber noch etwas."

„Geht es dir nicht gut?"

„Doch, es ist alles in Ordnung. Ich habe nur grade so
etwas wie einen Porno gesehen, wenn du verstehst." Ich
deute in meinen Schritt, wo sich offensichtlich eine Beule
abzeichnete.

„Ist das dein Ernst?"

Genervt rollte ich mit den Augen. „Sehe ich so aus, als würde ich scherzen? Ich kann gerne aufstehen und gehen, bin neugierig, wie du das den anderen erklärst."

Erst jetzt bemerkte Michael die Geräusche, die von der Spurensicherung verursacht wurden. „Schon gut, bleib noch unten, so lange kann das ja nicht dauern. Sieh dir doch mal unser Opfer an, dann hat sich die Sache bestimmt schnell erledigt."

„Michael!"

Er dreht sich noch mal zu mir um. „Was ist?"

„Bitte verurteile mich nicht."

„Mache ich nicht. Ich weiß ja nicht, was genau du gesehen hast, und ich spreche auch nicht auf das Gleiche an wie du, aber habe etwas Geduld mit mir. Ich muss mich erst noch an die Situation gewöhnen."

„Ist gut."

Michael gewöhnte sich an die Situation. Auch in der Gerichtsmedizin, als ich fast zusammenbrach, weil ich mitansehen musste, wie unser Mörder Jonathan Winter gequält hatte, stand er mir zu Seite. Wir hatten seine Kleidung inklusive Ausweis ein paar Meter vom Tatort entfernt gefunden und konnten ihn daher recht schnell Identifizieren.

Auch in diesem Fall schien zunächst alles so wie bei den anderen. Keine Anhaltspunkte, keine neuen Spuren, nichts. Bis ich zwei Wochen nach dem Leichenfund eines der letzten Videos durchschaute. In der Nähe des Waldes gab es öffentliche Parkplätze, eine Bank, einen kleinen Laden und zu unserem Glück hatten alle Überwachungskameras.

Ich saß in meinem Büro, hatte das Video an meinem Computer geöffnet und wollte es gerade schließen, als er mir auffiel.

Da stand er, an die Mauer des kleinen Ladens gelehnt, im Schatten und im Schutz vor dem Regen. Er war es eindeutig, da war ich mir sicher. Ich hoffte, ihn zu entdecken, aber als es so weit war, stockte mir der Atem. Unweigerlich drängten sich all die Bilder vor meine Augen, die Bilder seiner Opfer, die Bilder meiner Visionen. Ich sah ihn über mir, sah seine moosgrünen Augen, wie sie mich anstarrten und sein hämisches Lächeln, welches seine spitzen Zähne freigab.

Die Tür zu meinem Büro ging auf und ich hörte Michaels Stimme. „Was war das für ein Poltern, ist dein Sessel nun doch zusammengebrochen? Thomas?" Er hatte mich erst nicht gesehen, denn ich war von meinem Stuhl gefallen und lag halb hinter dem Schreibtisch. Das Geräusch meiner panischen Versuche, Luft zu bekommen, machte ihn auf mich aufmerksam. Ich lag auf der Seite, bewegungsunfähig, zitternd und nach Atem ringend. Die Ränder meines Sichtfeldes verschwammen und lösten sich in Schwärze auf. Ich hatte das Gefühl erdrückt zu werden, so als würden die Wände des Raumes langsam auf mich zukommen, als würde sich die Decke herabsenken. Das Atmen fiel mir immer schwerer und Michaels Stimme drang nur noch als gedämpftes Summen an meine Ohren.

Ich brauchte zehn Minuten, um wieder normal atmen zu können. Mein Herz raste immer noch, aber es beruhigte sich allmählich.

„Kannst du aufstehen?" Michael kniete neben mir, mein Kopf ruhte in seinem Schoß und er hatte eine Hand auf meinem Brustkorb liegen.

Eine Antwort auf seine Frage blieb ich ihm schuldig.

„Woher kannst du das?"

„Was meinst du?"

„Das mit dem Beruhigen, dem Rhythmus schlagen."

„Ein Verwandter von mir litt in seiner Jugend oft unter Panikattacken und ich habe mir das damals von seinen Eltern abgeschaut, um ihm ebenfalls helfen zu können."

„Mein Glück." Ich setzte mich auf und mit seiner Hilfe schaffte ich es sogar, aufzustehen und mich wieder in den Sessel zu verfrachten.

„Weißt du, warum du gerade eine Attacke hattest?"

Ich deutete nur auf den Bildschirm, auf dem das Standbild des Videos zu sehen war.

Michael beugte sich vor, sah sich alles genau an, bis er scharf die Luft einsog. „Scheiße! Ist er das?"

„Ja, das ist er. Das ist unser Mörder."

21. Oktober Stefan Wolf

Der offiziell unbekannte Mann wurde als Tatverdächtiger ins Protokoll aufgenommen. Leider gab es keine weiteren Hinweise außer, dass er sich unmittelbar vor der Tatzeit in der Nähe des Tatortes befunden hatte und ihn keiner in dem Ort zu kennen schien. Was uns leider nicht wirklich weiterbrachte. Wir fanden ihn auf keinem anderen Video und für eine Fahndung gab es einfach keine Begründung, immerhin war er nicht der Einzige, der an diesem Tag dort halt gemacht hatte. Nur Michael und ich wussten, dass er unser Mörder war.

Ich war am Verzweifeln. Es musste uns einfach gelingen dieses Monster zu stoppen. Irgendwie musste er doch zu finden sein.

Zehn weitere Tage vergingen, wir hatten Nachtschicht und es war bereits nach zehn Uhr, als in der Zentrale ein Anruf einging. Ein Mann hatte die Rettung alarmiert, diese konnten allerdings nur noch den Tod seines Mitbewohners feststellen. Die Leiche wurde am Ort des Geschehens gelassen, da es sich um ein Gewaltverbrechen handelte.

„Das Opfer ist Stefan Wolf, zweiunddreißig Jahre alt, zuletzt gesehen in der Arbeit vor ungefähr sieben Stunden."

„Danke dir, Finn." Ich ging an ihm vorbei und näherte mich dem Tisch.

Der Mann lag auf dem Bauch, sein Gesicht war in einer schmerzverzerrten Mimik erstarrt, seine Augen weit aufgerissen. Die Arme waren ausgestreckt, bis zu den Kanten des Esstisches und dort mit einem Seil jeweils an einem Tischbein festgebunden. Ein weiterer Strick befand sich um seinen Hals und dessen loses Ende schlängelte sich seinem blutüberströmten Rücken entlang.

Ich wollte nicht mehr, konnte nicht mehr. Mein Schlaf war, seit meinem vierzehnten Lebensjahr, durchzogen mit Albträumen. Fast täglich sah ich meine Eltern sterben, sah Visionen anderer Opfer, die im Laufe meiner Karriere durch meinen Kopf gingen. Doch nichts war so schrecklich wie das, was dieses Monster tat.

Mir wurde schon schlecht, noch ehe ich Stefan Wolf überhaupt berührt hatte.

Eine Hand streifte sachte meinen Oberarm und Michael sah mich besorgt an. „Thomas, alles okay?"

Ich nickte nur und machte einen Schritt nach vor, Richtung Leiche.

„Du musst ihn nicht berühren, lass es einfach."

„Doch, ich muss, Michael. Jedes kleine Detail kann uns zum Mörder führen." Mit diesen Worten stützte ich mich mit den Händen am Tisch ab und berührte, wie zufällig, den Arm des Opfers, nur mit meinem kleinen Finger.

Zuerst sah ich nichts, nur Dunkelheit. Dann öffneten sich die Augen und blickten auf das helle Holz des Tisches. Die Stirn ruhte auf der Platte. Ich stemmte meinen Oberkörper an den gefesselten Händen nach oben und blickte über die Schulter.

Er stand hinter mir, völlig nackt. Seinen Körper zierten etliche Narben, von Schnittwunden, Bissen und anderem. Die helle Haut ließ das Blau der Adern durchschimmern. Er fuhr sich mit der Hand durch die kurzen, braunen Haare, leckte sich über die vollen Lippen. Langsam kam er auf mich zu und sagte etwas zu mir. Kurz schloss ich die Augen und beim nächsten Öffnen war sein Gesicht nur noch eine Handbreit von meinem entfernt. Wieder bewegten sich seine Lippen, sprachen zu mir. Doch wie in jeder Vision, hörte ich nichts, fühlte ich nichts.

Seine Hand streifte über die Wange, sein Daumen den Mund entlang, dann küsste er mich. Ich konnte mich nicht mehr halten und sackte zurück, da stieg das Monster auf den Tisch und kniete sich hinter mich. Er umfasste mein Becken und zog es hoch. Durch meine Beine blickend, sah ich, wie er mit seiner Rechten die Hoden umfasste und sich damit spielte. Er umschloss den Penis, fuhr den Schaft auf und ab und während er dies machte, wurde sein eigener Schwanz immer steifer, richtete sich auf, schwoll an und drückte gegen meine Öffnung. In dem Moment, als er in mich stieß, blitzte etwas auf und ein Messer rammte sich tief in meinen Magen. Der Stahl durchdrang die Haut, spaltete das Fleisch und die Muskeln. Blut Fluss hervor, fast genauso schwallartig wie das Erbrochene, welches sich einen Weg aus mir bahnte. Meine Sicht wurde trüb und ich kam zu mir.

Das erste, was ich hörte, war ein würgendes Geräusch, dann die Stimme von Michael, der an meinem Arm zerrte.

„Thomas, komm mit raus, an die Luft."

Das Geräusch stammte von mir, ich war im Begriff, mich zu übergeben. Gerade so schaffte ich es noch aus dem Haus und beugte mich über den nächsten Strauch. Das wenige, was ich gegessen hatte, ergoss sich aus mir.

Bereits am nächsten Tag stand es in den Zeitungen. Darin hieß es, dass wir vor einer scheinbar unüberwindbaren Mauer standen. Sie schrieben sogar etwas von einer Ausgangssperre, was aber bis dahin nicht bestätigt war und nur als eine Möglichkeit erwähnt worden war.

Die Zeitungen hatten schnell gearbeitet, immerhin wurde das Opfer erst gegen dreiundzwanzig Uhr gefunden und bereits zu Schichtende hielt mir Michael das Blatt unter die Nase.

Ich war einfach nur fix und fertig und schaffte keine Sekunde länger in der Arbeit. Michael versuchte noch, mich beim Verabschieden aufzuhalten, da er mich nach Hause bringen wollte, doch ich ignorierte ihn einfach und haute ab. In meine Wohnung zog es mich allerdings auch nicht.

Fünfunddreißig Minuten später stand ich am anderen Ende der Stadt und drückte zum zweiten Mal auf die Türklingel. Eine dumpfe Stimme hinter der Tür wurde immer lauter und dann öffnete sie sich mit einem energischen Schwung.

„Was soll der Mist! Manche Menschen arbeiten nachts!" Mit offenem Mund stand Vinny vor mir. „Was machst du denn hier?"

„Hallo, darf ich rein kommen?"

Er trat zur Seite und ich ging an ihm vorbei.

„Ist etwas passiert?"

„Arbeit." Mehr bekam er nicht als Antwort.

Hinter mir fiel die Tür ins Schloss und Vinny folgte mir ins Wohnzimmer, wo ich mich auf das Sofa fallen ließ.

„Ist das alles oder kommt noch eine Erklärung?" Er setzte sich mir gegenüber auf den kleinen Couchtisch. „Du weißt doch, dass ich meistens nachts arbeite, also was willst du hier?"

„Darf ich hier rauchen?"

Kurz sah er mich verdutzt an, da ich ihm schon wieder keine Antwort gegeben hatte. „Ja, mach nur."

Umständlich zog ich die Packung aus meiner Tasche und fischte mit zitternden Fingern nach einer Zigarette. Gerade wollte ich das Feuerzeug nehmen, da griff er nach der Schachtel, holte es heraus und hielt es mir hin. Ich klammerte mich an seine Hand, beugte mich etwas vor, um den Glimmstängel in die Flamme zu halten. Leider zitterte ich so stark, dass sich seine Hand mit meiner hin und her bewegte.

„Thomas?" Vinny sah mir in die Augen und musterte mich kurz, dann zupfte er mir die Zigarette aus dem Mund, entzündete sie und klemmte sie anschließend zwischen meine Lippen. Ich nahm einen tiefen Zug und sog den Rauch in die Lungen. Mit einem schweren Seufzer stützte ich meine Ellenbogen auf die Knie, fuhr mir mit der Linken durch die Haare und ließ den Kopf in der Hand liegen. „Danke Vinny."

„Was ist los, Thomas. Was ist passiert?"

„Du weißt, dass ich nicht viel über meine Arbeit reden kann."

„Das ist mir schon klar, aber du kommst nicht oft zu mir und wenn ich ganz ehrlich sein darf, du siehst richtig bescheiden aus." Seine warme Hand legte sich auf meinen Oberschenkel. „Thomas, sag mir doch, was los ist."

Einzelne Bilder meiner Visionen, jagten mir durch den Kopf. Ein Opfer folgte dem Anderen und immer wieder sah ich dieses moosgrün. Kaum schlossen sich meine Augen, erschienen seine vor mir, durchbohrten mich mit Blicken, verfolgte mich sein höhnisches, blutverschmiertes Grinsen.

Ich wollte einfach vergessen, wollte all diese Bilder aus meinem Kopf löschen.

Vinny griff unter mein Kinn und hob meinen Kopf an, sodass ich ihn ansehen musste. Ein kurzer Schrecken streifte seine Mimik und da bemerkte ich die Tränen, die bereits meine Augen füllten und der einzelne Tropfen, der meine Wange hinunterlief.

„Thomas, sag doch was."

Meine Stimme zitterte leicht und ich bekam nur leise Worte heraus. „Kann ich hierbleiben?"

„Solange du willst." Er stand auf und hielt mir seine offene Hand entgegen. „Komm, ich lass dir Wasser in die Wanne und dann legst du dich schlafen. Reden können wir heute Abend auch noch."

Ich ergriff seine Hand und ließ mich hochziehen. Während er das Wasser aufdrehte und ein Handtuch bereitlegte, rauchte ich noch zu Ende.

„Es ist fertig, du kannst rein gehen."

„Danke Vinny, ich bin dir was schuldig."

„Nein, bist du nicht. Wir sind Freunde, und unter Freunden hilft man sich."

Ich ging ins Bad und blieb vor dem Spiegel stehen. Mein Anblick war nicht gerade schön. Augenringe, blasse Haut, fettige Haare und wenn man genau hinsah, bemerkte man ein leichtes Zucken in meinem linken Augenwinkel. Ach du Scheiße, ich brauchte wohl was zu trinken und vielleicht half auch Schlaf.

Das warme Wasser tat gut und beruhigte mich etwas. Nach zehn Minuten stieg ich wieder aus der Wanne, wickelte mich in ein Badetuch und sah in das Schlafzimmer. Vinny lag auf der Seite und atmete ruhig, er schlief. Anstatt mich zu ihm zu legen, ging ich in die Küche und suchte nach Alkohol. Mit einer Flasche Whiskey setzte ich mich auf die Couch und trank. Kein Glas, einfach direkt aus der Flasche. Gut ein Viertel leerte ich in einem Zug und es tat gut. Das Wasser hatte die Haut erwärmt, doch das Getränk durchzog meinen Körper.

Die Flasche war leer und ich wollte mir etwas neues suchen. Doch da ich die ganze Nacht nichts gegessen hatte und das wenige, was ich davor zu mir genommen hatte, jetzt in den Büschen von Stefan Wolf lag, fuhr mir der Alkohol in den Kopf. Bei dem Versuch aufzustehen, fiel mir die Flasche aus der Hand und zerbrach auf dem Boden. Ich selber schaffte es gerade noch, mich an der Sofalehne zu halten, doch alles um mich drehte sich.

„Thomas, ist was passiert?" Vinny stand, nur in Trunks gekleidet, in der Tür und starrte zu mir. Sein Blick wanderte über meinen Körper und blieb dann an der zerbrochenen Flasche hängen. „Ich hole was zum Aufwischen."

„Nich nödig, war nichs mehr drinn."

„Sag mal, spinnst du!? Die war noch voll!" Wütend stapfte er bei mir vorbei und holte einen kleinen Besen und Schaufel. Er beseitigte die Scherben, während ich einfach nur da dastand, obwohl, so einfach war es nicht, denn ich schwankte ziemlich.

„Mich wundert es, dass du überhaupt noch stehen kannst! Wieso säufst du so viel?"

„Gehd dich nichs an."

Wütend trat er vor mich und bohrte mir seinen Finger in die nackte Brust. „Du hast sie ja wohl nicht mehr alle! Ich lass dich hier schlafen, bin für dich da und was machst du?"

Es war eine Kurzschlussreaktion, dem Alkohol und der gesamten Situation verschuldet, anders konnte ich mir meine Reaktion nicht erklären.

Ich stieß ihn weg und er prallte gegen die Mauer. Anstatt es dabei zu belassen, trat ich dicht an ihn, stützte meine linke Hand neben seinem Kopf ab und drückte ihn mit der Rechten fest gegen die Wand. Meine Augen versuchten, ihn zu fokussieren, doch es gelang mir nicht richtig.

Das Badetuch rutschte mir von der Hüfte und ich presste meinen nackten Körper an seinen. Er wollte mich wegdrücken doch ich umfasste sein linkes Handgelenk und schlug es gegen die Mauer.

„Au! Thomas, du tust mir weh!"

Ein knurrender Laut kam aus meiner Kehle und ich presste die Lippen fest gegen seine.

Bilder tauchten vor mir auf, Bilder von Jugendlichen, die mich in einer Schultoilette in die Enge trieben, mich auslachten, mit den Fingern auf mich zeigten. Sie fingen an, mich zu schubsen und nach mir zu treten.

Ein Schmerz holte mich zurück, Vinny hatte mir in die Lippe gebissen. Ich konnte Blut schmecken und spürte, wie mir ein Tropfen zum Kinn runter lief.

Es reichte aus, um mir den Rest zu geben. Sofort sah ich das Monster vor mir, sah seine spitzen Zähne. Blut, höhnisches Grinsen, moosgrüne Augen und eine Hand, die sich mir näherte.

Meine Brust schnürte sich zu, der Blick wurde verschwommen und die Ränder schwärzten sich. Ich sackte langsam in die Knie, streifte Vinnys Körper entlang, da ich mich alleine nicht halten konnte. Ich saß auf dem Boden, eine Hand an meinem Hals, die andere noch an der Wand, auf der Höhe von Vinnys Oberschenkel. Mein Herz raste, ich fing an zu schwitzen und meine Atmung klang panisch und wurde immer lauter, je weniger Luft ich in die Lungen bekam.

„Thomas? Was ist? Du machst mir Angst."

Er kniete sich vor mich hin und legte mir eine Hand auf die Schulter. Ich fasste danach und drückte sie auf meine Brust. Mit dem Zeigefinger schaffte ich es gerade noch, einen Rhythmus auf seinen Handrücken zu klopfen, ehe ich seitlich wegkippte und keuchend auf dem Rücken liegen blieb. Zu meinem Glück hatte er verstanden und fing an, den Rhythmus mit seiner Handfläche wiederzugeben. Ich starrte ihm in die Augen, die sich langsam mit Tränen füllten, fokussierte mich darauf und versuchte, bei seinem Klopfen mitzuzählen. Drei ausatmen, drei einatmen, drei ausatmen und wieder einatmen.

Langsam verbesserte sich die Atmung wieder und mein Herz beruhigte sich. Meine stark zitternde Hand umklammerte immer noch Vinny.

„Was war das eben?"

„Eine Panikattacke."

„Seit wann hast du sowas?"

„Eigentlich schon immer aber in den letzten Wochen sind sie häufiger und schlimmer geworden."

Er half mir, mich aufzusetzen, und starrte mich einfach nur an.

„Vinny, kannst du mir bitte was zum Anziehen leihen?"

„Ja klar." Er brachte mir eine schwarze Joggerhose und ein rotes Shirt, mit irgendeiner Anime-Figur darauf. Auch wenn er nicht so rüberkommt, Vinny ist ein echter Nerd.

Nachdem ich mich angezogen hatte, trat ich vorsichtig zu ihm hin. „Es tut mir leid, wirklich. Es ist mir in letzter Zeit einfach alles etwas zu viel."

„Arbeitest du an dem Fall mit dem Serienmörder?"

„Ja, tue ich."

„Ich verstehe."

„Was verstehst du?" Ich war etwas verwirrt.

„Thomas, wie lange kennen wir uns bereits? Wie oft bist du schon neben mir eingeschlafen?"

„Was hat das jetzt damit zu tun?"

Er kam einen Schritt auf mich zu und legte mir seine Hände auf die Schultern. „Du hast Albträume, seit ich dich kenne, und du sprichst im Schlaf. Ich weiß, was dir damals passiert ist."

Ich war perplex und wusste nicht, was ich darauf erwidern sollte.

„Sieh mich nicht so an, Thomas. Hast du dich nie gewundert, dass ich dich nicht frage, woher du die Narben hast?"

„Ehrlich gesagt, nein. Ich dachte mir, du fragst aus Höflichkeit nicht danach."

„So höflich bin ich nicht." Er grinste mich an und zwinkerte mir zu. „Ich habe die Zeitungsberichte dieses Serienmörders gelesen und selbst wenn ich es nicht hätte, wüsste ich davon, da alle darüber sprechen. Die Opfer wurden mit zahlreichen Bisswunden am Oberkörper gefunden, solche wie du sie hast."

Er zog mich in eine Umarmung, strich mir über die noch nassen Haare und drückte mich ganz fest. „Ich kann nicht erahnen, was du durchgemacht hast und auch nicht, was dieser Fall bei dir alles auslöst, aber ich kann für dich da sein. Du musst bei mir doch bis jetzt immer gut geschlafen haben."

Kurz dachte ich über seine Worte nach. „Ja, das habe ich tatsächlich."

Er fing an, mich am Hals zu küssen, wanderte zu meinem Kinn und beim Mundwinkel angelangt, sah er mir in die Augen. „Das liegt daran, dass ich dich jedes mal, wenn du einen Albtraum hast, in den Arm nehme und beruhige."

Ich hatte keine Worte für ihn, wusste nicht, was ich sagen sollte, also erwiderte ich einfach seine Umarmung und vergrub mein Gesicht in seiner Halsbeuge.

Es tat gut, umarmt zu werden, die Wärme eines anderen Menschen zu spüren. Ich wollte so stehenbleiben, wollte mich einfach fallen lassen, doch ich hatte ihm weh getan, ihn verletzt und ich konnte nicht sagen, wie weit ich gegangen wäre, hätte ich nicht eine Panikattacke bekommen. Also schob ich ihn von mir. „Es tut mir so leid, Vinny. Danke dir, für alles." Ich küsste ihn kurz auf seine weichen Lippen, dann schnappte ich mir meine Sachen und ging Richtung Wohnungstür. „Thomas, warte! Geh nicht."

„Es ist besser so. Ich kenne mich selbst nicht mehr, habe dich sogar verletzt." Ich deutete auf seine Hand.

Er hatte es wirklich nicht bemerkt und so sah er ziemlich überrascht auf seine aufgeschürften Knöchel und die blauen Flecke um sein Handgelenk.

„Ich bin immer noch betrunken, obwohl mich der Anfall etwas ausgenüchtert hat. Es ist besser, wenn ich gehe."

„Nein, du bleibst. Komm mit." Er nahm mich bei der Hand und führte mich ins Schlafzimmer. Dort angekommen fing er an, meine Hose nach unten zu ziehen.

„Warte, mach das nicht."

„Es ist nicht, wie du denkst, vertrau mir einfach."

Als Nächstes folgte das Shirt und landete neben der Hose, auf dem Boden. Vinny zog mich zum Bett und drückte mich auf die Laken, dann schloss er die Rollläden, Vorhänge und die Türe. Neben mir sank die Matratze ein und das kalte Licht eines Smartphones erhellte den Raum, tauchte sein Gesicht in einen gespenstischen Schein. Kurz darauf war das sanfte, monotone Geräusch von Regen zu hören. Er legte das Handy weg, breitete die Decke über uns aus und schmiegte sich an mich. Seinen linken Arm schob er unter meinen Kopf und die rechte Hand legte er auf meine Brust.

„Schlaf gut, Thomas."

Gefunden

„Woher kommst du? Du bist einfach abgehauen und in deiner Wohnung warst du ebenfalls nicht!"

„Auch dir ein Hallo, Michael." Ich ging an ihm vorbei, zu meinem Spind und legte meine Privatsachen hinein. „Ich habe bei Vinny geschlafen, du erinnerst dich an ihn?"

„Wie könnte ich ihn vergessen." Seine Ohren wurden rot und ich konnte mir ein Grinsen nicht verkneifen.

„Wieso hast du mir das nicht gesagt? Ich hätte dich auch zu ihm bringen können."

„Michael, mir geht es nicht gut, das wissen wir beide. Ich kann einfach nicht mehr abschalten, kann es nicht mehr ausblenden und das gelingt mir noch weniger, wenn du ständig bei mir zu Hause rumhängst. Ich weiß, du machst dir Sorgen um mich, aber bei Vinny bin ich gut aufgehoben. Ich habe schon lange nicht mehr so gut geschlafen und das ohne Tabletten. Ich brauche etwas Abstand, deswegen bitte ich dich auch, heute alleine zur Gerichtsmedizin zu fahren. Ich sichte Videos und erledige den Papierkram."

Er wirkte etwas vor den Kopf gestoßen, willigte aber ein.

Die Nachtschicht war schnell vorbei. Nach dem Anfertigen der Berichte zog ich mich in mein Büro zurück. Ich schnappte mir eine Karte und markierte alle Tatorte. So hatte ich einen Radius, in dem unser Täter unterwegs war. In diesem Bereich suchte ich mir Tankstellen raus und überwachte Parkplätze. Danach schickte ich ein paar Kollegen, um die Videos zu besorgen. Die restliche Nacht verbrachte ich vor meinem Bildschirm. Zuerst sah ich mir die Aufnahmen der Tankstellen an. Es war nicht gerade wenig und so war ich natürlich noch lange nicht fertig, als Michael um sieben Uhr in der Früh in mein Büro kam.

„Thomas, wir können heim. Soll ich dich wohin bringen?"

„Ja bitte, wenn du mich zu Vinny fahren könntest, wäre ich dir dankbar."

„Brauchst du nichts von deiner Wohnung?"

„Nein, das habe ich mir gestern Abend schon besorgt."

Es war eine stille Autofahrt. Michael war sichtlich eingeschnappt und es tat mir auch leid, aber ich brauchte den Abstand wirklich. Außerdem hatte ich etwas vor, sofern ich den Mörder finden würde, in das ich ihn nicht mit hineinziehen wollte.

Er lenkte das Fahrzeug in eine Parklücke und wartete darauf, dass ich ausstieg.

„Michael, mach mal den Lehrgang rein und zieh die Handbremse."

Er machte es und drehte sich dann, mit einem fragenden Blick, zu mir.

Ich sagte nichts, drückte die Schnalle des Gurtes auf und lehnte mich dann über den Schalthebel zu ihm. Ich schloss ihn in meine Arme, hielt ihn einfach nur fest. Nach einer Weile erwiderte er die Umarmung und seufzte erleichtert.

„Michael, ich liebe dich. Du weißt, wie ich es meine. Du bist mir ein wichtiger Freund und ich bin dir sehr dankbar für deine Hilfe und Unterstützung. Lass mir einfach zwei Tage, ist das okay?"

Kurz überlegte er, bevor er mir zunickte. „Gut, ist okay, aber passe bitte auf dich auf."

„Werde ich." Mit diesen Worten schnappte ich mir meinen Rucksack und stieg aus.

Vinny war noch nicht da und ich hatte keinen Schlüssel also blieb ich draußen auf den Eingangsstufen sitzen und rauchte eine nach der anderen. Eine halbe Stunde später, ich war in Gedanken vertieft, legte sich ein Schatten über mein Gesicht.

„Hallo Schatz. Wartest du schon lange?"

„Hey Vinny. Nein, erst eine halbe Stunde."

„Dafür liegen hier aber ganz schön viele Kippen. Kannst du die bitte nächstes Mal in so einen Aschenbecher für die Tasche geben? Ich bekomme sonst Probleme mit der Vermieterin."

„Entschuldige. Ich denke nächstes Mal daran."

„Lass uns rein gehen, ich habe Essen mitgebracht."

„Danke, aber ich will nix."

Er sperrte auf, ging vor mir die Treppen bis zur dritten Etage nach oben und öffnete seine Wohnung. Es war der oberste Stock und so hatte man zwar mehr Ruhe, aber dafür war es im Sommer unsagbar heiß. Vinny zog sich die Schuhe aus, hängte seine Tasche und Jacke an einen Garderobenhaken und ging in die Küche. Dort holte er zwei Teller aus dem Schrank, legte auf jeden ein riesiges Sandwich und stellte sie auf den Couchtisch. Seine Hand legte sich in meinen Rücken und er führte mich zum Sofa.

„Du wirst es essen und dazu trinkst du Wasser. Wenn du gegessen hast, wirst du dich waschen und dann ins Bett gehen. Wenn du das nicht machen willst, kannst du auch gleich wieder verschwinden."

Daraufhin setzte er sich hin, schnappte sich die Fernbedienung und zappte sich durch Netflix.

Ich war perplex. So hatte er noch nie mit mir gesprochen. Ihm schien das vom Vortag wohl genauso durch den Kopf zu gehen wie mir, also holte ich zwei Gläser, füllte sie mit Wasser und setzte mich zu ihm. „Vincent?"

„Seit wann nennst du mich so?"

„Ich muss dir etwas sagen, etwas Ernstes und da ist es wohl angemessener, nicht deinen niedlichen Kosenamen zu verwenden."

„Okay, das klingt einleuchtend. Dann schieß mal los."

„Ich werde essen und das Wasser trinken, aber danach werde ich Whiskey trinken. Ich werde viel trinken und viel rauchen. Es kann sein, dass ich auch Schlaftabletten nehme, da ich es sonst nicht schaffe, meine Gedanken so weit zu beruhigen, um einschlafen zu können. Ich bin mir der Sucht bewusst und weiß auch, dass es mich früher oder später den Job kosten wird. Ich bin an etwas dran, womit ich diesen Fall, hoffentlich sehr bald, abschließen kann. Wenn es so weit ist, dann schaffe ich es auch, davon loszukommen. Zumindest werde ich es schaffen, auf den Stand von früher zu kommen."

„Du bist Alkoholiker."

„Ja, das bin ich."

„Seit wann?"

„Ich weiß es nicht. So richtig bewusst, wurde es mir erst vor fünf Jahren, aber ich denke, dass ich es schon länger bin."

„Warum?"

„Das hat mehrere Gründe. Ich werde sie dir alle sagen, aber nicht heute. Heute will ich einfach neben jemanden sitzen, den ich mag, will mit demjenigen gemeinsam essen und will neben ihm einschlafen. Wenn dass für dich in Ordnung ist."

„Ja, das ist es."

Ich trank nicht so viel wie am Tag zuvor, aber eine halbe Flasche war es dennoch. Vinny blieb zwar auf aber beschäftigte sich mit seinem Handy. Nachdem ich den Alkohol weggestellt und mir die Zähne geputzt hatte, ging ich zu Bett. Ich musste nicht lange warten und er legte sich zu mir, aber berührte mich nicht. Es machte mich traurig, dennoch konnte ich es verstehen, also versuchte ich einzuschlafen.

Es gelang mir sogar, nur nicht für lange. Ein Albtraum durchzog meinen Schlaf.

Ich lief durch einen Wald, stolperte über Wurzeln und blieb an wilden Brombeerpflanzen hängen. Ich lief hektisch und blickte immer wieder über meine Schulter. Mein Atem kam als weiße Wolken aus dem Mund, stoßweise und viel zu schnell.

Ich stolperte über einen Stein und landete in einem eiskalten Bach. Mein Kopf ruckte nach oben und im ersten Moment dachte ich, ein riesiges Auge vor mir zu sehen, ein weinendes Auge. Doch es waren nur Äste und die Tränen waren nur das Wasser, welches auf mich zufloss.

Mit den Händen stützte ich mich ab und war dabei aufzustehen doch der Anblick, der sich mir bot, ließ mich innehalten. Der Bach war nicht mehr klar, der Mond und die Sterne spiegelten sich nicht mehr darin, stattdessen waren meine Hände in tiefes Rot getaucht. So Rot wie das einer schönen Rose.

Mein Blick folgte dem Wasserlauf, bis ich von einem Licht abgelenkt wurde. Zweien, um genau zu sein. Eines war grau, wie eine Gewitterwolke, das andere so grün wie Moos. Die Lichter umkreisten einander und stürzten sich dann in das blutrote Nass. Dort verschmolzen sie zu einem, dass unter Wasser tauchte, übernatürlich schnell auf mich zukam und plötzlich, in Form einer menschlichen Gestalt, vor mir aus der Oberfläche brach.

Das Monster stand vor mir, seine Augen starrten mich an. Doch sie waren anders, es war nur eines in diesem, mir bereits bekannten, Grün, das Andere war Grau, so wie das Licht zuvor. Sein Mund verzog sich zu einem hämischen Grinsen, und mit einem Ruck umgriff er meinen Nacken und drückte mich nach unten. Ich wurde unter Wasser getaucht, doch das war es gar nicht. Es war Blut, ich konnte es schmecken, wurde gezwungen, es zu schlucken, und drohte daran zu ersticken.

„Thomas! Wach auf, bitte!"

Die vertraute Stimme holte mich aus meinem Schlaf, zerrte mich an die Oberfläche. Ich öffnete die Augen und sah Vinny. Er kniete neben mir, war über meinen Oberkörper gebeugt und seine Augen voller Tränen.

„Endlich, du bist wach. Ich dachte schon, du erstickst."

Ich hörte mein rasselndes Atmen, das Herz klopfe wie verrückt und das rauschen in den Ohren machte es mir schwer, ihn überhaupt zu verstehen.

Er half mir, mich aufzusetzen, und strich meine Haare aus dem Gesicht. „Du blutest ja." Vom Nachttisch holte er ein Taschentuch und hielt es mir an den Mund. „Hast du dich gebissen?"

„Meine Zunge tut weh."

„Zeig mal."

Wie ein kleines Kind streckte ich sie ihm entgegen und sofort hielt er das Tuch unter. „Ach du liebe Güte, da hast du dich aber ordentlich aufgebissen. Am besten du gehst dir den Mund ausspülen." Vinny drückte mir das Taschentuch in die Hand und führte diese zu meinem Mund. Danach half er mir hoch, worüber ich sehr froh war, denn meine Beine zitterten heftig und ich wäre fast gefallen. Im fensterlosen Bad angelangt, knipste er das Licht an und schob mich vor das Waschbecken.

Mein Anblick erschrak mich. Tiefe Augenringe, der Mund war blutverschmiert, die Haut schweißbedeckt und die Hand mit dem Tuch, war ebenfalls rot und zitterte heftig.

Vinny merkte meine Reaktion auf mich selbst und strich mir beruhigend über die Schulter. „Es ist alles gut, es war nur ein Traum. Stell dich unter die Dusche, das wird dir helfen."

Wie benebelt wusch ich mich, zog mir die Unterhose an, die er mir gab, und ließ mich zurück zum Bett führen. Meine Zunge hatte aufgehört zu bluten, schmerzte aber noch ziemlich.

Ich drehte mich auf die Seite, vergrub das Gesicht halb im Kissen und rollte mich zusammen. Eine warme Hand strich sanft über meinen Kopf, die Schultern und meine Seite. Vinny schmiegte sich an mich, küsste mich in den Nacken und fing an, ganz leise und beruhigend, eine Melodie zu summen.

Der nächste Tag begann wie der davor. Ich saß in meinem Büro und sichtete Videos. Was Michael machte, wusste ich ehrlich gesagt gar nicht. Ich blendete die Umgebung komplett aus, konzentrierte mich rein auf die Aufnahmen.

Fast hätte ich aufgeschrien, der Atem stockte mir und mein Mund wurde trocken.

Er stieg aus einem schwarzen SUV, steckte sich den Schlüssel in die Tasche und lehnte sich an den Wagen. Er war es eindeutig und das beste dabei, ich hatte sein Nummernschild.

Sofort suchte ich im System danach und fand ihn schließlich. Endlich kannte ich seinen Namen.

Laurent Marchand

Jetzt musste ich meinen Plan in die Tat umsetzen. Die Nachbarin unseres letzten Opfers, Stefan Wolf, war drogenabhängig und dealte auch. Das hatte ich gesehen, als ich ihre Hand berührt hatte. Ich würde sie erpressen, sie dazu bringen, eine Falschaussage zu machen. Sie sollte angeben, den Verdächtigen kurz vor Tatzeit, an dem Haus des Opfers gesehen zu haben.

Doch das Ganze musste noch warten. Ich brauchte einen Tag, einen letzten Tag. Ich wusste genau, mit was ich mich da anlegen würde. Einem Monster, einer Bestie.

Ich beendete also meine Schicht und Michael wartete auf dem Parkplatz auf mich.

„Danke, dass du auf mich gewartet hast."

„Soll ich dich wieder zu Vinny bringen?"

„Das wäre nett." Ich ging ums Auto und setzte mich auf den Beifahrersitz. Die Musik des Radios dröhnte aus den Lautsprechern, gute alte Klassiker.

Kaum hielt der Wagen, schnallte ich mich ab und wandte mich zu Michael. Ich umarmte ihn, so als wäre es das letzte Mal. „Danke, für alles."

„Keine Ursache."

Ich küsste ihn kurz auf die Wange und ehe er darauf reagieren konnte, schwang ich meine Beine aus dem Auto und verschwand.

Es hatte sich tatsächlich wie ein Abschied angefühlt. Ich musste es so machen, immerhin war es nicht abwegig, dass ich ihn vielleicht zum letzten Mal gesehen hatte.

Sieben Uhr achtunddreißig, er sollte bereits zu Hause sein. Ich steckte mein Handy zurück in die Jackentasche. Mein Finger drückte den Knopf der Klingel bis auf Anschlag und kurz darauf wurde die Tür geöffnet. Der Geruch von Kaffee wehte mir entgegen.

„Ich dachte mir, wir frühstücken heute mal, ehe wir Schlafen gehen."

„Das klingt fantastisch, danke dir."

Frisches Gebäck, weiche Eier, Marmelade, Schinken, alles, was ich gerne aß. Ich konnte mich nicht mal mehr an mein letztes, richtiges Frühstück erinnern. Wir schwiegen und genossen das Essen.

„Du kannst gerne schon ins Bad gehen, ich war im Studio duschen."

„Gehst du dort jeden Tag hin?"

„Fast. Ich wäre ja sonst viel früher zu Hause. Der Pub schließt um vier Uhr in der Früh und für das Aufräumen und Abschluss machen, brauche ich meist ne Stunde. Bis ich im Fitnesscenter fertig bin, haben auch schon manche Lebensmittelgeschäfte geöffnet, so muss ich nicht extra noch mal raus, zum Einkaufen."

„Das klingt vernünftig. Dann gehe ich mal duschen, danke dir."

Das warme Wasser tat gut auf der Haut und ich ließ mir Zeit. Zwischendurch kam Vinny ins Bad, um die Zähne zu putzen, verschwand danach aber gleich wieder. Ich putzte mir nach dem Duschen ebenfalls die Zähne, kämmte meine nassen Haare nach hinten und zog mir eine Pyjamahose an.

Vinny hatte sich in seiner Wohnung spezielle Rollläden anbringen lassen, um den Raum auch tagsüber vollkommen abdunkeln zu können. So war ich also nicht überrascht, beim verlassen des Zimmers ins dunkle zu gehen. In der Wohnküche waren sie nicht ganz geschlossen und so war in diesem Bereich immerhin noch etwas zu erkennen.

Er stand mit dem Rücken zu mir, am Küchentresen und trank ein Glas Wasser. Mein Blick glitt über seine breiten Schultern, den gut definierten Rücken hinab und blieb an seinem Hintern hängen, der nur in Trunks gehüllt war. Er wirkte in seinen weiten Klamotten gar nicht so definiert. Vielleicht täuschte es auch, da auf seinen Shirts meist irgendein blöder Spruch oder eine Figur aus seinen Lieblingsserien zu sehen war. Die meisten Menschen irrten sich in ihm, stempelten ihn ab und gingen nur nach dem äußeren.

Seine langen blonden Haare waren seitlich abrasiert. Den Streifen, der noch blieb, flocht er sich meistens. An dem Tag trug er sie offen und sie fielen auf eine Seite, umschmeichelten seine linke Schulter.

Automatisch war ich auf ihn zugegangen. Er hatte mich erst bemerkt, als uns nur noch zwei Meter trennten. Erschrocken drehte er sich um und sah mich an.

„Ist alles gut bei dir? Du schaust so komisch."

Zwei große, hektische Schritte und die Distanz zwischen uns war weg. Ich nahm ihm grob das Glas aus der Hand, ließ es achtlos in die Spüle fallen.

„Ich brauche dich, jetzt."

Mit diesen Worten griff ich in seine Haare, zog seinen Kopf zu mir und küsste ihn. Seine Hände legten sich auf meine Brust und er schob mich weg.

„Wird das jetzt der gleiche Scheiß wie letztens? Dieses Mal wehre ich mich, versprochen."

„Nein, wird es nicht." Ich griff nach seiner Hand, zog ihn zu mir und legte die Arme um ihn. „Ich will dich, bitte."

Ich drückte das Becken gegen ihn und er spürte die Erektion. Vinny umgriff mein Handgelenk und zog mich mit sich, ins Schlafzimmer. Dort angekommen schubste er mich aufs Bett und griff nach meiner Hose. Er zog sie mir runter und ließ sie achtlos fallen, danach kniete er sich über mich. Unsere Lippen berührten sich, seine Zunge drängte zwischen meine Lippen und ich öffnete mich ihm nur allzu gern.

Er unterbrach den Kuss und sah mich gierig an. „Nimm mich."

Ich packte ihn an den Schultern und schmiss ihn zur Seite. Die Luft wurde aus seinen Lungen gedrückt, als er auf den Rücken fiel. Ich setzte mich rittlings auf ihn und beugte mich nach vor. Er wartete auf einen Kuss, doch ich griff an ihm vorbei und schob die Lade des Nachttisches auf. Blind tastete ich nach einem Kondom und dem Gleitgel. Ich richtete mich wieder auf, drückte ihm das Gel in die Hand und behielt den Gummi. Ich rutschte nach hinten, griff seine Hose und zog sie mit. Kurz setzte ich meine Füße auf dem Boden, streifte die Trunks ganz ab und ließ sie fallen.

Mit den Händen strich ich über seine Oberschenkel, weiter hinauf zu seinen Hoden. Ich kniete an der Bettkante, beugte mich vor und fuhr mit der Zunge über seinen Penis. Dieser zuckte und wurde noch steifer. Meine Lippen legten sich um seine Eichel und ganz langsam nahm ich ihn in meinen Mund. Während die eine Hand weiter an seinen Hoden lag und diese sanft knetete, fuhr ich mit der anderen nach oben, über seine Brust, bis zum Hals. Sanft schloss ich meine Finger um seine Kehle, fuhr den Adamsapfel nach.

„Thomas ..."

Ich kannte ihn schon gut genug, um zu wissen, was er wollte, also nahm ich das Kondom, öffnete die Packung und streifte es mir über. Dann griff ich nach dem Gleitgel und gab mir was davon auf die Hand. Ich rieb an seiner Öffnung, ganz langsam, schon fast quälend, während ich mit meiner Zunge über seinen harten Schaft fuhr. Ein Finger glitt hinein und er bäumte sich auf, stöhnte mir entgegen. Der Zweite kam dazu. Ich bereitete ihn vor, Stück für Stück dehnte ich ihn für mich.

„Thomas, ich komme gleich." Sein Atem wurde immer schneller, er keuchte und stöhnte.

Ich beugte mich vor, suchte seine Lippen, wollte ihn küssen. Sofort schlang er seine Arme um meinen Nacken und fuhr mit der Zunge über meinen Mund, ertastete meine Zähne und rang mit meiner Zunge.

Etwas mehr Gleitgel verteilte ich auf meinem Penis und mittlerweile war ich so geil, dass die Berührung ausreichte, um mich ebenfalls aufstöhnen zu lassen. Ich umgriff seine Oberschenkel, drückte sie an seine Brust, sodass er sich daran halten konnte. Langsam drang ich in ihn ein, immer weiter. Es war ein herrliches Gefühl, so warm und eng. Es kostete mich viel Kraft, nicht mit einem Ruck in ihn zu stoßen, doch ich wollte ihn nicht verletzten. So quälte ich uns beide, bis ich endlich drin war.

„Vinny, alles gut?"

„Jahh, bitte ... hmmm ..."

Ich zog mich langsam wieder zurück, fast zur Gänze, dann umgriff ich seinen Schwanz und während ich mit einem Ruck in ihn eindrang, fuhr ich seinen Schaft nach unten. Der Rhythmus, mit dem ich ihn nahm, ging an meine Hand weiter. Es dauerte nicht lange und Vinnys Atem wurde immer schneller und sein Stöhnen lauter. Sein Fleisch schloss sich enger um mich, schien mich festhalten zu wollen und mit einem letzten, fast animalischen Laut, ergoss er sich über meine Hand, spritzte bis an meine Brust und grub seine Finger schmerzhaft in meine Schultern. Ich umgriff seine Schenkel und stieß schnell und fest in ihn. Ich schlug einen wilden, harten Ritt an, bis auch ich mit einem lauten Stöhnen zum Orgasmus kam.

Erste Begegnung

Der Wagen hielt vor dem großen Gebäude, in das viele meiner Kollegen verschwanden. Der Dienstwechsel stand bevor und daher waren einige unterwegs in die Arbeit.

Vinny hatte mich hergebracht, so wie die letzten beiden Tage zuvor. Plötzlich hatte es an der Seitenscheibe geklopft, was mir einen gehörigen Schrecken eingejagt hatte. Michael stand neben dem Auto und wartete auf mich.

„Hey, das ist der von neulich, den du in die Bar mitgebracht hast."

Noch ehe ich es verhindern konnte, hatte er sich abgeschnallt und war ausgestiegen.

„Hallo! Sie sind Koller, oder? Der Kollege von Thomas."

„Ja, bin ich." Michael wurde sofort rot, wie ein kleiner Junge.

Ich schnallte mich ebenfalls ab und stieg aus, um ihn aus der Situation zu retten. Vinny war einfach so gut wie nichts peinlich und er kannte keine Zurückhaltung.

„Hey Michael, ich komme gleich."

„Okay." Schnell drehte er sich um und flüchtete ins Gebäude.

„Vinny, das kannst du doch nicht machen."

„Was denn? Ich habe ihn nur begrüßt."

„Du weißt aber schon noch, in welcher Situation ihr euch das letzte Mal gesehen habt?"

Kurz dachte er nach und dann fiel es ihm ein. „Oh."

„Ja genau, oh. Du sagst es."

„Entschuldigung. Ich bin dann mal dahin, bis morgen früh."

„Warte."

Ich griff nach seiner Hand und hielt ihn zurück. „Danke! Für einfach alles."

„Nichts zu danken."

„Doch, das habe ich." Ich zog Vinny in eine Umarmung, drückte ihn an mich und legte meine Wange an seine. „Du warst für mich da und das werde ich nie vergessen."

Meine Lippen versiegelten seine und ich forderte Einlass in seinen Mund. Unsere Zungen umkreisten sich und der Kuss wurde sehr leidenschaftlich.

Vinny beendete ihn und flüsterte mir ins Ohr. „Thomas, deine Kollegen gucken alle."

„Das ist mir egal."

Überrascht sah er mir in die Augen. „Was hast du vor?"

Er kannte mich einfach schon viel zu gut und wusste, dass das kein normales Verhalten von mir war.

„Gar nichts, ich habe lediglich beschlossen, dass so etwas nicht verheimlicht gehört. In der heutigen Zeit sollte jeder damit klarkommen."

„Wenn du das sagst. Also dann, bis morgen."

„Das wird leider nichts."

„Was?"

„Wir werden uns morgen nicht sehen. Ich weiß ehrlich nicht, wann wir uns wiedersehen."

„Dann war das gerade ein Abschied?"

Mit den Fingern fuhr ich mir durch die Haare und sah zu Boden. „Ich weiß es nicht."

„Also hast du doch etwas vor. Hat es was mit dem Mörder zu tun?"

„Ja."

„Kann ich dich davon abhalten?"

„Nein, ich bin fest entschlossen. Es muss sein."

Vinny zog mich zu sich und küsste mich, dann hielt er mich noch eine Zeit lang fest umarmt.

„Bitte pass auf dich auf, ja?"

„Mache ich."

„Versprich es und komm zu mir, sobald du kannst."

„Ich verspreche es dir."

Irgendwie schaffte ich es, Michael abzuwimmeln. Ich sagte ihm, ich habe noch im Büro zu tun, er nahm es hin.

Zuerst rief ich bei der falschen Zeugin an, um unseren Deal zu bestätigen, den ich am Tag zuvor mit ihr ausgehandelt hatte. Alles ging übers Telefon, damit mich niemand mit ihr alleine sah.

Dann schnappte ich mir zwei Kollegen, erklärte ihnen die offizielle Sachlage und wir machten uns auf den Weg.

Die Adresse unter der Laurent Marchand, sowie seine Frau Lucia Marchand, gemeldet waren, führte uns in einen kleinen Ort, etwa zwanzig Minuten außerhalb der Stadt. Vor einem Wald befahl ich kurz stehen zu bleiben.

„Hört mal zu, er ist verdächtig und somit höchst gefährlich. Ihr behaltet alles im Überblick, euch darf nichts entgehen. Das Reden überlässt ihr mir, verstanden?"

Ein einheitliches Nicken war die Antwort, dann fuhr der Wagen wieder an, eine Schotterstraße entlang, ehe wir rund drei Kilometer später, vor einem großen Haus zum stehen kamen.

Das Anwesen war von einer, etwa einen Meter hohen, Steinmauer eingezäunt, diese wurde durch einen zwei Meter breiten Auslass unterbrochen.

Ich stieg aus und trat durch eben diesen Auslass, geradewegs auf die Haustüre zu. Eine Klingel suchte ich vergeblich, dafür hing an der Türe ein Klopfer. Ich hob die metallene Tatze an und hämmerte sie zweimal gegen die Tür. Stimmen drangen vom Inneren an mein Ohr. Die eines Mannes, der jemanden fragte, ob Besuch erwartet war und dann die sanfte Stimme einer Frau die dies verneinte.

Mit einem „Ja bitte" wurde geöffnet und vor mir stand eine kleine, wunderschöne Frau, die mich mit ihren braunen Augen unverhohlen musterte. Sie hatte eine schöne weibliche Figur, mit Rundungen an genau den richtigen Stellen, welche von einem bodenlangen Kleid verhüllt waren. Die langen, braunen Haare waren zu einem Zopf geflochten, der über ihre Schulter hing und ein gutes Stück der Brüste verdeckte.

„Sind Sie Lucia Marchand?"

„Ja, wie kann ich Ihnen helfen?"

„Indem Sie mir sagen, wo ich Laurent Marchand finde."

Plötzlich schob sich ein Mann neben die Frau. Er war gut zehn Zentimeter kleiner als ich, trug ein schwarzes Shirt und Hosen, die in Lederstiefeln endeten. Seine langen, schwarzen Haare waren hinter die Ohren gestrichen und fielen vorne über seine Schultern. Seine Finger waren voller Ringe und auch in seiner Unterlippe befand sich einer. All das ließ ihn aber nicht Wild erscheinen, das taten seine Augen. Er blickte mich an, wie ein Wolf. So viele Farben waren in seiner Iris zu sehen, dass man sich darin verlieren konnte.

„Und wer will das wissen, wenn ich fragen darf?" Seine tiefe Stimme passte zum übrigen Erscheinungsbild.

„Verzeihen Sie, ich bin Thomas Hader, Leiter des Sondereinsatzkommandos für Schwerverbrechen. Und Sie sind?"

„Angelo. Darf ich fragen was Sie von Laurent wollen?"

Ich erklärte ihnen, dass wir hofften, Laurent könne uns bei einem Fall als Zeuge weiterhelfen, doch seine Frau blieb dabei, ihr Mann sei nicht zu Hause. Also gab ich ihr meine Karte, mit der Bitte, sich bei mir zu melden.

„Bitte, richten Sie ihm aus, dass es äußerst dringend ist."

„Danke, das werde ich machen."

Ich verabschiedete mich und reichte ihr meine Hand. Ich konnte es nicht lassen, musste sehen, ob wir hier richtig waren.

„Auf Wiedersehen Frau Marchand, und bitte, denken sie an ..."

Ich hatte noch nicht fertig gesprochen, da ergriff sie meine Hand und sofort verschwand alles um mich.

Meine Augen öffneten sich und ich sah ihn. Er kniete zwischen den nackten Beinen, war ebenfalls völlig entkleidet. Sein harter Schwanz lag auf meinem Bauch und er grinste mich höhnisch an. Sein blutverschmierter Mund bewegte sich, er sprach zu mir, dann beugte er sich nach vor und küsste mich auf die Lippen. Plötzlich durchzog ein Ruck den Körper und ich ahnte leider nur zu gut, was er getan hatte. Er ließ von meinen Lippen ab und fing an, mich an verschiedenen Stellen zu beißen, trank das Blut, bis ich es nicht mehr schaffte, meine Augen offen zu halten.

Ich griff mir an den Kopf und kniff die Augen schmerzerfüllt zusammen. Die Bilder hätte ich am liebsten gleich wieder aus meinem Gedächtnis gelöscht nur leider funktionierte dass so nicht.

Ich konnte keine Narben an ihr sehen, es musste also schon lange hersein. Wie viel hat sie mitgemacht, mit diesem Monster an ihrer Seite? Vor allem, wieso war sie noch hier?

Am Rande bekam ich mit, dass meine Kollegen mich fragten, ob alles in Ordnung sei.

„Ja, verdammt, mir geht es gut."

Lucia Marchand sah mich mit ihren wunderschönen Augen an.

„Ich kann helfen. Kommen Sie einfach mit uns mit."

Ihr Blick wurde verständnislos. „Wobei denn helfen? Was meinen Sie?"

Der Mann entzog mir ihre Hand, die ich immer noch festhielt, und bat mich, zu gehen.

Ich spürte, wie eine Panikattacke in mir hochkam. Nicht jetzt, nicht hier. Zitternd fuhr ich durch mein Haar.

„Sie wissen davon, habe ich recht? Wie können Sie diese Frau nur in seinen Fängen lassen?"

„Bitte bedenken Sie, dass ein kleiner Ausschnitt des Gesamten oft ein falsches Bild macht. Sie kennen nicht das Ganze, also können sie die Situation auch nicht richtig beurteilen. Gehen Sie jetzt, bitte." Mit diesen Worten schlug er mir die Tür vor der Nase zu.

Mit einer Handbewegung deutete ich den anderen an, zu verschwinden.

Beim Auto angekommen frage einer der beiden: „Das war es? Sollen wir sie nicht noch beschatten?"

„Das mache ich alleine. Wir haben nur eine Zeugin, die ihn gesehen hat, und das auch nur in der Nähe."

„Wir können Sie doch nicht alleine hier lassen."

„Das sollt ihr auch gar nicht, ihr sollt lediglich aus diesem Wald raus und im Ort auf mich warten. Geht von mir aus was essen, ich stoße dann zu euch."

„Wie Sie meinen."

Die zwei stiegen ein, wendeten und fuhren los, während ich in den Wald ging und in einem großen Bogen um das Haus, bis zur Rückseite.

Es dauerte nicht lange und die Frau kam aus der Hintertüre, mit einem Weinglas in der Hand. Sie schlenderte gemütlich durch den Garten und setzte sich schließlich auf die Mauer, mit Blick zwischen die Bäume, genau in meine Richtung.

Wer ist James?

„Sie müssen hier nicht so umschleichen, ich bin alleine. Laurent ist in unserem Versteck und schläft vermutlich schon. Er kann dort nicht raus."

Meinte sie damit etwa mich? Unmöglich, sie konnte nicht wissen, wo ich war. Irgendetwas brachte mich dazu, aus der Deckung zu gehen. Von der Seite trat ich langsam auf sie zu, meine Hand dabei am Griff der Pistole, um sie jederzeit ziehen zu können.

„Woher wussten Sie, dass ich hier bin? Ich konnte keine Kameras entdecken."

„Das ist ganz einfach, ich habe Sie gespürt und auch gehört."

„Das ist unmöglich, ich verhielt mich lautlos."

„Sie haben es versucht, das stimmt schon, aber Sie atmen und Ihr Herz schlägt."

Was meinte sie damit? Sie konnte doch unmöglich mein Herz hören.

Erneut bat ich sie, mit mir mitzukommen, damit ich sie in Sicherheit bringen konnte, doch sie legte lediglich ihren Kopf schräg und wollte wissen, vor was ich sie denn in Sicherheit bringen wollte.

„Vor diesem irren Menschen."

„Passen Sie bloß auf, was Sie sagen. Sie sprechen hier immerhin mit der Frau dieses, wie Sie so unverblümt sagen, irren Menschen!"

„Wieso tun Sie sich das selber an? Ich weiß, was er Ihnen angetan hat. Auch wenn es schon länger her ist, wie können Sie immer noch hier sein?"

Das hätte ich nicht sagen sollen. Neugier schlich sich in ihre Augen. „Sie wissen, was er mir angetan hat? Was wäre das und woher wollen Sie das wissen?"

Ich brauchte dringend eine Zigarette. Nicht nur, um wenigstens eine meiner Süchte zu befriedigen, sondern auch um Zeit zu schinden. Mit nervösen Fingern ergriff ich die Packung, öffnete sie und schlug mit dem Boden gegen meine linke Hand. Ein Glimmstängel rutschte nach oben, ich nahm ihn gierig zwischen meine Lippen und entzündete ihn.

„Wollen Sie dazu vielleicht einen Whiskey? Den trinken Sie doch so gerne, oder?"

Jetzt war ich wirklich verblüfft. „Woher wissen Sie das?"

„Aber, aber. Ich habe ja wohl zuerst gefragt. Also, was ist mit mir passiert?"

„Auch auf die Gefahr hin, dass Sie mich für verrückt halten, ich habe es gesehen, als ich Ihre Hand hielt."

„Eine Vision also?"

„Moment, Sie glauben mir?"

„Warum denn nicht?"

„Weil es absurd und völlig verrückt klingt?"

„Sie haben doch gesehen, was mir passiert ist, Sie wissen bestimmt auch, was ich bin."

„Also stimmt es?"

Anstatt Frau Marchand gab eine tiefe Stimme Antwort auf meine Frage. „Ja, es stimmt. Wir sind Vampire und es ist ganz schön mutig von Ihnen sich meiner Herrin zu nähern."

Dieser Angelo war plötzlich aufgetaucht und wie schon zuvor, brachte er meinen Puls zum Rasen.

Endlich reagierte mein Körper wieder und ich zog schnell meine Waffe. „Bleiben Sie stehen oder ich drücke ab!"

Das Einzige, was ich sah, war eine schnelle Bewegung. Plötzlich stand er vor mir und lehnte sich an die Mündung der Waffe. Er griff nach meiner Zigarette und nahm einen Zug.

„Wenn ich wollte, dann wären Sie jetzt tot. Also passen Sie lieber auf, wem Sie drohen. Außerdem bitte ich darum, etwas mehr Abstand zu meiner Herrin zu halten."

Jetzt war ich wirklich verwirrt. „Herrin? Wie meinen Sie das?"

„Lucia ist meine Herrin, und ich werde sie beschützen, also machen Sie keinen Blödsinn."

„Da haben Sie aber ganz schön versagt, wenn man bedenkt, was Ihr zugestoßen ist!" Ich konnte meine große Klappe wohl wirklich nie halten.

Mit einer fließenden Bewegung entriss er mir die Waffe und drückte sie gegen meine Schläfe. Ich brach in Schweiß aus und ein kleiner Tropfen rann mir über die Wirbelsäule.

„Angelo! Es reicht! Er weiß doch nicht, was wirklich passiert ist, also lass das!" Die Stimme der Frau wirkte freundlich, aber bestimmend.

„Wie du wünscht, Herrin. Aber die Waffe kriegt er nicht mehr."

„Das soll mir recht sein. Ist Katharina zu Hause?"

„Nein, sie bestand darauf, wieder mitzukommen. Ich habe sie im Wald gelassen, als ich ihn hier roch." Angelo nickte abschätzig in meine Richtung und ich war noch mehr verwirrt als ohnehin schon. Die zwei unterhielten sich, als wäre ich gar nicht anwesend.

Die Frau bat ihn, diese Katharina ins Haus zu bringen, woraufhin mich Angelo gehässig angrinste. „Ich bin gleich wieder da."

Er klemmte mir den Glimmstängel zurück zwischen die Lippen, steckte sich die Waffe ein und drehte sich mit einem Zwinkern von mir weg.

Dieser Mann machte mich wahnsinnig, verunsicherte und faszinierte mich zugleich.

Einen tiefen Zug nehmend starrte ich mit einem fragenden Blick in Richtung Lucia.

„Bevor Sie fragen, ich weiß selber nicht so genau, warum er mich Herrin nennt. Es hat etwas mit einem früheren Leben zu tun. Angelo beschützt mich wirklich, er konnte das, was geschehen ist aber nicht verhindern, weil ich ihn da noch nicht kannte."

„Und wer ist Katharina?"

„Sie ist meine Freundin und ich wäre Ihnen sehr zu Dank verpflichtet, wenn Sie sich jetzt ruhig verhalten und sie nicht verschrecken würden."

Langsam zweifelte ich an dem Verstand dieser Frau. Ich sollte jemanden erschrecken? Wer war hier das Monster?

Gerade wollte ich zu einer Frage ansetzen, als der Mann zurückkam, mit einer jungen Frau an der Hand. Einer wirklich schönen Frau. Groß, mindestens einen Meter siebzig, gewellte, rote Haare und eine blasse Haut mit Sommersprossen. Er brachte sie ins Haus, gab ihr noch einen Kuss auf die Stirn und schloss die Türe hinter ihr.

Ich sah wieder zu Lucia und wollte wissen, wie ich jemanden von ihnen erschrecken könnte.

„Sie ist eine Sterbliche. Ein ganz normaler Mensch, gewöhnlicher als sie es sind."

„Und sie ist Ihre Freundin?"

„Warum nicht? Wir ernähren uns von Blutbeuteln, sie hat also nichts zu befürchten. Sie ist mir sehr teuer geworden." Der schwarzhaarige Vampir lehnte sich neben seine Herrin an die Mauer und die zwei begannen ein Gespräch. Also eigentlich sprachen sie schon wieder über mich, so als wäre ich nicht anwesend. Sie überlegten laut, was sie mit mir machen sollten.

„Hören Sie mal, könnten Sie bitte nicht über mich reden so als wäre ich nicht hier? Außerdem bin ich offen für Neues, wie Sie sich denken können."

Kurz wurde es still, ehe sie mir aus heiterem Himmel das „Du" anbot, weil sie das ewige Siezen stören würde. Sollte mir recht sein, meinen Nachnamen mochte ich noch nie.

Sie nickte zufrieden und sah mich dann ernst an. „Du bist hinter Laurent her, warum?"

„Weil er im Tatverdacht steht, was die Serienmorde betrifft. Von denen hast du bestimmt schon gehört."

„Ja, das habe ich. Wieso bist du alleine hiergeblieben?"

„Nachdem ich gesehen hatte, was er dir angetan hat, konnte ich nicht einfach so gehen."

„Das ist sehr nett, aber ich habe einen Beschützer und wir arbeiten an einer Lösung des Problems."

„An einer Lösung des Problems? Dieser Laurent ist ein Monster, wie kannst du zu ihm halten?"

Wieder ignorierte sie mich einfach, nahm einen Schluck von ihrem Getränk und sprach mit Angelo. „Ich glaube, es wäre besser, wenn wir ihm alles zeigen würden."

„Das ist keine schlechte Idee. Darf ich das bitte übernehmen?"

Langsam reichte es mir wirklich, ich kam mir vor, als wäre ich im falschen Film gelandet. „Was wollt ihr mir denn zeigen?"

Lucia wandte sich mir zu. „Wie du völlig richtig erkannt hast, sind wir Vampire. Mich würde übrigens brennend interessieren, woher du von unserer Existenz weißt, aber das lässt sich ja vielleicht in einem Aufwasch klären."

„Was hat das hiermit zu tun?"

„Das wirst du nicht wissen, aber wenn ein Vampir von jemanden trinkt, ist es ihm möglich, Bilder, Gedanken und Gefühle an die andere Person zu senden. Das funktioniert auch in die entgegengesetzte Richtung. Wenn du also bereit währst dich von Angelo beißen zu lassen, könnte er dir alles zeigen, du würdest es selber sehen können."

„Ich soll mich freiwillig beißen lassen? Na klar, bestimmt doch, habe heute ja sonst nichts mehr vor." Jetzt war ich mir sicher, sie war wunderschön, aber hatte eindeutig eine Schraube locker.

Der Mann stemmte sich von der Mauer ab und kam auf mich zu. „Ich mag deinen Sarkasmus, wenngleich ich den Schmerz dahinter höre."

„Was soll das jetzt wieder heißen?"

„Ich lebe schon so lange, dass es mir ein Leichtes ist, die Gefühle anderer an deren Blick zu erkennen. Die Sprache des Körpers zu lesen. Du stinkst nach Rauch und Alkohol, zweifelsohne bist du süchtig. Deine Augen sind leer und abgestumpft, dass Einzige, was ich darin noch sehen kann, ist Einsamkeit und Wut. Du hast eine Freundin, ihr Parfüm haftet an dir, aber glücklich bist du nicht mit ihr. Es ist rein der Sex, der dich bei ihr hält."

Tja, er hatte mit fast allem Recht, nur bei der Freundin tappte er im Dunkeln. Es war kein Parfüm, das er roch, sondern das Duschgel von Vinny. Er stand auf das süße Zeug, mit den Gerüchen von irgendwelchen Obstsorten oder Blumen.

Angelo legte mir seine Hand an die Wange. „Lass den Scheiß!" Ich schlug sie grob weg. „Fass mich nicht an!"

„Warum so schüchtern?"

„Du bist doch auch nur eine blutrünstige, todbringende Bestie wie all die anderen!"

„Du hast mein Ehrenwort, ich werde dich nicht umbringen. Das schwöre ich."

„Was habe ich davon? Wieso sollte ich dir glauben?"

„Vielleicht nicht mir, aber wenigstens Lucia. Sie wird nicht zulassen, dass ich dich verletze."

Ich sah in ihre Richtung. „Wieso beißt du mich nicht? Das wäre mir lieber."

„Es tut mir leid, aber das schaffe ich nicht. Es ist sehr schwer für mich und der Schmerz sitzt tief. Ich kann das nicht, dafür ist es zu frisch."

„Aber es muss doch schon lange her sein. Du hast nicht mal eine Narbe."

„Das liegt daran, dass ich bin, was ich bin. Wunden heilen bei uns sehr schnell. Was du gesehen hast, ist vor drei Tagen passiert."

Ich konnte nicht anders, als sie von oben bis unten zu mustern. „Das ist unmöglich. Du warst fast tot."

„Ja das war ich. Erstaunlich, nicht wahr? Wie schnell wir heilen können. Das liegt an unserem Blut. Wenn du dich beißen lässt, wird Angelo deine Wunde sofort schließen können, keine Narbe wird zurückbleiben."

„Wenn das Ganze erst drei Tage her ist und du Angelo da noch nicht kanntest, wieso steht ihr euch dann so nahe?"

„Wir trafen ihn zufällig, beim spazieren gehen. Da es sehr selten vorkommt auf einen anderen Vampir zu treffen, luden wir ihn ein, bei uns zu bleiben. Durch einen Zwischenfall erfuhr er von unserer Situation und half uns gleich. Außerdem ist da eine gewisse Verbindung zwischen uns, die ich noch nicht ganz verstehe."

„Welcher Zwischenfall?"

„Es wäre wirklich leichter, wenn du dich von Angelo beißen lässt."

Der Mann stand immer noch viel zu nah bei mir. Er roch nach Lavendel und Wald. „Wo würdest du mich beißen?"

„Das kannst du dir gerne aussuchen."

„Okay, also langsam zweifle ich an mir selber. Ihr verarscht mich doch bestimmt, oder?"

„Keineswegs, was hätten wir davon?"

„Ihr seid also Vampire, außer diese Katharina und wenn ich dich an mir knabbern lasse, dann zeigst du mir alles, was ich wissen muss?"

„So ist der Plan." Angelo verringerte unseren Abstand weiter, was kaum noch möglich war. Er legte seine Hand in meinen Nacken und zog mich zu sich. Ich konnte seinen

Atem riechen, nach Minze. „Ich bevorzuge ja die Lippen oder die Zunge, aber ich denke, dazu bist du nicht bereit."

„Du willst mich küssen?" Das waren ja Aussichten. Er war wirklich sehr attraktiv und die Vorstellung diese Lippen auf meinen zu spüren ließ mich doch tatsächlich rot werden.

Er fasste mir an den Hinterkopf, griff in mein Haar und drehte meinen Kopf mit einem Ruck zur Seite. „Der Biss ist schmerzhaft und warum ihn nicht mit etwas süßem kombinieren?" Langsam fuhr er mit seiner Zunge über meinen Hals.

„Natürlich geht es hier auch."

„Warte, ich denke, ich habe es mir anders überlegt!" Der Mann turnte mich dermaßen an, dass ich befürchtete, bei dem bloßen Gedanken, einen Ständer zu bekommen.

Meine Aussage schien ihm nicht zu gefallen, denn statt mich loszulassen, umgriff er meine Taille und drückte mich gegen sein Becken. Wenn er nicht bald damit aufhörte, dann würde ich noch über ihn herfallen. Er drückte meinen Kopf leicht nach vorne und so nach unten, damit er mir in Augen sehen konnte. „Ich weiß, dass du nicht an deinem Leben hängst, selbst wenn ich dich töten würde, wäre es dir egal. Dein Blut treibt mich in den Wahnsinn und ich will unbedingt davon kosten. Also entweder lässt du dich jetzt von mir beißen oder zapfst mir was ab."

Er hatte Recht, an meinem Leben hing ich wirklich nicht und wenn ich jetzt und hier sterben sollte, warum dann nicht in den Armen dieses Mannes? „Dann mach es."

„Gute Entscheidung. Schließe bitte deine Augen und konzentriere dich auf das, was ich auch sehen darf, danach werde ich dir alles zeigen, was nötig ist."

Er leckte über mein Ohr, knabberte kurz daran, dann fuhr er mit seiner Zunge an meinem Hals entlang. Eine Gänsehaut breitete sich über meinen Körper aus, bis ein Schmerz mich zusammenzucken ließ. Als seine Zähne sich durch das Fleisch bohrten und er den ersten Schluck des Blutes trank, stöhnte er gegen meine Haut und eine Woge der Erregung, anders als ich sie kannte, durchflutete meinen Geist.

Ich hielt mich an seinen Schultern fest, hatte das Gefühl zu fallen. Plötzlich hörte ich seine tiefe Stimme in meinem Kopf. Es war unheimlich und faszinierend zugleich. „Konzentriere dich auf das, was du mir zeigen möchtest."

Meine Gedanken gingen zurück, in die Vergangenheit, zurück in jene Nacht, als ich mitansehen musste, wie meine Eltern getötet wurden. Danach zeigte ich ihm die Opfer von Laurent, ließ ihn an meinen stummen Visionen teilhaben. Von Leiche zu Leiche, Vision zu Vision, wurde es immer schlimmer. Ich spürte, wie die Panik in mir hochkam, spürte das bekannte Gefühl, zu ersticken.

Angelo drückte mich näher zu sich, wieder hörte ich seine Stimme. „Es ist gut, ich habe genug gesehen. Konzentriere dich auf etwas Schönes, atme langsam weiter."

Sofort sah ich Vinny vor mir, das wollte ich ihm zeigen. Zum einen, weil es für mich eine schöne Erinnerung war und zum anderen aus trotz. Ich wollte ihm zeigen, dass er nicht so viel wusste, wie er selber dachte.

Vinny stand vor mir, in einem schwarzen, kurzärmeligen Hemd, eine Kellnerschürze um die Hüften gebunden. Seine langen Haare waren eingeflochten, sein hübsches Gesicht zierte ein Lächeln. Ich beugte mich vor und küsste ihn, schob ihm meine Zunge in den Mund und drückte meinen harten

Penis gegen sein Becken. Ich ließ ihn nicht alles sehen, das war privat, schickte ihm lediglich folgende Wörter im Gedanken: „Was du gerochen hast, war keine Frau, sondern ein Mann."

Die beruhigenden Gefühle, die er mir wohl gesendet hatte, wurden von Erregung überflutet. Nur kurz, dann hatte er sich wieder unter Kontrolle, aber es war offensichtlich, dass es ihm gefiel.

„Es tut mir leid, deine Erinnerungen verdrängen zu müssen, aber ich kann nicht ewig von dir trinken." Mit diesen Worten verschwand das Bild von Vinny, und Laurent und Lucia standen vor mir. Hand in Hand spazierten sie durch den Wald. Er zeigte mir, wie sie sich kennen gelernt hatten, wie Laurent im Wald zusammenbrach und dann einen Kampf mit Angelo anfing. Wie sich Laurent selbst das Messer in die Brust rammte und seine Augen plötzlich wie die eines anderen aussahen, wie er vor Schmerz zu schreien begann. Ich war irritiert, das merkte auch Angelo, denn als Nächstes erschien vor mir ein Esszimmer. Mit am Tisch saßen Laurent, Lucia und diese Katharina. Das Monster fing an zu sprechen, ich hörte alles, es war, als sei ich selber dort.

Er erzählte von einem James, der ihn monatelang gequält, missbraucht und vergewaltigt hatte. In den er sich, trotz all der Erniedrigungen, verliebt hatte. Bis zu dem Zeitpunkt, als er in einen Keller gesperrt wurde und dieser James ihn von neuem zu quälen begann. Er wollte nicht mehr, konnte nicht mehr und setzte alles auf eine Karte. Er trank das Blut des Vampirs und tötete ihn. Doch dadurch schien die Seele dieses James in ihn gefahren zu sein.

Weiter erzählte er, dass er in der Welt umhergereist war, um eine Lösung für sein Problem zu finden, um die Seele des anderen loszuwerden. Doch niemand konnte ihm helfen. Mit der Zeit hatte er es geschafft, James unter Kontrolle zu halten, bis vor drei Monaten. Da begannen die Morde, hier schloss sich der Kreis, begann die Verbindung zwischen mir und diesen Vampiren. Ich verstand es jetzt und doch konnte ich es nicht glauben.

„Ich weiß, es ist schwer zu glauben, aber es ist die Wahrheit. Ein Letztes will ich dir noch zeigen, damit du weißt, dass ich dich verstehe und dir beweisen kann, dass wir nicht alle Monster sind, dass auch wir unsere Vergangenheit haben."

Plötzlich war es hell, die Sonne brannte mir ins Gesicht. Starke Arme zerrten mich durch Sand, schleppten mich in einen Tempel. Hier gab es keine Fenster oder andere Öffnungen, der Steinboden wurde nur durch das Licht von Fackeln erhellt. Ägyptische Malereien waren an den Wänden angebracht, zeigten Götter, Pharaonen und mehr.

Ich, oder besser gesagt Angelo, wurde in eine große Halle gebracht, brutal auf eine Platte geworfen und dort mit Seilen festgebunden. Menschen, in seltsamer Kleidung betraten den Raum. Es war, als würde man eine geschichtliche Dokumentation sehen. Sie trugen Tücher um die Hüften, Armreife, Halsspangen aus Gold und Perücken. Manche hatten Masken auf, sie schienen aus Holz gefertigt und zeigten Tierköpfe.

Ein Sprung ging durch seine Gedanken, und er zeigte mir, wie die Menschen um ihn standen. Als hätte es ein Signal gegeben stürzten sie sich plötzlich auf ihn, bohrten ihre scharfen Zähne in seine Haut. Es waren Vampire, allesamt, und sie tranken von ihm. Er wehrte sich, versuchte es zumindest.

Seine tiefe Stimme hallte als entsetzlicher Schrei von den Steinen wieder.

Ich konnte meine Tränen nicht mehr zurückhalten. Tränen des Mitleids, des Entsetzens und des Wiedererkennens. So wie meine Eltern geschlachtet wurden, so wurde er als Opfer dargebracht.

Meine Beine gaben nach und ich sackte in mich zusammen. Angelo hielt mich, löste seine Zähne von mir und leckte über die Wunde. Er drückte mich fest an sich, wiegte mich hin und her, strich beruhigend über meinen Kopf.

In diesem Moment, dort auf dem Boden, in den Armen eines Fremden, eines Vampires wurde mir eines klar. Ich würde nie eine Chance haben. Selbst wenn ich die Mörder meiner Eltern finden könnte, wäre ich zu schwach, es mit ihnen aufzunehmen. Ich sah nur eine einzige Möglichkeit, ich musste selber zu einem von ihnen werden.

Er würde mich sicher nicht freiwillig trinken lassen, also musste ich ihn überlisten. Ich hob meinen Kopf, packte Angelo am Kragen und drückte meine Lippen auf seine. Dass mir der Kuss so gefallen würde, hatte ich nicht geplant. Seine Lippen waren weich und sanft. Ich ließ mich fallen, verlangte Einlass in seinen Mund. Unsere Zungen umkreisten einander und ich schlang meine Arme um ihn. Ich hätte einfach den Moment genießen können doch ich hatte einen Plan.

Da wir im Gras knieten, war es ein leichtes ihn zu Fall zu bringen. Ich setzte mich auf seine Oberschenkel, umschlang seine Beine mit meinen und fixierte seine Arme, indem ich die Hände um seine Gelenke legte und sie auf den Boden drückte. Immer noch küssten wir uns.

Halbherzig versuchte er, mich von sich runterzuwerfen. Ich ließ von seinen Lippen ab, wanderte zu seinem Hals und biss zu. Es war gar nicht so leicht, durch die Hautschichten zu kommen, es erforderte Kraft, doch dann schmeckte ich das metallische Blut. Ich unterdrückte meinen Würgereiz und schluckte es hinunter. Gierig sog ich an der Wunde, wollte so viel wie möglich erwischen.

Nur am Rande bekam ich die Schreie von Lucia mit, ignorierte meine Umgebung, bis mich plötzlich eine starke Hand im Genick packte, sich Finger in meine Unterarme bohrten und sie nach hinten bogen. Irgendjemand öffnete meinen Kiefer und ich wurde weggeschleudert.

Ich spürte ein Gewicht auf mir, jemand drückte mich auf den Boden, umklammerte meine Handgelenke. Ich hörte eine neue Stimme. Es war dunkel und zuerst erkannte ich ihn nicht, erkannte gar nichts. Meine Sinne waren benebelt.

Er schrie mich an. „Was, zum Teufel, sollte der Scheiß? Läuft es bei dir nicht mehr richtig im Kopf?"

Mein Herz setzte aus, Schweiß brach aus allen Poren, meine Atmung beschleunigte sich. Ich war nicht imstande irgendetwas zu sagen oder auch nur zu tun.

Auf mir saß ein Mann mit dunkelblonden Haaren, vollen Lippen und moosgrünen Augen.

Abgrund

Die Stimme von Lucia drang an meine Ohren. „Thomas, das ist nicht James."

Das Monster blickte mich überrascht an. Du bist Thomas Hader?

„J... ja, der bin ich."

Er ging von mir runter und setzt sich einfach ins Gras, neben mich. „Oh mein Gott, James. Ich hasse dich tatsächlich noch mehr, als ohnehin schon. Eigentlich dachte ich, dass dies nicht möglich sei."

Er sprach mit sich selbst, oder auch nicht. Wie man es wohl sehen wollte. Es war ein Körper aber zwei Seelen. Ich starrte ihm kurz in die Augen, die wirklich anders wirkten, als die, in meinen Visionen, dann stand ich auf und machte ein paar Schritte rückwärts.

Angelos Stimme ließ mich innehalten. „Ich weiß sehr wohl, warum du das gemacht hast, aber glaubst du wirklich, dass es der richtige Weg ist?"

„Was soll ich denn sonst machen? Ohne diese Kräfte und die Stärke eines Vampires habe ich doch nie und nimmer eine Chance!" Er machte mich so wütend. Ohne es überhaupt zu bemerken, war ich auf ihn zugegangen.

„Oh Mann, dir ist wohl wirklich nicht mehr zu helfen. Schon mal daran gedacht, um Hilfe zu bitten?"

„Na klar doch, und du hättest mir ja auch bestimmt geholfen, wo wir uns ja schon ewig kennen! Erzähl nicht so einen Scheiß! Du hast überhaupt keine Ahnung!" Mittlerweile stand ich über ihm und brüllte ihn an.

Mir blieb keine Zeit zu reagieren, so schnell war Angelo aufgesprungen und stand vor mir.

Er packte mich am Hals und drängte mich gegen den nächsten Baum. „Halt deine verdammte Klappe du Wahnsinniger! Von wegen, ich habe keine Ahnung und soll keinen Scheiß erzählen! Du hast mir gerade eben selber gezeigt, was dir passiert ist, und du weißt auch, wie ich zum Vampir wurde. Dennoch wagst du es, so mit mir zu sprechen?!"

„Halt doch selber deine verdammte Klappe! Warum lässt du mich nicht einfach in Ruhe?!" Ich war in Rage, hatte mein Mundwerk nicht mehr unter Kontrolle. Vor mir stand ein Vampir, ein übermenschlich starkes Wesen und ich brüllte ihn an. Mir war wohl wirklich nicht mehr zu helfen.

Ein tiefes Knurren kam aus seiner Brust, er beugte sich zu mir vor und seine wilden Augen starrten mich an. Ich spürte seinen Atem auf mir und eine Gänsehaut überzog meinen Körper. Ich hatte Angst.

„Weil es dafür nun zu spät ist, du erbärmlicher Mensch. Denkst du wirklich auch nur eine Sekunde daran, dass ich dich jetzt gehen lasse, nach dem, was du über uns weißt? Du bist so töricht."

„Angelo, es reicht."

„Aber, Herrin. Er weiß, wer wir sind, ich kann ihn doch nicht einfach gehen lassen."

„Doch, das kannst du." Lucias Stimme drang an meine Ohren, die zwei wechselten ein paar Wörter, aber ich verstand fast nichts. Nur, dass sie mich gehen lassen wollten. Mehr musste ich nicht wissen.

Angelo lockerte seinen Griff, ließ mich los und trat zurück. Er sah mich nicht an, fragte etwas, an Lucia gewandt. Ich nützte die Gelegenheit, schlug seine Hand, die er immer noch erhoben hatte, zur Seite und machte einen Schritt weg von ihm.

„Lass mich doch endlich! Ich gehe jetzt!"

Es ist mir selber ein Rätsel, wie ich es geschafft hatte, überhaupt etwas zu sagen. Ich drehte mich um und rannte, lief die Straße entlang, die mich in diese andere Welt gebracht hatte. Keiner kam mir nach. Sie schienen mich wirklich in Ruhe zu lassen.

Kaum war der Wald hinter mir, rief ich meine Kollegen an.

„Kommt schnell und holt mich ab. Ich warte am Waldrand auf euch."

Keine drei Minuten später, hielt der schwarze SUV vor mir. Das Scheinwerferlicht blendete mich und als ich die Hand hob, um sie schützend über meine Augen zu legen, sah ich das Blut und den Dreck.

„Sir, was ist passiert? Sollen wir Verstärkung rufen?"

„Nein, steig wieder ein." Ich setzte mich auf die Rückbank, schnallte mich an und lehnte mich in den Sitz.

„Ich bin über eine scheiß Wurzel gestolpert, es sind nur Schürfwunden, sonst nichts. Fahr bitte zurück zum Revier."

Ein stummes Nicken, der Wagen rollte an und ich kämpfte die nächsten zwanzig Minuten damit, nicht in das Auto zu kotzen, und meine aufkeimende Panikattacke zu unterdrücken.

Der Wagen hatte kaum angehalten, da öffnete ich schon die Tür, um auszusteigen. Ich ließ die beiden einfach sitzen, sollten sie doch denken, was sie wollten, es war mir egal.

Ich schleppte mich zu den Waschräumen, wo zum Glück keiner war, und betrachtete mein Spiegelbild.

Scheiße. Das war noch das Netteste, was mir eingefallen war. Nicht nur an meinem Hals, sondern auch am Mund klebte Blut. Ich war dreckig und weiß wie eine Leiche. Wie viel er wohl von mir getrunken hatte? Sicher nicht zu wenig, so wackelig wie ich auf den Beinen war.

Ich brauchte eine Dusche und neue Klamotten. Zum Glück hatte ich immer eine Reservegarnitur im Spind. Die Garderobe war gleich neben den Waschräumen und mit einer direkten Tür verbunden, ich musste also nicht rausgehen.

Die schmutzigen Klamotten warf ich auf den Boden und dann stellte ich mich unter den noch kalten Wasserstrahl.

Mich überkam wieder diese Übelkeit, wie schon zuvor im Wagen. Ich schaffte es nicht raus, übergab mich lautstark in der Dusche. Der Boden füllte sich mit Blut, seinem Blut. Es wirbelte mit dem Wasser den Abfluss hinunter.

Plötzlich wurde die Kabinentüre aufgerissen und Michael stand vor mir. Er sah mich schockiert an, sein Mund offen, seine Augen geweitet. Sein Blick glitt über meinen Körper.

Mit dem Handrücken wischte ich mir über den Mund, rot, es rann meine Brust hinab, vermischte sich mit Dreck.

„Heilige Maria, was ist passiert?"

Anstatt zu antworten, lehnte ich mich nach vor, stütze meine Hände an der Wand ab und übergab mich erneut. Wieder war es nur Blut, dass meinen Körper verließ, es war schon dunkler als frisches, aber eindeutig Blut.

„Ich rufe einen Krankenwagen."

„Nein, lass das."

„Du erbrichst Blut, das deutet auf innere Verletzungen."

„Nein, es ist nicht meines. Bitte, Michael, leg das Handy weg."

Langsam senkte er seine Hand, steckte das Smartphone zurück in seine Hosentasche. „Es ist nicht deines?"

Ich schaffte es nicht, stehen zu bleiben, wackelig ließ ich mich auf die Knie sinken, würgte wieder, doch es kam nichts mehr.

„Lass mich alleine, Michael."

„Nein das werde ich nicht." Er ging in die Hocke und sah mir in die Augen. „Was ist passiert? Wieso spuckst du Blut?"

Ergeben seufzte ich und erzählte ihm in groben Zügen, was vorgefallen war.

„Bist du vollkommen übergeschnappt!? Wenn du unbedingt sterben willst, gibt es einfachere Wege, als zu einer Horde Vampire zu spazieren und dich auch noch beißen zu lassen!"

„Übertreibe nicht, es waren nur drei, und hey, ich habe zurück gebissen." Mir gelang ein schiefes Grinsen.

„Bist du vollkommen irre?"

„Ja, bin ich wohl."

„Keine Einsätze im Alleingang, ist das nicht eines der ersten Dinge, die man lernt?"

„Es tut mir leid, okay?"

„Weißt du, wie gefährlich das enden kann?"

„Ach komm schon, als ob es einen Unterschied gemacht hätte, wenn du dabei gewesen wärst."

Das hätte ich nicht sagen sollen. Michael wurde wütend, fasste mich grob an der Schulter und dreht mich in seine Richtung. „Jetzt hör mir doch ...“

Mehr kam nicht bei mir an.

Ich ging durch ein dunkles Haus, beleuchtet nur durch die Straßenlaternen von draußen. Die Luft war stickig und es roch nach Müll.

Ich war verwirrt, seit wann roch ich etwas in meinen Visionen?

Ich hörte meine Schritte, schweres Atmen, das Herz raste. Mit der Waffe in der ausgestreckten Hand schlich ich um eine Ecke und dann ging alles ganz schnell.

Ein Blitz, ein lauter Knall und ich spürte etwas Heißes in meiner Schulter. Die Wucht warf mich nach hinten, ich knallte ungebremst auf den Boden, die Luft entwich meinen Lungen und dann setzte der Schmerz ein. Ein stechendes, brennendes Gefühl in meiner Schulter und der Kopf pochte. Ich drückte die Hand auf die Wunde, versuchte die Waffe auf den Täter zu richten, doch der war längst weg, hatte mich liegen gelassen.

Das   Wasser prasselte immer noch auf meinen Körper und Michael kniete neben mir, redete auf mich ein.

Der Schmerz war weg, ich roch Blut. Michaels Stimme drang zu mir durch. „Thomas, was ist passiert. Hattest du eine Vision?“

„Scheiße.“ Das war vorerst alles, was er aus mir rausbekam. Ich rappelte mich hoch, er wollte mir helfen. Abwehrend hob ich meine Hand. „Bitte nicht, greif mich nicht an.“

Er sah mir verständnislos ins Gesicht. „Was ist denn?“

„Du wurdest angeschossen.“

„Ja, vor sieben Jahren, als ich alleinen zu einem Einsatz bin, deswegen auch meine begründete Sorge. Wäre ich nicht alleine gewesen, hätte ich schneller Hilfe bekommen und der Täter wäre nicht entwischt." Er sah mich fragend an. „Ich dachte, du bekommst nur dann Visionen, wenn du jemanden berührst?"

Stöhnend schaffte ich es, mich hinzustellen. Ich griff nach dem Duschgel, wusch mir schnell den Dreck ab und stellte mich dann wieder unter den Wasserstrahl. Michael reichte mir das Handtuch und wartete bei den Spinden.

„Hat scheiß wehgetan, dieser Schuss."

„Wie meinst du das?"

„Der Schuss, den du in die Schulter gekriegt hast, der hat verdammt weh getan und der Aufprall auf dem Boden, war auch nicht berauschend."

„Du ... du hast es gespürt?"

„Ja, und gehört und gerochen."

„Aber, warum?"

„Ich weiß es nicht, aber ich kenne jemanden, der es mir bestimmt erklären kann."

„Wen meinst du?"

„Angelo."

„Das kannst du nicht machen, du kannst nicht wieder dorthin zurück!"

„Ich muss."

„Vielleicht war es nur eine Ausnahme?"

„Was?"

„Das du etwas gespürt hast."

Ich zog mich fertig an, steckte mein Handy, sowie die Geldbörse in die Hose und hob gerade den Halfter mit der Pistole von der Bank hoch, als mir eine Idee kam.

„Ich brauche einen Fingerabdruck von meiner Waffe."

„Weshalb?"

„Dieser Angelo, er hatte meine Waffe in der Hand."

Michael sah mich ungläubig an. „Wieso dass denn?"

„Weil ich meine große Klappe nicht halten konnte, ich habe ihn beleidigt."

„Du bist wirklich Suizid gefährdet." Er schüttelte den Kopf. „Gib sie mir, ich nehme den Abdruck und jage ihn durch die Datenbank, du iss bitte mal etwas."

„Danke dir."

Ich ging zu den Automaten, ließ mir ein Sandwich runter und wollte gerade ins Büro, als mich eine Frau streifte.

Ihr nackter Unterarm berührte nur kurz meine Hand.

Ein lautes, metallenes Krachen ließ mich zusammenzucken. Ich wurde nach vor geschleudert, in den Sicherheitsgurt gedrückt. Ein stechender Schmerz fuhr in meinen Nacken.

Das war wohl der Beweis, dass es keine Ausnahme war.

Meine Visionen hatten sich verändert.

Als ob das nicht gereicht hätte, griff ein Mann von der Seite nach meinem Arm.

„Hey Alter, kann ich jetzt gehen?"

Eine Faust traf auf meinen Kiefer, riss mich zur Seite. Schnell drehte ich mich zurück und trat meinem Gegenüber auf das Knie.

Ich entriss ihm meinen Arm und dürfte ihn wohl ziemlich böse angesehen haben, denn er hob die Hände und trat einen Schritt zurück. „Schon gut, sorry fürs Anfassen."

Das war echt zu viel für mich, ich spürte, wie mir der Schweiß ausbrach. Schnell ging ich Richtung Waschräume zurück, legte mein Essen auf die Ablage unter dem Spiegel und schüttete mir kaltes Wasser ins Gesicht. Da bemerkte ich die Fingerabdrücke auf meinen Handgelenken. Fünf blaue Flecken an jeder Seite. Ein Blick in den Spiegel verriet mir, dass ich auch leichte Spuren am Hals hatte. Tiefe Augenringe zierten mein Gesicht und nach wie vor war ich extrem blass.

Kein Wunder, dass der Schläger sich erschrocken hatte.

Ich schnappte mir das Sandwich und lief in mein Büro. Endlich Ruhe. Seufzend ließ ich mich in den Sessel fallen, packte es aus und begann zu essen. Zehn Minuten später betrat Michael den Raum.

„Habe ein Ergebnis für dich." Er sah mich schräg an. „Du siehst irgendwie noch schlimmer aus, als zuvor."

„Das liegt daran, dass ich einen Autounfall und eine Schlägerei hinter mir habe."

„Muss ich das verstehen?"

„Ich hatte zwei weitere Visionen. Die Leute haben mich nur kurz gestreift oder am Arm gepackt. Ich habe alles gespürt."

„Also war es keine Ausnahme."

„Nein, nicht wirklich." Ich griff nach meiner Waffe, die er mir hinhielt. „Er ist tatsächlich in der Datenbank?"

„Ja, Angelo Romano, zweiunddreißig Jahre alt, geboren und immer noch wohnhaft in Rom."

„Das kann nicht sein. Er hatte überhaupt keinen Akzent."

„Es wird wohl eine falsche Identität sein, eine sehr gute."

„Wie meinst du das?"

„Keine Verwandten, als Säugling anonym in ein Waisenhaus gebracht. Man hat weder ein Geburtsdatum noch Eltern oder Sonstiges."

„Praktisch."

„Auf alle Fälle. Trotzdem muss er jemanden kennen, der ihm die Ausweise gefälscht hat. Außer es stimmt."

„Nein, tut es nicht. Er ist viel älter, als du und ich es uns überhaupt vorstellen können."

„Was hast du jetzt vor?"

„Die restliche Nacht hinter mich bringen und dann schlafen. Ich bin fix und fertig."

„Kein Wunder, dir fehlt ja auch einiges von deinem Blut. Vielleicht solltest du besser in ein Krankenhaus, eine Infusion verlangen."

„Nicht nötig, ausreichend Schlaf wird das schon regeln."

„Dann geh doch gleich heim, wir können heute so oder so nichts mehr ausrichten. Nimm einfach ein paar deiner Überstunden."

„Das kann ich doch nicht einfach so machen."

„Du kannst dich auch krankschreiben lassen, aber es ist bereits zwei Uhr, das zahlt sich nicht mehr wirklich aus."

„Überredet, ich werde mir ein Taxi rufen. Danke Michael."

„Schon gut."

Fünfzehn Minuten später stand ich vor der Wache, eine Zigarette zwischen meinen zitternden Fingern und wartete auf das Taxi. Ich ließ mich aber nicht nach Hause bringen, sondern in den nächsten Pub. Nicht mein Stammlokal, ich wollte mich nicht mit Vinny auseinandersetzen.

Es dauerte nicht lange und ich bereute meine Entscheidung. Sieben Kurze halfen auch nichts gegen die ungewöhnlich vielen Menschen. Ich wurde ständig angerempelt, bekam eine Emotion nach der anderen in meinen Kopf gepflanzt, sah Dinge, die ich nie sehen wollte.

Etwas Gutes hatte es aber doch, ich erfuhr noch mehr über meine veränderten Visionen.

Ein Kellner streifte mich und ich sah, wie ihm das Tablett aus der Hand flog und alles voller Scherben war. Ich sah es, aber hörte nichts, fühlte nichts. Ein paar Minuten später geschah genau das, was ich gesehen hatte. Ich hatte nun also auch Visionen aus der Zukunft und ich konnte sie insofern unterscheiden, dass ich die der Zukunft nur mit dem Sehsinn wahrnahm. Das lag wohl daran, dass die Zukunft nicht in Stein gemeißelt ist, niemand hat sie schon erlebt, also kann ich auch nichts hören, riechen oder fühlen.

Meine Emotionen fuhren Achterbahn, ich litt unter Schweißausbrüchen und das Zittern wurde immer heftiger. Der Alkohol und die Zigaretten halfen nichts mehr, also beschloss ich, nach Hause zu gehen, mir ein paar Schlaftabletten einzuwerfen und mich hinzulegen.

„Hey, du siehst aus, als könntest du etwas gebrauchen.“

Eine Frau setzte sich neben mich auf einen Barhocker. Sie lächelte mich freundlich an, schlug ihre nackten Beine übereinander. Ein sehr kurzes Kleid bedeckte nur das allernötigste.

„Wo wohnst du denn, mein Hübscher?“

„Was interessiert es dich?“

„Du gefällst mir und ich will Spaß haben." Ihre Hand streifte über mein Knie, fuhr den Oberschenkel hinauf.

„Da musst du dir wohl jemand anders suchen."

„Ich habe mir aber dich ausgewählt." Sie ließ nicht locker, griff mir einfach in den Schritt.

„Das wird nichts mit mir."

„Wieso denn nicht?"

Ich drehte mich um und blickte ihr ins Gesicht. Sie war hübsch, keine Frage und vielleicht, wenn mir nicht gerade etwas Blut gefehlt hätte, wäre ich sogar mit ihr mitgegangen.

Ich führte die Zigarette an die Lippen. Sie bemerkte die blauen Flecken um mein Handgelenk und sah mich schräg an.

„Meine Nacht war nicht gerade berauschend, ich will einfach nur etwas abschalten." Mit dem Daumen fuhr ich mir über den Hals, ließ es zufällig wirken, so als wollte ich mich nur kratzen.

Ihre Augen folgten der Bewegung und entdeckten schließlich auch hier die Fingerabdrücke. „Deine Nacht war wohl eher beschissen, wenn ich mir dich genauer ansehe." Anstatt zu gehen, rückte sie näher zu mir. „Ich kann dir beim Abschalten helfen, was hältst du davon?"

„Du bist wirklich hübsch, aber das wird bei mir heute nicht mehr klappen." Ich schob ihre Hand von meinem Bein und für mich war die Sache damit erledigt.

„Darf ich dir dann wenigstens etwas verkaufen?"

„Was denn?"

Die Fremde schob mir etwas unter dem Tresen zu, zwei Joints in einem Kunststoffbeutel. „Kriegst auch einen guten Preis."

Ich hätte es nicht tun sollen, hätte sie verhaften müssen. Mein Kopf dröhnte, mir war schlecht und ich wollte nicht mehr, also kaufte ich ihr das Zeug ab. Vielleicht half es mir ja tatsächlich beim Abschalten.

Ein paar Minuten später verließ ich den Pub und machte mich zu Fuß auf den Nachhauseweg. Es wundert mich, dass ich es überhaupt in meine Wohnung geschafft hatte. Vor der Tür fiel mir das Handy mit dem Schlüssel aus der Tasche. Vier Uhr siebzehn leuchtete am Display auf, eine Nachricht von Vinny und eine von Michael. Ich sperrte auf, warf die Tür hinter mir zu, legte alles auf den Küchentresen ab und schüttelte die Schuhe von meinen Füßen.

Zuerst brauchte ich etwas zu essen, das Sandwich aus dem Automaten war nicht genug. Ich schaltete den Ofen ein und schob mir eine Tiefkühlpizza ins Rohr. Mit einem Bier in der Hand macht ich es mir auf der Couch bequem, zappte mich durch Netflix und ließ mir die Pizza bei einer spannenden Serie schmecken.

Nach einer Weile wurden meine Kopfschmerzen unerträglich und mir wurde wieder schlecht. Ich fragte mich, ob das immer noch an dem Blut lag, das ich getrunken hatte.

Vor mir stand ein Glas Whiskey, lagen zwei Schlaftabletten und das Gras. Die Pillen spülte ich mit dem Alkohol hinunter und dann schob ich mir einen der Joints zwischen die Lippen.

Das Gras schmeckte herb, hatte eine leicht erdige Note. Zuerst fühlte ich mich etwas leichter, mein Kopf wurde irgendwie leer. Es war seltsam aber auch nicht unangenehm.

Das Handy verband ich mit dem Bluetooth-Lautsprecher und ließ meine aktuelle Playlist laufen, um dann durch die Wohnung zu tanzen.

Leider hielt diese Wirkung nicht lange an. Ich spürte plötzlich ein Kribbeln auf meiner Haut, sah Lichter aufblitzen. Gerade wollte ich mich auf die Couch fallen lassen, doch ich schaffte es nicht bis dorthin, knallte stattdessen auf den Boden. Knapp gelang es mir, mich mit den Händen abzufangen. Meine Brust begann zu schmerzen, das Herz raste. Der Raum drehte sich weiter, alles verschwamm. Meine Sicht wurde trüb und ich verlor vollends die Orientierung. Ich spürte etwas Kühles auf meiner Wange, dann setzte ein Zittern ein.

Das Nächste an das ich mich erinnern konnte, war Michaels Stimme, der meinen Namen rief.

„Thomas, was hast du getan?"

Langsam kam ich zu mir, fühlte mich hundeelend und einfach nur müde. Zuerst kannte ich mich gar nicht aus, wusste nicht, wo ich war. Nur allmählich klärte sich meine Sicht und ich erkannte meine Wohnung. Ich lag auf dem Boden, hatte ein Kissen unter dem Kopf und Michael saß neben mir.

Die Musik dröhnte immer noch aus dem Lautsprecher, es wirkte surreal.

„Du verdammter Bastard hast gesagt, du willst dich nicht umbringen!"

Mit etwas Mühe und ganz leise schaffte ich eine Antwort. „Will ich auch nicht."

„Dir ist es aber anscheinend völlig egal, zu sterben!"

„Wie kommst du darauf?" Ich konnte es ihm nicht sagen, wollte es mir immer noch nicht eingestehen. Im Grunde genommen, war ich nur zu feige, es selber zu tun, hoffte fast darauf, nicht mehr aufzuwachen. Ich hatte mich sogar von einem Vampir beißen lassen und dennoch lebte ich noch.

„Sie dich doch an! Deine ganze beschissene Wohnung stinkt nach Marihuana und Alkohol. Auf dem Tisch liegt eine Packung Schlaftabletten und es sieht verdammt danach aus, als hättest du alles auf einmal genommen."

Er hielt mir ein Handtuch hin. „Wisch dir den Mund ab, der ist noch voller Schaum."

„Schaum?"

„Du hattest einen Krampfanfall." Mehr sagte er nicht. Michael stand auf und öffnete alle Vorhänge und Fenster in meiner Wohnung. Danach entsorgte er die Drogen in der Toilette, stellte den Alkohol weg und kam mit einem Glas Wasser zu mir zurück.

Ich konnte mich nicht richtig bewegen, lag immer noch auf dem Boden. Meine Glieder fühlten sich einfach viel zu schwer an.

„Ich bin nach der Arbeit hergekommen, um nach dir zu sehen. Vor deiner Wohnungstür hörte ich die Musik und ein komisches Klopfen, also nahm ich meinen Schlüssel und kam rein." Er sah mich traurig an. „Sofort roch ich das Gras, dann habe ich dich gefunden, hier auf dem Boden. Du hast so extrem gekrampft, dass dein Körper als Ganzes zitterte und gegen den Boden schlug."

Kurz wurde er still, seine Augen füllten sich mit Tränen. „Scheiße, Thomas. Ich dachte schon, du würdest sterben."

„Ich bin aber immer noch hier."

„Ja, aber wie lange noch? Wenn du so weiter machst, erlebst du das nächste Jahr nicht mehr."

„Lass mich doch."

Michael wurde immer wütender. Während ich mich aufrappelte und zur Küche schleppte, um mich dort auf einen der Hocker zu setzen, ging er mir nach und schrie mich an.

„Nein, Thomas! Ich werde dich nicht in Ruhe lassen! Und weißt du auch wieso? Weil du mein Freund bist, und riesen Probleme hast!"

„Das ist ja nichts Neues."

„Oh doch, ist es! Deine Zeugin hat angerufen. Du darfst drei Mal raten, was sie uns erzählt hat!"

„Scheiße. Ich kann das erklären, Michael."

„Mir musst du gar nichts erklären, dem Boss übrigens auch nicht! Du bist nämlich beurlaubt! Gern geschehen."

„Was soll das heißen, gern geschehen?"

„Er wollte dich sofort rauswerfen, aber ich habe ihn dazu gebracht, dir noch eine Chance zu geben. Du sollst Urlaub machen, mal abschalten, irgendwohin fahren. Ich habe ihm von dem Vorfall aus deiner Kindheit erzählt und dass dich der Fall deswegen so mitnimmt."

Jetzt wurde ich ebenfalls wütend. „Du hast was?!"

„Dir deinen versoffenen Arsch gerettet!"

„Du hattest kein Recht, es weiter zu erzählen! Ich habe dir das im Vertrauen gesagt!" Ich hatte mich nicht mehr unter Kontrolle, schubste Micheal von mir.

„Thomas, was soll das?! Ich habe es für dich getan!"

„Kannst du mich nicht einfach in Ruhe lassen?" Wieder gab ich ihm einen Stoß.

„Weißt du was?! Ich scheiß auf dich! Du merkst nicht mal, wer deine Freunde sind! Rate, wer mich heute angerufen hat! Dein Freund, dieser Vinny! Er bat um Hilfe, da er Angst um dich hat, so wie ich, aber soll ich dir noch was verraten? Du hast ihn gar nicht verdient, weder ihn noch mich!"

Meine Faust schnellte vor und grub sich in seinen Magen. Ich bereute es sofort, werde den Ausdruck in seinen Augen niemals vergessen.

Seine Knöchel trafen auf mein Jochbein, der Kopf wurde mir zu Seite gerissen. Gerade holte ich aus, um ihn nochmals zu schlagen, doch im Gegensatz zu mir, war er nüchtern. Michael umgriff mein Handgelenk und leitete den Schlag nach unten. Meine Rechte knallte gegen die Steinplatte in meiner Küche.

„Du hast gewonnen, Thomas." Während er das sagte, drehte er sich um und griff nach meinem Rucksack. Dort holte er meinen Ausweis und die Dienstwaffe hervor. „Die hier soll ich holen, du bist ja beurlaubt." Er steckte sie ein. „Ich werde dich in Ruhe lassen. Bring dich von mir aus um, wenn du denkst, es geht nicht anders. Beim nächsten Mal werde ich nicht da sein, um dir zu helfen."

Er ließ mich einfach stehen. Die Tür fiel lautstark ins Schloss, die bescheuerte Musik lief immer noch.

Ein neuer Abschnitt

Ich fühlte mich verloren, einsam, nutzlos, hatte mein Leben schon fast aufgegeben. Den restlichen Whiskey soff ich direkt aus der Flache. Ich suhlte mich in Selbstmitleid, lag stundenlang einfach nur auf der Couch.

Irgendwann hatte ich es geschafft, mir ein Taxi zu bestellen. Schwankend stolperte ich die Treppe nach unten, stieg in das wartende Auto und lallte dem Fahrer mein Ziel entgegen.

„Geht es ihnen gut?" Abschätzende Blicke trafen mich über den Rückspiegel.

„Ja, ales guud. Fahr eifach."

Eine halbe Stunde später stand ich auf der Straße in mein Verderben. Das Taxi fuhr gerade an und verschwand aus meiner Sicht. Ich drehte mich um, ging los, langsam und in Schlangenlinien.

Umständlich fischte ich das Handy aus der Tasche, sechzehn Uhr einundzwanzig. Es war Herbst, die Sonne fing bereits an, hinter den Bäumen zu verschwinden.

Die Eingangstüre ignorierend, schlug ich den Weg auf die Rückseite des Hauses ein. Ich stieg über die niedrige Mauer und blieb prompt hängen, fiel der Länge nach in die Wiese. Mit meinem Glück war natürlich genau dort ein Erdhaufen und ich somit von oben bis unten voller Dreck. Ich rappelte mich hoch, stolperte auf die Hintertüre zu und war verblüfft, sie unversperrt vorzufinden.

Ich fiel halb durch den Türrahmen, stützte mich, drinnen angekommen, erst mal auf dem Esstisch ab. Dabei kippte die Vase um, die darauf stand, und fegte gleich alle Gläser mit sich.

„Scheiße!"

Ich wurde wütend, unsagbar wütend, hatte einen Hass auf mich selber und alles andere.

„Angelo! Komm raus!"

Meine Hände umgriffen den nächststehenden Stuhl, hoben ihn empor und er krachte mit voller Wucht auf den Steinboden.

„Angelo! Ich weiß, dass du hier bist! Du verdammter Bastard, komm endlich raus! Was hast du mit mir gemacht?!"

Er musste schuld sein, schuld daran, dass sich meine Visionen geändert hatten, dass ich alles spüren konnte.

Lange brauchte ich nicht warten und Schritte näherten sich mir. Ich versuchte, die Leute vor mir zu erkennen, doch meine Augen fokussierten nicht.

Da, da stand er, seine schwarzen Haare ungekämmt, zerwühlt und dennoch wunderschön. Ich machte einen Schritt auf ihn zu und stolperte erneut. Geradeso schaffte ich es, mich abzustützen, doch dabei ging ein scharfer Schmerz durch meine Hände. Die Scherben der zerbrochenen Gläser hatten sich in meine Haut gebohrt.

Ich blickte auf die Schnitte hinab, als mich jemand an der Schulter berührte. Sofort war der Raum verschwunden.

Kälte brachte meine Zähne zum Klappern. Kälte und Angst. Ich spürte panische Angst. Auf allen vieren kroch ich auf dem Boden, erkannte erst nicht, wo ich war. Meine Hand ging nach oben und ich spürte einen rauen Stoff zwischen den Fingern, drückte ihn zur Seite und düsteres Tageslicht erhellte die Umgebung. Alles war weiß und der Geruch von frischem Schnee stieg mir in die Nase. Ich drehte mich kurz um, blickte auf eine schlafende Person, in einem Zelt. Dann kroch ich schnell weiter, setzte meine Hand im Schnee ab. Die Kälte kroch meinen Arm hinauf, mein Herz schlug mir bis zum Hals.

Plötzlich hörte ich ein Geräusch hinter mir, spürte, wie sich Finger in meine Haare gruben und mich brutal zurückrissen. Mir blieb keine Zeit, um zu reagieren. Der nackte Mann setzte sich auf mich und sah mich wütend an. „Was sollte das, Laurent? Du wolltest hoffentlich nicht abhauen."

„James, bitte ..." Er ließ mich nicht mal ausreden, legte seine kalten Finger um meinen Hals und drückte zu. Ich drohte zu ersticken, konnte seine Hände nicht von mir lösen.

Luft ringend kam ich wieder zu mir, sah gerade noch wie Angelo nach mir griff. Ich schlug seinen Arm zur Seite, brüllte ihn panisch an. „Fass mich nicht an! Niemand soll mich anfassen!"

Ich bedeckte mein Gesicht mit den Händen, wollte nichts sehen. Wie in Trance fing ich an, mich hin und her zu wiegen.

„Es soll aufhören, bitte mach, dass es aufhört." Ich sprach zu niemand bestimmten. „Ahh, es tut so weh, ich will das nicht sehen!"

Stimmen, Schritte, Geräusche. Es war alles ein Durcheinander, ich konnte nichts ordnen. Eine tiefe Stimme verschaffte sich Gehör. „Thomas, es wird wieder gut. Ich helfe dir."

Wer wollte mir helfen? „Ich halte es nicht aus, es soll aufhören!"

„Hörst du mich, Thomas? Ich werde dir helfen, verstehst du?"

Langsam nahm ich die Hände runter, Tränen liefen über meine Wangen und ich blickte in die Augen eines Wolfes.

Nein, es war Angelo. Er redete die ganze Zeit mit mir.

„Bitte, hilf mir! Beende es, bitte." Ich wollte nur noch, dass es aufhörte, dass meine Schmerzen, mein Leid, all das verschwanden. Er sollte es beenden, sollte mich erlösen.

„Wasche deine Hände, bitte." Er hatte mir eine Schüssel mit Wasser hingeschoben.

Ich wusste nicht, was er vorhatte, war nicht fähig, selber nachzudenken, also tauchte ich meine Finger langsam in das warme Nass. Die Schnitte brannten.

Erneut schob mir Angelo etwas hin, ein Glas schabte über den Steinboden, gefüllt mit einer tiefroten Flüssigkeit.

„Jetzt leerst du das bitte über deine Schnitte und wartest kurz, danach tauchst du die Hände noch mal ins Wasser."

Zitternd hob ich das Glas und goss etwas von der Flüssigkeit über meine Handflächen. Dann wartete ich, tauchte sie wieder in das Wasser, so wie er es mir erklärt hatte. Nach dem Abtrocknen konnte ich nur erstaunt auf meine Wunden sehen. Sie waren weg, nur helle Narben waren noch da, wurden aber, während ich hinsah, immer weniger.

„Siehst du, es wird besser. Und jetzt, ziehe die hier an." Er hielt mir schwarze Lederhandschuhe hin. Zuerst wollte ich sie nicht nehmen, hatte Angst davor, seine Finger zu streifen, doch dann griff ich schnell zu und zog sie mir an.

„Gut, und jetzt berühre mich."

„Nein, niemals! Ich halte das nicht aus, es ist zu viel!" Das konnte ich nicht. Wenn ich daran dachte, was ich von ihm schon gesehen hatte, dann wollte ich das auf keinen Fall spüren.

Angelo schenkte mir ein sanftes Lächeln, rückte langsam näher an mich heran und streckte seine Hand nach mir aus. Unsere Fingerspitzen berührten sich und ... ich spürte nichts, sah nichts.

„Siehst du? Es ist alles gut."

Immer noch liefen heiße Tränen über meine Haut. Ich fühlte mich erschöpft, am Ende meiner Kräfte. Mein Geist war gefüllt mit Verzweiflung, Angst, Panik und Schmerz.

Er rückte noch näher, hob seine Arme und legte sie um mich. Angelo umarmte mich, zog meinen müden Körper zu sich und ich ließ es geschehen. Er war hart und kühl, dennoch fühlte ich mich geborgen. Ich wurde hin und her gewiegt, seine Hand strich über meine Haare und er sprach ganz leise und beruhigend auf mich ein.

Meine Augen wurden schwer, ich schloss sie und tauchte in einen tiefen, schwarzen Traum ab.

Ich fiel, konnte mich nicht festhalten und krachte auf den Boden. Völlig orientierungslos sah ich mich um. „Verdammte Scheiße, wo bin ich? Mein Schädel brummt."

Ich konnte mich nicht erinnern, wie ich hierher gekommen war oder wo ich überhaupt war. Ich versuchte gerade mich aus der Decke, in die ich mich verheddert hatte, zu befreien als mich eine tiefe Stimme innehalten lies.

„Guten Morgen, Dornröschen. Wieder unter den Lebenden?"

Ich konnte mir ein genervtes Stöhnen nicht verkneifen und sah Angelo finster an. „Dich kann ich gerade echt nicht gebrauchen. Wo bin ich überhaupt?"

„Da du alleine hier aufgetaucht und eingebrochen bist, dann auch noch Teile der Einrichtung zerstört hast, solltest du selber wissen, wo du bist."

„Ich habe was?" Was redete er da?

Ich spürte, wie er wütend wurde. „Sage mir, Thomas, wie viel Alkohol hast du in dich geschüttet, wie viel, und vor allem welche Drogen hast du genommen, um dich an nichts mehr erinnern zu müssen?"

Ich fühlte mich ertappt und musste mir eingestehen, mich nicht mehr richtig erinnern zu können. „Ich weiß es nicht genau. Angefangen habe ich mit Bier, dann kam Whiskey. Was die Drogen angeht, so war es nur etwas Haschisch."

Er schloss seine Augen, atmete einmal tief durch und sah mich dann wieder an. „Nun, gut, immerhin sollten so keine Entzugserscheinungen auftreten, das könnten wir jetzt wirklich nicht gebrauchen. Was den Alkohol angeht, so ist es da schon zu spät, habe ich recht?"

„Was meinst du?"

„Das weißt du ganz genau. Du bist süchtig. Süchtig nach dem Gefühl der Schwere und der Gleichgültigkeit. Nur der Alkohol schafft es, dass du überhaupt einschlafen kannst."

„Und? Ich wüsste nicht, was dich das angeht!" Er nervte mich einfach. Es war mein Leben und es konnte ihm doch scheißegal sein, was ich damit tat.

„Warum bist du hier?"

„Ich weiß ja nicht mal, wo ich bin!" Langsam reichte es mir.

Ich wollte gerade aufstehen, als Lucia in den Raum trat.

„Du bist bei uns, bist hier eingebrochen. Ich denke das Mindeste, was wir erwarten können, ist eine Erklärung, findest du nicht?"

Scheiße. Wie ein Eimer Wasser fielen die Erinnerungen auf mich herab. Ich wusste wieder, wo ich war und was ich getan hatte. Am liebsten wäre ich davongelaufen, doch neben Lucia kam nun auch Laurent in das Zimmer und diese Katharina.

„Es tut mir leid, ich ersetze euch natürlich die kaputten Dinge. Meine Karte hast du ja, schick mir die Rechnung, ich werde jetzt auch gleich gehen. Danke für alles."

An der Couch abstützend, hievte ich mich hoch und wäre sofort wieder umgefallen, wenn mich nicht jemand gestützt hätte. Lucia stand neben mir, hielt meine Taille und den Arm fest.

„Wieso trinkst du nicht erst mal ein Glas Wasser, gehst dich waschen und wir richten was zu essen?"

Es war mir einfach nur noch peinlich. Diese kleine Frau musste mich stützen, da ich volltrunkener Idiot sonst den Boden geküsst hätte.

„Nein, danke, es geht schon. Ich will euch nicht zur Last fallen."

„Weißt du, wir sind die Einzigen, die dir gerade helfen können. Wie willst du dein Problem jemand anderem erklären?"

„Aber ich habe doch überhaupt kein Problem. Ich hatte nur zu viel getrunken, das ist alles." Es ging niemanden etwas an, dass ich Alkoholiker war.

„Dann bitte ich dich darum, als Entschädigung für den Schaden, den du angerichtet hast, erst mal bei uns zu bleiben und uns alles zu erzählen."

„Was soll ich euch denn erzählen, ihr wisst ja schon Bescheid."

„Falls du denkst, Angelo hat uns etwas gesagt, so muss ich dich enttäuschen. Aus Respekt wollte er dir die Gelegenheit geben, es uns selbst zu berichten."

„Und wenn er etwas erzählt hätte, wen kümmert es? Es ist nicht eure Sache."

Laurent trat einen Schritt auf mich zu, seine Augen blickten mir böse entgegen. „Oh doch, das ist es. Bis jetzt hast du uns nur Probleme gemacht, der Polizei eine Fährte in unsere Richtung gelegt, Angelos Blut ohne dessen Einwilligung genommen und bist auch noch hier eingebrochen. Ich finde, die Bitte meiner Frau ist nicht so abwegig."

Er machte einen weiteren Schritt auf mich zu, starrte mich an. „Damit das klar ist, ich bitte dich nicht. Du wirst jetzt duschen gehen, denn meine Nase erträgt diesen Gestank nicht weiter. Danach wirst du dich mit uns zusammensetzen, etwas essen und trinken und uns deine Geschichte erzählen, damit wir anderen diese Handlungen ebenfalls nachvollziehen können. Und solltest du dich weigern, werde ich dich dazu zwingen."

Dieser Mann machte mir eine scheiß Angst. Ich wusste mittlerweile, dass nicht er diese Morde begangen hatte, doch ich wusste überhaupt nicht, wer er war, oder was er mit mir tun würde, sollte ich ihm widersprechen. Mein Verstand schaffte es noch nicht, in diesen moosgrünen Augen etwas anderes zu sehen als ein Monster, also willigte ich ein.

Angelo griff unter meinen Arm und führte mich ins Bade-zimmer. „Hier, ein Badetuch. Ich besorge dir noch Kla-motten."

„Angelo, warte." Ich ergriff seine Hand, um ihn aufzu-halten. „Warum?"

„Warum was?"

„Wieso helft ihr mir? Ihr hättet mich rausschmeißen können, du hättest mich töten können."

Er kniff seine Augen zusammen und musterte mich kurz. „Ich habe schon lange niemanden mehr getötet und werde für dich nicht wieder damit anfangen."

Das war alles, er drehte sich um und verließ den Raum.

Ich zog mich aus, legte die Handschuhe auf einen kleinen Hocker und stellte mich unter die Dusche, genoss das warme Wasser auf der Haut. Meine Hände waren an die Mauer gestützt, ich fühlte mich immer noch schwach, als Angelo wieder zurückkam.

„Hier, das ist von Laurent. Meine Sachen wären dir zu klein."

Ich stellte das Wasser ab, drehte mich um und erschrak, weil er plötzlich so dicht vor mir stand. Instinktiv trat ich einen Schritt zurück und stieß gegen die Mauer.

„Keine Angst, ich tu dir nichts, nicht mehr."

„Was ... was meinst du?"

Er deutete mit dem Finger auf meinen Hals. „Ich habe wohl meine Kraft unterschätzt."

Ich umgriff meine Kehle, schluckte schwer. Dieser Mann machte mich wirklich wahnsinnig. Wie konnte er in mir solche gemischten Gefühle bewirken? Ich hatte Angst vor ihm, wusste, was er mit mir machen konnte, und zeitgleich

hätte ich ihn am liebsten geküsst. Es war nicht gerade hilfreich, dass er immer noch so dicht vor mir stand.

Langsam glitt sein Blick über die Narben auf meiner
Brust. „Es sind so viele."

„Drei... dreiundzwanzig."

„Du kannst sie verstecken, aber sie werden nie verschwinden." Unsere Blicke trafen sich.

„Dessen bin ich mir bewusst." Ich atmete ein Mal tief ein
und glitt dann an ihm vorbei, um Abstand zu schaffen.

Angelo sah mich irritiert an. „Was ist denn? Ich sagte
doch, ich werde dir nicht weh tun."

„Ich weiß und ich glaube dir auch."

„Wieso siehst du mich dann so an?"

„Du hast keine Ahnung, welche Wirkung du hast oder?"

„Nein, ich weiß nicht, was du meinst." Seine tiefe Stimme
hallte von den gefliesten Wänden wieder.

„Vergiss es einfach."

„Du zitterst." Er schnappte sich das Badetuch, legte es
mir um die Schultern und umarmte mich. „Ich kann dich
schlecht wärmen, da ich meist einen kalten Körper habe."

„Mir ist nicht kalt." Ich schloss die Augen, genoss die
Umarmung, lehnte mich gegen ihn. Er war kleiner als ich, also
senkte ich meinen Kopf, um ihn an sein Haar zu legen. Ich
atmete tief durch, spürte, wie ich ruhiger wurde.

„Ich werde müde."

„Dann solltest du aufhören, an mir zu schnüffeln."

Plötzlich wurde ich wieder deutlich wacher als zuvor.

„Entschuldigung, du riechst nur so gut."

„Das ist Lavendel. Es beruhigt, kann aber auch schläfrig machen." Er hob eine Joggerhose vom Regal und hielt sie mir hin. „Zieh dich lieber an, die anderen warten bereits."

Katharina schob mir wortlos einen Teller unter die Nase. Darauf waren Bratwurst, Spiegelei, Tomaten, gebackene Bohnen und warmer Toast. Es roch sehr lecker und ich merkte, wie ausgehungert ich schon war.

Ich hatte alles aufgegessen, nun saß ich da, beobachtet von vier Menschen, oder besser gesagt, einem Menschen und drei Vampiren, die mir fast völlig fremd waren.

Ein Glas mit Wasser drehte ich zwischen meinen Händen hin und her, hielt mich daran fest. Sie wollten wissen, warum ich hier war, wollten wissen, warum ich Angelo gebissen hatte, also erzählte ich es ihnen. Ich berichtete von der Nacht aus meiner Jugend, in der ich mitansehen musste, wie meine Eltern getötet wurden und ich selber fast gestorben wäre.

„Ich war vierzehn, also mitten in der trotzigen Teenager-phase. Ich weiß noch die genaue Uhrzeit, da ich einen, im dunkeln leuchtenden Wecker hatte. Es war dreiundzwanzig Uhr siebzehn, als mich der Schrei meiner Mutter weckte. Ein gellender Schrei wie man ihn eher aus Horrorfilmen kennt. Abrupt brach das Geräusch ab, ein höhnisches Lachen folgte. Ich sprang aus dem Bett, stürmte ins Wohnzimmer und sah dort das Grauen, welches mich von Grund auf verändert hat.

Es waren zwei von ihnen, ein Pärchen. Die Frau war gerade dabei den letzten Tropfen aus meinem Vater zu saugen, er war übersäht mit Wunden, der ganze Teppich-boden hatte sich mit Blut vollgesogen. Ich werde diesen Anblick nie vergessen. Die weit aufgerissen, toten Augen, die voller Entsetzen ihr letztes Bild aufnahmen. Der Mann hielt den Kopf meiner Mutter fest, zwang sie hinzusehen, mit anzusehen, wie ihr Geliebter getötet wurde. Die Frau ließ den Körper achtlos zu Boden fallen. So schnell, ich konnte es nicht mal wahrnehmen, stand sie neben mir. Sie sah voller Gier zu mir herab und stürzte sich auf mich. Während sie das Blut trank hielt sie meine Augen gewaltsam offen, damit ich alles sehen musste, was ihr Partner meiner Mutter antat. Als auch ihr, nun lebloser Körper, mit einem dumpfen Aufprall den Boden berührte, kam er auf mich zu und nahm sich ebenfalls mein Blut. Die beiden spielten mit mir, hatten ihren Spaß. Der einzige Grund, warum ich noch lebe, ist der, dass sie satt waren.

Sie waren einfach satt, vollgetrunken von meinen Eltern. Sie stießen mich zu Boden, mitten in den blutdurchtränkten Teppich, ließen mich zum Sterben zurück. Ich schwor mir selber, sie zu rächen, mich zu rächen. Seit diesem Tag suche ich nach ihnen."

Ich brauchte eine Pause, also entschuldigte ich mich, stand auf und ging in den Garten raus. Dort setzte ich mich auf die Gartenbank und zog mir eine Zigarette aus der Schachtel. Lucia nahm neben mir platz, sah mich interessiert an. Sie bemerkte sicher meinen erbärmlichen Zustand, der vom Alkoholentzug stammte.

Sie fragte mich nach den Visionen, seit wann ich sie hatte, wie sie sich verändert hatten und wie ich die aus der Vergangenheit von denen aus der Zukunft unterscheiden konnte.

Sie sah betrübt zu Boden. „Laurent meint, er kann sich leider sehr gut vorstellen, welchen Teil seines Lebens du gesehen hast."

„Und gespürt. Wie hat er das nur ausgehalten? Die lange Zeit? Und dieses Monster ist schon die ganzen Jahre über in ihm, teilt sich seinen Körper."

Dann kam die Frage, die kommen musste. Sie wollte wissen, wie ich durch eine Zeugenaussage auf Laurent gekommen war.

„Das bin ich nicht. Um ehrlich zu sein, habe ich gelogen. Es gibt noch etwas, das ich euch allen erklären muss."

„Dann rauch zu Ende und lass uns wieder rein gehen."

„Lucia?"

„Ja, Thomas. Was ist?"

„Ich weiß, es steht mir nicht zu, aber du hast es sicherlich bemerkt. Ich wollte ... also, könnte ich ..." Es war mir einfach nur peinlich, aber ich konnte mich nicht mehr konzentrieren und mein Zittern wurde heftiger.

„Ja, du kannst. Wir haben Whiskey im Haus. Aber ich gebe dir nur ein Glas."

„Danke dir."

Ich trat durch die Tür ins Haus und setzte mich wieder zu den anderen. Laurent kam um die Kücheninsel, in der Hand ein Glas mit bernsteinfarbener Flüssigkeit. Er stellte es auf den Tisch und schob es mir zu.

„Ich kann mich ja schlecht dafür entschuldigen, was ich erlebt habe, aber ich denke, ein Glas hiervon sollte helfen. Ich hätte damals auch gerne Alkohol gehabt, um mir die Sinne zu benebeln."

Erstaunt brachte ich ein „Danke" heraus, schnappte mir das Glas und trank es gierig leer. Ein erleichtertes Seufzen kam über meine Lippen.

Ich erzählte ihnen von der falschen Zeugin, dass ich aufgeflogen war und mein Chef mich beurlaubt hatte. Auch dass ich aufgrund der Visionen, diesen Job nicht mehr ausüben wollte.

Angelo fragte mich, was ich denn zukünftig machen wollte.

„Ich weiß es nicht. Mein Vorgesetzter sagte, ich solle eine Reise machen, mich mal etwas ablenken."

Die ruhige Stimme von Katharina durchbrach die entstandene Stille. „Das trifft sich gut. Wir fahren nämlich nach Frankreich und haben dich schon mit eingeplant."

Vor der Reise

Nach Frankreich also. Sie wollten dorthin, um die Knochen von James zu holen. Diese wurden von einer Hexe benötigt, um die Seele aus dem Körper von Laurent zu bekommen.

Es klang verrückt und unwirklich, doch ich saß dort mit Vampiren, warum sollte es also keine Hexen geben?

Ich fragte, warum ich denn mitkommen sollte, verstand einfach nicht, wie mich fremde Personen, denen ich bis jetzt nur Sorgen beschert hatte, so aufnehmen konnten.

Lucia gab mir eine Antwort. „Wer weiß, vielleicht kannst du uns ja hilfreich sein. Außerdem, was willst du denn sonst machen? Die Reise können wir dazu nutzen, um eine Lösung für deine Zukunft zu finden."

„Eine Lösung für meine Zukunft? Ich denke nicht, dass ich so etwas brauchen werde." Mir war gar nicht richtig bewusst, dass ich die Worte laut ausgesprochen hatte, doch sie entsprachen der Wahrheit. Ich hatte nicht wirklich etwas, wofür es sich zu leben lohnte.

Ich war erstaunt, als sie sich plötzlich nach vor lehnte und mich in ihre Arme schloss. Zuerst erwiderte ich die Umarmung nicht, war etwas unsicher, doch nach einer Weile drückte ich sie ebenfalls an mich.

Ihre Stimme flüsterte in mein Ohr. „Du bist jetzt nicht mehr alleine. Wir sind Teil deiner Zukunft, du musst dich nur dafür entscheiden."

Ich kämpfte gegen meine Tränen an, spürte abermals die Verzweiflung in mir hochkommen. „Wenn ich mich aber schon dagegen entschieden habe?"

„Ganz einfach, dann entscheidest du dich um. Komm mit uns nach Frankreich. Ich bin mir sicher, dass es eine Zukunft gibt, die es wert ist, gelebt zu werden."

„Wie kannst du dir da so sicher sein? Woher willst du das wissen?"

„Nennen wir es einfach Gefühl. Auf meine Gefühle konnte man sich schon immer verlassen."

Sie löste sich von mir und sah mir tief in die Augen. Es schien, als könne sie in meine Seele blicken.

Ich willigte ein sie zu begleiten und fragte, wie ich helfen konnte. Sie baten mich, einen Teil der Strecke zu fahren, da es für sie unter tags schwierig war, und sie sonst alleine auf Katharina angewiesen wären. Dann fragte ich noch nach der Dauer der Reise, damit ich wusste, wie viel Wechselkleidung ich brauchte.

Laurent beantwortete meine Frage. „Einen genauen Reise-plan gibt es nicht, wir müssen nur vor dem nächsten Voll-mond zurück sein. Ich werde erst mal Nathan verständigen, dass sich unsere Ankunft um einen Tag verschieben wird und wir ein weiteres Zimmer benötigen werden."

Er schnappte sich sein Handy und verschwand in einem angrenzenden Raum.

Ich drehte mich wieder zu Lucia und fragte sie, wer dieser Nathan sei.

„Das ist der Verwalter seines Anwesens in Frankreich. Du erinnerst dich an Angelos Erinnerungen, die er dir gezeigt hat? An das, was ihm Laurent erzählt hat?"

„Willst du mir damit sagen, dass er das Haus, in dem das alles passiert ist, immer noch besitzt? Es steht noch?"

„Ja, es ist jetzt ein Bed and Breaktfast."

„Wieso? Warum hat er das getan? Ich, an seiner Stelle, hätte es dem Erdboden gleich gemacht."

Es war mir schleierhaft, wie Laurent es fertig brachte, diesen schwarzen Fleck seiner Vergangenheit aufrecht zu erhalten. Vielleicht als Mahnung, an das, was passiert ist oder vielleicht einfach nur aus dem banalen Grund, dass er ihn, dieses Monster, einst geliebt hatte.

Lucias leerer Blick brachte mich von meinen Gedanken weg. Sie saß einfach nur da, starrte vor sich hin und mit jeder verstrichenen Sekunde wurde ihr Blick trauriger, verzweifelter. Plötzlich füllten sich ihre Augen mit Blut und ein Tropfen rann ihre Wange hinab. Ich war fasziniert. Ohne es richtig zu steuern, hob sich meine behandschuhte Hand und ich strich die Träne von ihrer Haut.

„Blut?" Ich blickte auf das rot und hob dann den Kopf, um ihr in die Augen zu sehen. „Ihr weint Blut?"

Schnell wischte sie sich mit dem Ärmel über ihr Gesicht, entschuldigte sich bei uns, dass sie sich ausruhen werde, und war verschwunden.

Ich dachte, Angelo wäre schnell gewesen, als er auf mich zukam, und mir die Waffe aus der Hand riss, doch dass hier war fast nicht mehr auszumachen. Wie ein Schatten, der aus dem Zimmer flog, so kam es mir vor.

„Was war das denn? Wo ist sie hin?"

Die Antwort kam von Angelo. „Jetzt hast du mal gesehen, wie schnell wir wirklich sind."

Ich war verwirrt, weshalb war sie weggelaufen? „Wieso hat sie geweint? Habe ich etwas Falsches gesagt?"

Von mir unbemerkt war Laurent wieder zu uns gekommen und stellte sich an den Tisch. Seine Stimme wirkte gefasst, doch seine Augen sagten etwas anderes. „Nein, du hast nichts Falsches gesagt. An ihrer Trauer trage nur ich die Schuld. Sie fühlt sich von mir hintergangen und ich kann ihr nur Recht geben. Es ist unverzeihlich, was ich ihr angetan habe. Ich kann nur hoffen, dass sie mich eines Tages wieder als Freund bezeichnen wird. Wenigstens als das."

Er bat Katharina darum, ihn in den Keller zu bringen, woraufhin diese zwar aufstand, sich aber dennoch nicht in Bewegung setzte. „Kann ich machen, aber solltest du nicht lieber zu ihr gehen?"

„Nein, sie will mich gerade nicht sehen. Ich verstehe das und respektiere es. Ich kenne sie lange genug, um zu wissen, dass sie von sich aus auf mich zukommen wird, wenn sie so weit ist."

„Okay, wie du meinst."

Die zwei verschwanden und ich blieb alleine mit Angelo.

„Er wirkt sehr traurig." Ich blickte in die wilden Augen meines Gegenübers.

„Er ist es auch. Sein Herz schreit. Laurent gibt sich die Schuld an allem. Nicht nur an dem, was James Lucia angetan hat, sondern auch an allem, was davor geschehen ist."

Angelo seufzte schwer. „An seinem Schmerz können wir nichts ändern, nicht solange er sich nicht selber verzeiht." Er stand auf und umrundete den Tisch. „Schläfst du hier?"

„Ich brauche noch ein paar Dinge von meiner Wohnung, danach komme ich wieder."

„Dann lasse ich einfach die Hintertüre offen, die findest du ja schon so gut." Er zwinkerte mir zu und seine Lippen zierte ein charmantes Lächeln. „Gegen das Sofa hast du nichts?"

„Nein, habe ich nicht. Danke dir." Instinktiv griff ich in meine Hosentasche, doch sie war leer. Ich hatte das Handy in der dreckigen Hose gelassen und diese lag immer noch im Badezimmer. Ich stemmte mich auf und schob den Sessel an den Tisch ran. „Ich hole nur mein Handy und rufe mir ein Taxi. Wir sehen uns dann morgen. Gute Nacht."

„Dir auch eine gute Nacht."

Eine Stunde später trat ich wieder in das Haus, zog die Türe hinter mir zu und schloss ab.

Es war ruhig, das einzige Geräusch war das monotone Surren des Kühlschrankes. Ich umrundete den Esstisch und bog rechts in den Wohnraum ein, um mich für die Nacht einzurichten. Angelo hatte mir ein Kissen und zwei Decken hingelegt.

Den Rucksack stellte ich neben die Couch. Zu meinem Glück war es ein recht großes und auch breites Sofa, so konnte es tatsächlich eine angenehme Nacht werden. Aber, wen machte ich etwas vor. Ich war in einem fremden Haus voller Vampire, abgesehen von Katharina. Wie sollte man da ruhig schlafen?

Ich sah mich in dem Raum um. Neben dem Sofa gab es noch zwei gemütliche Stühle, die in einem Bogen vor einem Kamin standen. Eine große Fläche voll Vorhängen bedeckte die Glasfront, welche in den Garten hinausging und die gegenüberliegende Wand bestand aus einem einzigen, großen

Bücherregal, das zur Gänze gefüllt war. Daneben stand noch ein Sekretär.

Einen Fernseher suchte ich vergebens, also steuerte ich auf die Bücher zu, um mir eines raus zu suchen, da ich einfach noch nicht schlafen wollte.

Bis ich mir einen Überblick der verschiedenen Werke verschafft hatte, war mir die Lust am Lesen längst vergangen und ein Gedanke setzte sich in meinem Kopf fest.

Leise nahm ich die Stufen in den oberen Stock und betrat den finsteren Flur. Eine Weile blieb ich stehen, lauschte und wartete, bis sich meine Augen an die Dunkelheit gewöhnt hatten. An jeder Seite gingen drei Türen ab und ich schlich langsam vorwärts. An der letzten auf der linken Seite hörte ich sie, Lucia. Sie weinte und das ließ mir das Herz schwer werden. Vorsichtig klopfte ich gegen das Holz, doch sie reagierte nicht. Erneut hob ich meine Faust, schlug sachte an die Türe. „Ich weiß, dass du wach bist, ich werde jetzt reinkommen."

Sie lag mit dem Rücken zu mir auf einem großen, dunklen Holzbett. Ihr ganzer Körper schüttelte sich unter ihren Schluchzern. Das schlechte Gewissen breitete sich in meinem Magen aus. „Es tut mir leid, wenn ich dich traurig gemacht habe. Ich will auch gar nicht stören, aber ich kann es einfach nicht ignorieren, da ich doch weiß, dass du unglücklich bist. Darf ich dich trösten?"

Wieder keine Antwort, daher überbrückte ich die Distanz zu ihr, strich ihr sachte über die bebenden Schultern, fuhr ihr seidiges Haar entlang. Ich zog ein Taschentuch hervor, setzte mich an die Bettkante und wischte ihr die Tränen aus dem Gesicht.

„Du hast mich nicht traurig gestimmt, das war ich schon die ganze Zeit. Danke, dass du nach mir gesehen hast, aber du kannst jetzt gerne wieder schlafen gehen."

Im Nachhinein kann ich nicht sagen, warum ich es getan hatte, es war wie ein Instinkt, ein innerer Drang.

Ich stand auf und streifte mir den Handschuh von der rechten Hand. Entschlossen drehte ich sie auf den Rücken und legte meine Finger sanft an ihre Wange.

Ihre braunen Augen sahen mich überrascht an und dann war sie weg.

Ein Feuer erhellte den dunklen Raum. Laternen, mit großen Kerzen bestückt, standen im Zimmer verteilt. Ich saß auf dem Sofa, das sich im Moment einen Stock unter mir befand, mit einem Glas Rotwein in der Hand. Ich konnte nichts hören, oder spüren, also eine Vision aus der Zukunft.

Mein Blick schwenkte durch den Raum, blieb kurz an Lucia hängen, welche neben mir saß und wanderte weiter zu Angelo. Laurent konnte ich nirgends entdecken.

Die anderen lachten über irgendetwas, dann stand Lucia auf und gab mir einen Kuss auf den Mund und sagte etwas zu mir.

Dann erhob sich Angelo, trat auf mich zu, beugte sich herab und küsste mich ebenfalls auf die Lippen. Seine Finger strichen über meine Wange, er schenkte mir ein Lächeln und verließ den Raum.

Die Vision war vorbei und ein fragender Blick begegnete mir.

„Was hast du gesehen?"

„Ich ... es tut mir leid. Ich habe nichts gesehen." Schnell streifte ich mir den Handschuh wieder über und trat einen Schritt zurück.

„Du lügst."

„Nichts Wichtiges, wirklich. Es tut mir leid, ich war zu neugierig. Ich gehe schon wieder, gute Nacht."

Ohne sie zu Wort kommen zu lassen, drehte ich mich um und verließ den Raum. Gleich zwei Stufen nehmend, rannte ich die Treppe hinab, stürmte in den Wohnraum, schloss die Tür hinter mir und ließ mich auf das Sofa fallen. In meiner Vision war ich genau dort gesessen, neben Lucia. Sie hatte mich ganz selbstverständlich geküsst und auch Angelo hatte mir einen sanften Kuss gegeben. Bedeuteten diese Bilder, dass Laurent es nicht schaffen würde? Dass er sterben würde und ich ihn deswegen nicht in der Vision gesehen hatte?

Es war wie damals in der Bar, als ich die Vision von dem Kellner hatte. Sie war still und ohne Gerüche. Da ich das Geschehene noch nicht erlebt hatte, musst auch diese aus der Zukunft sein.

Ich wusste sehr wohl, dass die Zukunft nicht in Stein gemeißelt war, aber mein Gefühl sagte mir, dass Laurent nicht mehr lange an Lucias Seite bleiben würde. Allerdings konnte ich das Lucia nicht sagen, ich wollte ihr nicht die Hoffnung nehmen, also beschloss ich, den Mund zu halten.

Zitternd griff ich in den Rucksack und holte die mitgebrachte Flasche Whiskey hervor. Um ein Glas bemühte ich mich erst gar nicht, sondern setzte sie direkt an meine Lippen und nahm einen großen Schluck. Danach stand ich auf, ging durch die Hintertüre in den Garten und zündete mir eine Zigarette an.

Der Rauch stieg nach oben, verschwand im Dunkel der Nacht. Es war mir alles einfach zu viel. Die Visionen vom mordenden Laurent, der eigentlich James war. Die Vampire, die mich umgaben, ihre Fähigkeiten. Das, was Angelos Blut aus meinen Visionen gemacht hat. Der Streit mit Michael, bei dem ich nicht wusste, ob er mir jemals verzeihen würde. Das Lebewohl von Vinny, den ich liebte, wenn auch nicht wie einen Partner. Die zwei waren wohl die einzigen Freunde, die ich hatte. Alles schien mir verloren, alles ohne Sinn. Ich nahm mir vor, mit nach Frankreich zu fahren, denn was sollte ich sonst machen? Vom Job war ich beurlaubt und zu Vinny wollte ich nicht. Ich konnte ihn nicht wieder verletzen, genauso wenig wie ich Michael noch mal so enttäuschen wollte.

Die Hälfte der Flasche war leer, die siebte Zigarette beendet und ich todmüde. Irgendwie schaffte ich es, meinen ausgekühlten Körper ins Bad zu verfrachten und mir die Zähne zu putzen. Danach zog ich eine Pyjamahose an und legte mich auf die Couch. Kaum hatte ich mir zur Seite gedreht, war ich auch schon eingeschlafen.

Ich erwachte und sah mich irritiert um. Es dauerte eine Weile, bis ich verstand, wo ich war und vor allem, warum ich dort war. Ich griff nach meinem Handy, um die Uhrzeit abzulesen. Es war bereits vierzehn Uhr vorbei. Die schweren Vorhänge ließen so gut wie kein Licht in den Raum.

Mühsam stand ich auf und schleppte mich zur Türe, welche in die Essküche führte. Ich drückte die Klinke nach unten und zog sie auf. Vor mir stand Lucia, einen Blutbeutel in der einen und einen Strohhalm in der anderen Hand. Ihre Augen fixierten mich, wanderten meinen Körper auf und ab. Wie unter Hypnose kam sie auf mich zu, ihren Kopf leicht in die Höhe gereckt, fast so als würde sie etwas wittern. Sie umrundete die Kücheninsel, leckte sich über ihre Lippen und starrte mich weiter an. Plötzlich bekam ich Angst. Ihre Augen schienen dunkler zu werden, da sich ihre Pupillen erweiterten. Ich hob meine Hände, die Handflächen zu ihr gedreht und machte einen Schritt zurück. „Lucia, würdest du bitte von deinem Beutel trinken? Das hilft dir bestimmt."

Ihre Reaktion war ein tiefer, lauter Atemzug, der ihre Nasenflügel zum Beben brachte.

„Lucia, bitte. Du machst mir Angst."

Immer weiter ging ich rückwärts, bis sie mir plötzlich einen Stoß gab und ich umkippte. Erschrocken landete ich auf der Couch und ehe ich reagieren konnte, saß sie rittlings auf meinem Schoß. Achtlos ließ sie den Beutel, den sie immer noch in der Hand hatte, zu Boden fallen. Die Finger ihrer Rechten vergrub sie in meinem Haar und riss damit meinen Kopf nach hinten, während sie mich mit der anderen in die Kissen drückte. Ich versuchte sie von mir zu schieben, hatte aber keine Chance. Lucias Zunge leckte über meine Haut und dann spürte ich einen Schmerz. Sie hatte mich gebissen.

Mein Körper verkrampfte sich und instinktiv schrie ich nach Angelo.

Der erste Schluck rann ihre Kehle hinab und damit verschwand auch der Schmerz. Ein Gefühl der Erregung und des Glücks breitete sich in meinem Geist aus. Statt die Hände gegen sie zu stemmen, umarmte ich sie, drückte sie näher an mich. Ihr leichtes Stöhnen, ihre weichen Brüste, die sich an mich schmiegten, dies alles brachte mein Blut in Wallung und ich spürte, wie sich meine wachsende Erregung gegen ihren Schoß drückte.

Das alles dauerte nur Sekunden und dann hörte ich eine männliche Stimme neben mir.

„Herrin bitte, lass ihn los. Ich will keine Gewalt anwenden." Angelo stand über sie gebeugt, seine Hand in ihrem Nacken. Wie einen Hund hielt er sie fest.

Lucias Zähne zogen sich aus meinem Fleisch und hinterließen einen brennenden Schmerz. Sie blinzelte, sah mich erschrocken an und stand schnell auf. „Es ... es tut mir leid! Bitte verzeih."

Ich beugte mich etwas vor, um den Blutbeutel vom Boden zu heben. „Trink das leer und vielleicht gleich noch einen dazu." Ein Lächeln stahl sich auf meine Lippen und ich konnte es einfach nicht lassen ihr zuzuzwinkern. „Ich muss zugeben, als Snack zu dienen hat was, aber nicht, wenn du mich dabei ansiehst wie eine Schlange ihr Fressen."

Nun schien sie verwirrt. „Es hat was?"

Zur Antwort schnappte ich mir eines der Kissen und drückte es gegen meine Erektion. Daraufhin wurde Lucia doch tatsächlich rot und stürmte aus dem Zimmer.

„Ach Thomas, konntest du das nicht einfach lassen?"

„Tut mir leid, aber nein. Immerhin hat sie mich gebissen und mir das Blut ausgesaugt. Das war nur eine kleine Retourkutsche." Seufzend lehnte ich mich nach hinten, hob das Kissen etwas an und legte meinen Kopf schräg. „Der beruhigt sich immerhin schon."

Angelo stellte sich vor mich, beugte sich herab und positionierte seine Hände zu beiden Seiten meines Kopfes. So stützte er sich an der Rückenlehne des Sofas ab. „Ich verschließe erst mal deine Wunde, bevor du hier alles voll blutest." Seine warme Zunge glitt über meinen Hals, verteilte sein eigenes Blut in den offenen Stellen und ließ sie heilen.

„Angelo?"

„Hm?"

„Du könntest dich doch auch in deinen Finger beißen und so das Blut in meinen Wunden verteilen?"

„Mhm."

„Wieso machst du dass dann nicht?"

Die Frage ignorierend, wanderte seine Zunge weiter nach oben, spielte mit meinem Ohr. Als seine Zähne leicht in das Ohrläppchen kniffen, überkamen mich zwei Gefühle. Lust und Panik. Zweiteres überwog, also streckte ich den rechten Arm nach oben, drückte ihn gegen seinen Hals und zeitgleich nach unten. Meine Beine schlang ich leicht um ihn und hackte die Fersen in seine Kniekehlen.

Mit einem überraschten Laut knickte Angelo ein und kippte zur Seite. Einen Menschen hätte ich so überwältigen können, aber das war er nicht. Seine rechte Hand packte mich im Nacken und zog mich mit. Während des Falls schaffte es Angelo, mich zu drehen und mit dem Rücken voran auf den Boden zu befördern. Die Luft wurde mir aus den Lungen gepresst, als sein Gewicht auf mir landete. Meine Hände waren zwischen unseren Körpern gefangen und ich brauchte meine gesamte Kraft um sie und somit auch ihn, nach oben zu stemmen. Kaum befreit, umfasste Angelo meine Gelenke und beförderte sie mit einem lauten Knall nach unten.

Ich lag auf dem Rücken, schwer atmend, die Arme links und rechts neben meinem Kopf auf den Boden gedrückt. Angelo saß rittlings auf mir, seine Finger wie Schraubstöcke um meine Handgelenke geschlungen. Das schwarze Haar war so lang, dass es mich auf der nackten Brust streifte und eine Gänsehaut über meinen Körper jagte.

Mit aller Kraft versuchte ich das Becken zu heben und ihn von mir runter zu werfen, wand mich unter ihm, konnte mich aber einfach nicht befreien.

„Mhhh."

Ich glaubte, mich verhört zu haben, aber ein Blick nach oben bestätigte meine Annahme. Angelos Augen waren geschlossen, mit der Zunge leckte er sich die Oberlippe. Als er bemerkte, dass ich mich nicht mehr rührte, blickten seine dunklen Augen zu mir herab. Seine Pupillen waren geweitet und er starrte mich an.

„Hast du gerade gestöhnt?"

Er nickte nur, zog seine Unterlippe zwischen die Zähne und ich sah, wie sich Blut darauf sammelte.

„Dein Ernst?"

„Du machst mich wahnsinnig. Der Geruch deines Blutes raubt mir die Sinne und ich kann mich nur sehr schwer beherrschen."

„Also ist das, weil du Hunger hast?"

„Nicht nur."

„Sondern?"

Dieses Mal kam ein knurrendes Geräusch aus seiner Brust, welches mir Angst machte. Er beugte sich runter, was sein Gewicht schmerzhaft auf meine Gelenke drückte.

„Angelo, du tust mir weh."

Er ignorierte mich, schien mich nicht zu hören. Sein Gesicht näherte sich meinem, nur noch wenige Zentimeter trennten uns. Meine Panik wuchs und ich überlegte fieberhaft, was ich machen konnte. Irgendetwas war anders an ihm.

Nicht nur, dass er wie weggetreten wirkte. Normalerweise hatte er, auf eine schräge Art und Weise, eine beruhigende Wirkung. Doch diese Ausstrahlung fehlte.

„Was ist los mit dir? Angelo, hör auf, bitte."

Unsere Nasen berührten sich nun fast und ich tat das Einzige, was mir noch einfiel. Mit einem schnellen Ruck hob ich meinen Kopf und knallte ihn gegen seine Nase. Das schien ihn aus seiner Trance zu holen und er richtete sich schnell auf und ging von mir runter.

„Es tut mir leid, wirklich."

„Was war das eben?"

„Ich habe es vergessen, einfach liegen lassen. Du hast nach mir geschrien und ich hörte, dass du Angst hattest, also bin ich einfach runter gelaufen. Es ist meine Schuld, ich hätte daran denken müssen, wirklich."

„An was denken? Ich habe echt keinen blassen Schimmer, von was du überhaupt redest."

Angelo schüttelte den Kopf, stand auf und streckte mir die Hand entgegen. „Komm hoch. Wir sollten uns langsam für die Reise fertig machen."

„Das war es? Keine Erklärung?"

„Nicht jetzt, okay?"

„Wie du meinst, aber ich werde dich daran erinnern, es mir zu erklären."

Er seufzte einfach nur, strich sich das Haar hinter die Ohren und verließ den Raum.

Wo war ich hier nur gelandet?

Ein Besuch im Bad und ein sehr schweigsames Essen später stand ich wieder mal vor dem Bücherregal und stöberte durch die verschiedenen Genres.

„Du kannst dir gerne ausleihen, so viele du willst. Vielleicht magst du welche für die Reise mitnehmen?"

Laurent betrat den Raum. Er jagte mir einfach jedes Mal eine scheiß Angst ein. Ich wusste sehr wohl, dass nicht er es war, der die ganzen Morde begangen hatte, aber verdammt noch mal, es war sein Gesicht, das ich dabei gesehen hatte.

Er schien mein Unbehagen zu merken, denn anstatt in meine Richtung zu gehen, setzte er sich in den am weitesten entfernten Stuhl. „Ich kann dich verstehen Thomas. Ich, an deiner Stelle, würde wohl auch sehr skeptisch auf mich reagieren."

„Ersetze das Wort skeptisch gegen panisch und wir sind dabei."

„Hm, so schlimm?"

„Was meinst du?"

„Die Morde. Du hast sie gesehen, oder?"

„Ja, zumindest Ausschnitte davon."

„Du brauchst nichts weiter zu sagen, ich weiß sehr genau, wie grausam er sein kann."

„Es tut mir leid."

„Was denn?"

„Ich habe vergessen, was er dir angetan hat." Ich sah in von der Seite an. „Du weißt, dass mir Angelo euer Gespräch gezeigt hat?"

„Ja, das ist mir bewusst und auch, dass du einen Teil davon gesehen hast, als ich dich berührt habe."

Ich konnt meine Neugierde einfach nicht zurückhalten.

„War er immer so?"

„James?"

„Ja."

„Zu Anfang nicht. Er war rücksichtsvoll, einfühlsam und zuvorkommend. Allerdings war er das nur zwei Monate lang, ehe er mir gegenüber sein wahres Gesicht zeigte. Von da an wurde es immer schlimmer."

„Ich dachte, ihr wart zusammen?"

„Zusammen, das ist wohl nicht ganz die korrekte Bezeichnung. Heutzutage gibt es sogar einen eigenen Begriff dafür, Stockholm-Syndrom."

„Hast du ihn geliebt?"

„Im Nachhinein betrachtet, nein. Aber damals fühlte es sich an wie Liebe."

„Wenn ich mich an das Gespräch richtig erinnere, dann hast du erzählt, dass du ihn getötet hast."

Laurent sah mir in die Augen, abschätzend, analysierend. „War das eine Frage oder eine Feststellung?"

„Tut mir leid, es geht mich nichts an." Ich drehte ihm den Rücken zu, fuhr abwesend über die Buchrücken.

„Ich habe ihn mit seinem eigenen Messer die Brust aufgeschnitten, seine Rippen gebrochen und eine davon herausgerissen."

Geschockt drehte ich mich um. Er sagte es in einem so kühlen Ton als würde er mir etwas über das morgige Wetter erzählen. Doch als ich seinen Blick sah, erkannte ich, dass es für ihn die einzige Möglichkeit war, darüber zu reden. Die einzige Möglichkeit, um nicht zusammenzubrechen.

„Sein Herz schlug noch, als ich es in den Händen hielt. Es war warm und fest. Ich trank den letzten Rest seines Lebens und nahm damit seine Seele in mich auf."

Ich versuchte, den Kloß in meinem Hals runterzuschlucken, aber meine Kehle war wie ausgetrocknet.

Laurent drehte den Kopf, sah mir in die Augen und lächelte. Verdammt, er lächelte übers ganze Gesicht.

„Gott, bist du ein Arsch!"

„Wieso?"

„Du veräppelst mich doch oder?"

Er stemmte sich aus dem Stuhl und streckte sich genüsslich. „Weshalb sollte ich das tun?"

„Was soll dann dieses Grinsen?"

Einen Meter vor mir blieb er stehen und legte seinen Kopf leicht schräg. „Dein Gesicht ist einfach komisch."

Mir viel sprichwörtlich die Kinnlade runter und ich wusste einfach nichts, was ich darauf sagen konnte.

„Verzeih, das war etwas ungünstig formuliert. Ich meinte damit, dass dein Gesichtsausdruck komisch war, als ich dir erzählt hatte, wie James gestorben ist. Dein Antlitz an sich ist sehr attraktiv, wenngleich etwas mehr Schlaf und weniger Alkohol sicher nicht schaden würden." Beim letzten Satz hatte er sich vorgebeugt und mein Gesicht inspiziert.

Die Rettung aus dieser Situation kam in Form von Angelo, der uns darauf aufmerksam machte, dass es Zeit sei loszufahren.

Laurent verließ ohne ein weiteres Wort den Raum und Angelo sah mich fragend an.

„Ich denke, er wollte mir Angst machen."

„Inwiefern?"

„Er hat mir erzählt, dass er James das Herz herausgerissen und das Blut daraus getrunken hätte."

„Ja."

„Was ja?"

„Na ja, ja halt. Genau das hatt er getan."

„Ach du liebe Güte. Ihr seid euch aber schon sicher, dass er der Gute ist?"

„In Anbetracht dessen, was James ihm angetan hat, sind wir uns sogar ganz sicher. Du hast doch einen kleinen Ausschnitt seines Lebens gesehen. Es war nur eine Szene von vielen und bei weitem nicht die schlimmste. Ich würde ja sagen, berühre ihn, aber dann müsstest du auch die Schmerzen erleiden."

„Er hat das alles ertragen, obwohl er noch ein Mensch war?"

„Kaum vorstellbar, aber ja." Er blickte kurz ins Leere und sah mich dann direkt an. „Kommst du? Wir sollten wirklich losfahren."

Frankreich

Ich dachte schon, es kommt eine sechzehn Stunden lange Autofahrt auf mich zu in irgendeinem kleinen Sportflitzer. Desto überraschter war ich beim betreten der Garage, als dort ein VW Touran vor mir stand. In Schwarz, mit abgedunkelten Scheiben.

Die ersten drei Stunden saß Katharina hinter dem Steuer und ich neben ihr. Die anderen hatten wegen der Sonne auf der Rückbank Platz genommen. Zu Anfang fühlte ich mich unwohl, da Laurent direkt hinter mir saß, aber es war wohl das Vernünftigste. Die nächsten sechs Stunden saß ich am Steuer, was den peinlichen Grund hatte, dass ich etwas zu trinken brauchte und somit später nicht mehr fahren konnte. Als ich also auf den Rastplatz abbog, um zu pausieren und Lucia das Fahren zu überlassen, war ich schon dezent nervös und unruhig.

Ich schnappte mir eines der eingepackten Sandwiches und schlang es hinunter. Kaum hatte ich den letzten Bissen im Mund, fischte ich die halbleere Whiskeyflasche aus meinem Rucksack. Es war erbärmlich, das wusste ich. Genauso wie ich wusste, dass mich die Anderen mitleidig ansahen, aber ich konnte nicht anders. Als der scharfe Alkohol meine Kehle hinab rann, seufzte ich wohlig auf. Dann entzündete ich eine Zigarette und inhalierte den Rauch in meine Lungen.

Der kalte Oktoberwind peitschte mir ins Gesicht und ließ mich frösteln.

„Kann es weitergehen?" Lucia stand neben dem Auto und sah uns fragend an.

Hastig nahm ich mehrere Schlucke des Getränks, sodass nur noch ein Viertel drinnen war und dann verstaute ich sie wieder in meiner Tasche.

Angelo saß in der Mitte, Laurent an seinem Dauerplatz hinter dem Beifahrer und ich stieg hinter Lucia ein, schnallte mich an und lehnte mich in die Polster. Es war ruhig im Auto, nur Katharina und Lucia unterhielten sich über Belangloses. Nach einer halben Stunde spürte ich Angelos kühlen Körper, der gegen mich kippte. Er war eingeschlafen. Seine langen Haare vielen ihm ins Gesicht, welches auf meiner Schulter ruhte. Er sah friedlich aus, richtig entspannt. Ich konnte nicht widerstehen und strich ihm eine Strähne hinters Ohr. Daraufhin schmiegte er sich regelrecht an mich und seufzte zufrieden.

Drei Stunden später wachte ich auf, da der Wagen zum stehen gekommen war. Mein Kopf lag auf Angelos und er umklammerte meinen Arm wie ein Kuschelkissen. Ich blinzelte ein paar Mal, um meine Sicht zu schärfen, und sah direkt in eine Handykamera.

Katharina hatte uns fotografiert und grinste übers ganze Gesicht. „Sorry, aber das sah einfach zu süß aus."

Ich brummte nur missmutig und rüttelte dann sanft an Angelo.

Dieser streckte sich neben mir wie eine Katze und sah zu mir hoch. „Hmmm ..."

„Hey Kleiner, gut geschlafen?"

„Ja, ... so schön warm ..."

Dann wurde er wirklich wach, starrte mich kurz an und setzte sich schnell auf. „Verzeih, ich bin wohl eingeschlafen."

„Wäre mir gar nicht aufgefallen. Du hättest auch weiterschlafen können, allerdings bist du dran mit fahren."

Es war schon fast halb zehn in der Früh, als wir endlich ankamen. Dunkle Wolken verhangen den Himmel, dennoch sah Angelo alles andere als gut aus. Er war noch blasser als ohnehin schon und ich ertappte ihn dabei, wie er Katharina gierig auf den Hals starrte.

Ich öffnete den Kofferraum und stellte meinen Rucksack auf den Boden. „Angelo, kannst du mir bitte helfen?"

„Ja, natürlich."

Kaum stand er neben mir, drückte ich seinen Oberkörper nach vor, sodass es aussah, als würde er etwas im Kofferraum suchen. Mit der anderen Hand hielt ich ihm einen Blutbeutel unter die Nase. „Bitte, trink das, bevor du etwas Dummes machst."

Er sah mich gequält an. „So offensichtlich?"

„Ja, irgendwie schon."

Angelo nuschelte mir ein Danke zu, da er längst seine Zähne in den Beutel gebohrt hatte, und das Blut trank.

Ich schnappte mir so viele Taschen, wie ich tragen konnte, und drehte mich in Richtung des Hauses.

Es war gigantisch und hätte perfekt in einen Historienfilm gepasst. Ein großes Gebäude aus grauem Stein mit mehreren kleinen Häusern drum herum. Der Wind trug den Geruch von frischem Brot und Pferden in meine Nase. Aus den Schornsteinen stieg Rauch auf.

Der Kies knirschte unter meinen Füßen und wurde von Stein abgelöst, als ich die breiten Treppen zum Tor hoch ging. Ja, Tor, denn eine Türe konnte man das echt nicht mehr nennen. Lucia und Laurent waren bereits eingetreten, nachdem Nathan sie begrüßt hatte.

Drinnen ging das Staunen weiter. Es wirkte tatsächlich wie aus einem anderen Jahrhundert. An den Wänden hingen neben vielen Gemälden, Lampen die wie Fackeln aussahen. Der Boden war bestückt mit Teppichen und in der Ecke, nahe der Rezeption stand eine Ritterrüstung.

Nathan redete in einer Tour dahin, aber ich war zu sehr abgelenkt, von einfach allem. Eine wunderschön gearbeitete Holztreppe führte nach oben in einen langen Gang, von dem diverse Zimmer abzweigten. Die letzten vier Räume waren unsere.

Die Einrichtung schaffte es perfekt, den alten Charme, mit der Moderne zu verbinden.

Es gab eine Klimaanlage, einen, in einem Schrank versteckten Fernseher und das Bad hatte neben Dusche und WC auch eine freistehende Badewanne, die mit Holz verkleidet war. Hier war Urlaub sicher entspannend.

Ich kramte meine Flasche aus dem Rucksack und öffnete das Fenster. Durch die dicken Mauern war die Fensterbank einen halben Meter breit und man hatte sie mit Polstern ausstaffiert. Ich setzte mich hin, nahm einen großen Schluck und starrte in die Wolken. Der kalte Wind zerrte an meinen Klamotten und mein Blick wanderte Richtung Boden. Nicht hoch genug, das waren meine ersten Gedanken. Ich war mir leider extrem im Klaren über meinen Zustand. Im Grunde hätte ich mehr als nur ein paar Therapiestunden benötigt, aber was sollte ich dort sagen? Hallo, meine Eltern wurden von Vampiren getötet, ich habe seherische Fähigkeiten und bin mit übernatürlichen Wesen unterwegs um die Seele eines Psychopathen aus dem Körper eines Mannes zu vertreiben. Kam bestimmt gut an.

Ich klemmte mir eine Zigarette zwischen die Lippen und fischte das Zippo aus meiner Hosentasche. Nach drei Glimmstängeln und dem restlichen Whiskey ließ ich mich auf das Bett fallen und schlief ein.

Erneut plagten mich Albträume, sah ich die toten Augen meiner Eltern. Dann wurde ich durch einen Wald gejagt, verfolgt von einem Monster mit moosgrünen Augen. Ich stolperte über eine Wurzel, wollte weiterkriechen, doch dann packte mich etwas am Arm.

„Thomas, wach auf."

Mein Atem kam keuchend und mein Körper war schweißgebadet. Ich öffnete die Augen und sah in Angelos Gesicht. Zuerst war ich verwirrt, dann bemerkte ich, dass sich meine Finger in sein Shirt krallten und ich ihn an mich gezogen hatte. Ich wollte loslassen, doch mein Körper gehorchte mir nicht, die Hand schien wie versteinert.

Angelo griff danach, drückte sanft zu. Mit der anderen Hand strich er mir vorsichtig über die Wange. „Es ist gut, Thomas. Du bist nicht alleine und nicht in Gefahr. Ich bin bei dir."

Ich konnte nur in seine wunderschönen Augen starren und versuchen, den Kloß in meinem Hals runterzuwürgen.

„Komm, steh auf." Er löste die Finger von seinem Shirt und

zog mich hoch. „Eine Dusche und du bist wieder munter. Danach wartet gutes Essen auf uns."

Er hatte nicht gelogen. Schon beim Verlassen des Zimmers empfing mich der Geruch nach gebratenem Fleisch, Gemüse, Zwiebel und Knoblauch. Mein Magen fing zu knurren an und ich beschleunigte meine Schritte.

Zurück in der Eingangshalle entdeckte ich Laurent, der vor einem Porträt stand und es, in Gedanken versunken, betrachtete.

Ich stellte mich neben ihn und wollte etwas sagen, doch wie ich seinem Blick folgte, war ich sprachlos. Das Porträt zeigte ihn selbst, eindeutig. Seine moosgrünen Augen waren perfekt getroffen, wenngleich sie auf dem Gemälde irgendwie zornig und unruhig wirkten. Seine Haare waren lang und zu einem Zopf gebunden, um den Hals trug er eine Schalkrawatte, und der Künstler hatte es geschafft, das reflektierende Licht auf seinen Knöpfen einzufangen.

„Das bist du, oder?"

„Ja, ich habe es zu meinem zweihundertfünfzigsten Geburtstag anfertigen lassen."

„Bitte was?"

„1672 war das."

„Es ist irgendwie so unwirklich, für mich."

„Das kann ich gut verstehen. Damals wollte ich James auch nicht glauben, wer und was er war."

Laurent lächelte mich müde an, drehte sich um und schritt los. „Komm, lass uns zu den anderen gehen."

Der Speisesaal war der Wahnsinn. Eine lange Tafel stand in der Mitte und teilte den Raum. Auf der einen Seite ließen schmale, hoch gelegene Fenster, das Licht der Außenbeleuchtung herein, auf der anderen befand sich ein großer Kamin, in dem ein Feuer brannte. Katharina und Angelo saßen bereits bei Tisch und unterhielten sich angeregt.

Gemeinsam planten wir den Abend und als Lucia zu uns kam, einigten wir uns darauf Merlins Grab, welches sich in dem angrenzenden Wald befand, zu besuchen.

Das Essen war köstlich und dazu gab es ausgezeichneten Wein. Die Anderen waren so in ihre Gespräche vertieft, sodass nur Angelo hin und wieder einen Blick in meine Richtung warf. Ich fühlte mich unter ständiger Beobachtung.

Auf dem Weg zum Grab und zu einem berühmten Brunnen, ließ uns Angelo eine Geschichtsstunde angedeihen. Es war sehr interessant, wenngleich keiner so begeistert schien wie Katharina, die ja Geschichte studierte.

Schon fast schlendernd traten wir den Rückweg zu unserer Herberge an. Ich ließ mich etwas zurückfallen, um zu rauchen. Vor mir erklangen die fröhlichen Stimmen der zwei Frauen, die miteinander scherzten. Laurent ging stumm nebenher und hing seinen eigenen Gedanken nach. Angelo war nirgends zu sehen. Gerade ließ ich meinen Blick umherschweifen, um ihn zu suchen, da spürte ich plötzlich einen Luftzug neben mir. Kalte Finger fischten mir den Glimmstängel aus dem Mund.

„Du solltest wirklich weniger rauchen."

„Sag mal, spinnst du?" Mein Herz war fast stehen geblieben und vor Schreck hatte ich die Taschenlampe fallen lassen. Angelo grinste mich nur frech an, nahm einen Zug und steckte mir die Zigarette wieder zwischen die Lippen.

„Vielleicht. Kommt darauf an, was du als Normal verstehst und ab wann jemand für dich ein Spinner ist."

„Du kannst mich doch nicht so erschrecken! Hast du irgendein Problem mit mir?"

„Wie kommst du darauf?" Langsam setzte er den Weg fort und folgte seinen Freunden.

„Weil du mich schon beim Essen die ganze Zeit über beobachtet hast. Außerdem, kannst du bitte endlich damit aufhören, mir meine Kippen zu klauen? Wenn du eine willst, dann frag doch einfach."

Wütend stapfte ich an ihm vorbei und stieß den Rauch aus meiner Nase, wie ein wütender Drache.

Er schloss zu mir auf und ließ ein paar Schritte verstreichen, eher er mir antwortete.

„Also eigentlich rauche ich ja nicht. Schon seit sehr langer Zeit nicht mehr."

„Aber?"

„Aber, ich mag es einfach an deiner zu ziehen."

„Muss ich das verstehen?"

„Nein, musst du nicht, aber vielleicht kannst du es einfach hinnehmen."

„Das sollte ich schaffen."

Ich sah ihn kurz an. „Warum beobachtest du mich?"

„Damit ich, falls du zu viel trinkst, einschreiten kann."

„Wie sähe dieses Einschreiten denn aus?"

„Hmm ..." Er legte sich einen Finger an die Lippen und blickte zum Himmel empor, dann erschien ein freches Lächeln. „Vielleicht ganz theatralisch, indem ich dir das Glas, nein, eher die Flasche, aus der Hand werfe."

„Ernsthaft?"

„Klar doch. Außerdem würde ich dich vor allen anderen anschreien und dir Vorwürfe machen."

„O Gott, vielleicht höre ich wirklich besser auf."

„Ja." Plötzlich war er ganz ernst. „Thomas, bitte hör auf."

„Kann dir doch egal sein."

„Ist es nicht, das weißt du genau."

„Ja, irgendwie schon, aber ich verstehe nicht, warum."

„Das Warum ist egal, nimm es einfach so wie es ist."

Schnaubend wandte ich mich ihm zu. „Es ergibt keinen Sinn. Ihr kennt mich doch gar nicht und dennoch bin ich hier, in Frankreich, gemeinsam mit euch. Mein Leben ist zur Zeit alles andere als normal und ihr, ... ihr seid verdammte Vampire."

„Genau deswegen ist es mir ein Leichtes, jemanden einzuschätzen. Bei dir sogar besonders, denn immerhin habe ich dein Blut getrunken. Du hast mich in dein Innerstes sehen lassen und neben dem vielen Schmerz und der Verzweiflung sah ich dort auch einen Schimmer. Klein, aber doch vorhanden. Du hast noch nicht aufgegeben und ich, ... wir, können dir helfen, ihn zu entflammen."

Langsam wurde es mir zu viel. Er hat mir einiges zum Nachdenken gegeben und ich wollte jetzt nicht mehr darüber reden.

„Du schuldest mir noch eine Erklärung."

Ein Schnaufen kam von ihm, er steckte die Hände in seine Hosentaschen, blickte in den Himmel und seufzte.

„Schulde ich dir wohl wirklich."

„Allerdings. Also, was war das Gestern? Was meintest du, hast du vergessen?"

„Mein Amulett." Er griff an seinen Hals, zog an einer goldenen Kette und holte etwas hervor.

Ich beugte mich hinab und richtete den Schein der Lampe darauf, um es genauer betrachten zu können. Der Geruch von Lavendel wehte mir entgegen.

Es war ein runder Anhänger. Eine goldene Platte als Hintergrund, darauf ein Ring als Rand und ein Auge in der Mitte. Zwischen den goldenen Linien war ein Stoff eingearbeitet, in einem dunklen Lila-Ton.

„Daher kommt der Geruch?"

„Ja."

„Was hat dieses Amulett mit deinem Verhalten zu tun?"

„Es ist ein Schutz-Symbol, versehen mit einem Zauber. Es hält mich zurück."

„Vor was?"

„Man könnte sagen, es bändigt mich."

„Was passiert, wenn du es nicht trägst?"

„Das hast du gestern erlebt. Ich verliere die Kontrolle über meinen Hunger."

„Deinen Hunger?"

„Ja, nach Blut."

„Tragen die anderen auch so etwas?"

„Nein, ich bin da eher ein Einzelfall." Er lächelte mich schüchtern an. „Genau weiß es keiner, aber es liegt wohl an meiner Wandlung. Die war nicht so, wie bei den meisten."

„Du meinst, weil du als Mittagessen dienen solltest?"

Er blickte nach vor, wo die anderen ungefähr fünf Meter vor uns durch das Laub spazierten.

„Ich war schon fast tot, da ging ein Ruck durch die Menge. Sie ließen plötzlich von mir ab. Mein Blick war ver-

203

schwommen, ich konnte die Augen kaum noch offen halten. Sie war wunderschön. Lange schwarze Haare bedeckten ihre nackten Brüste, ein Leinentuch schmiegte sich an ihre wohlgerundeten Hüften. Sie war es, die mich gewandelt hatte."

Angelos Blick ging nach vorne, heftete sich auf Lucia und er seufzte.

„Lucia?"

„Nein, also nicht direkt. Lucia ist die Wiedergeburt von Nefatari und diese hat mich gewandelt. Sie befahl den Vampiren, meine Wunden zu schließen und mich zu stärken. So kam es, dass ich das Blut von zwölf Vampiren in mir hatte. Immer noch lag ich auf der kalten Steinplatte, als sie zu mir kam. Sie setzte sich auf mich, beugte sich herab und küsste mich." Gedankenversunken strich er sich über die Lippen.

„Dann hat sie dich gewandelt?"

„Ja. Wir tranken voneinander und erst als mein gesamtes Blut ihren Körper durchflossen hatte und wieder in meinem war, ließ ich von ihr ab. Magdalene vermutet, dass ich deswegen so, wie sie es sagt, wild bin."

„Wer ist Magdalene?"

„Die Hexe, welche Laurent helfen möchte. Sie ist eine alte Freundin von mir."

„Also sind Hexen auch unsterblich?"

„Nein, aber sie werden sehr alt. Magdalene ist mittlerweile über dreihundert Jahre alt."

„Irgendwie klingt alles so unwirklich und doch bekomme ich keine Panik."

„Du bist ja selber kein normaler Mensch, daher wird dir das leichter fallen."

„Kann schon sein." Kurz ließ ich die neue Info sacken und kehrte dann zum eigentlichen Thema zurück. „Scheint wohl doch etwas an der Zahl zu sein."

„Wie meinst du?"

„Na ja, wenn du auch noch das Blut von Nefertari in dir hast, dann sind es insgesamt dreizehn. Dreizehn Vampire, die an deiner Wandlung beteiligt waren."

„Ja, du hast recht. Wer weiß, vielleicht liegt es daran." Er sah mich von der Seite an. „Jetzt weißt du es. Also falls ich mal nicht nach Lavendel rieche, dann hau besser ab."

„Du bist gut. Wie soll ich denn bitte vor dir davonlaufen können?"

„Gut, dass du immer bewaffnet bist." Mit diesen Worten beschleunigte er seinen Schritt und schloss zu den anderen auf.

Die restliche Nacht verbrachten wir bei einem Lagerfeuer. Katharina und ich in Decken gehüllt, eng nebeneinander. Lucia sah uns mitleidvoll an. „Es tut mir leid, aber wir strahlen nicht gerade Wärme ab. Wenn wir uns zu euch setzen würden, wäre es nur noch kälter."

Katharina sah sie freundlich an. „Schon gut, es macht nichts. Thomas strahlt wie ein Heizkörper und er ist so groß, dass er den meisten Wind von mir abhält."

Ungläubig starrte ich sie an. „Du bist ja selber nicht gerade die kleinste."

„Schon, aber ich habe nicht so breite Schultern." Sie grinste mich an.

Eine Weinflasche machte die Runde und ich schaffte es sogar, unter den Blicken von Angelo, sie weiterzureichen.

Nach nur sieben Schluck. Irgendwann um Mitternacht brachte uns dieser Nathan noch Stöcke, bespickt mit Würsten und Steckenbrot.

Es war eine schöne Nacht, das Feuer wärmte mich und ich saß gedankenversunken auf der Bank, mit Blick in die Flammen als Lucia auf mich zukam. Sie setzte sich kurz neben mich, drückte meine Hand und sah aufmunternd zu mir. „Du wirkst nachdenklich."

„Ich habe zu Hause etwas in Ordnung zu bringen, aber ich weiß noch nicht, wie ich das anstellen soll."

„Vielleicht kann ich dir helfen?"

„Denke nicht. Es geht um zwei Entschuldigungen. Ich habe mich mit einem Freund gefetzt und den anderen im Unklaren zurückgelassen und nur Sorgen bereitet."

„Ist einer davon dein Partner?"

„Nicht wirklich."

Sie sah mich fragend an.

„Michael ist mein Arbeitskollege und Vinny, das ist schwer zu beschreiben. Wir sind füreinander da, auch sexuell aber wir führen keine Partnerschaft im herkömmlichen Sinne."

„Oh, davon habe ich gehört. Eine Freundschaft Plus." Sie strahlte mich richtig an, voller Stolz, weil sie so etwas wusste.

„Ja, so könnte man es nennen, denke ich."

„Vielleicht solltest du dich wirklich einfach entschuldigen. Manchmal reicht das schon und der Rest ergibt sich von selbst."

„Mag sein. Bei Vinny könnte das auch hinkommen, aber Michael habe ich wirklich verletzt."

„Hast du ihn geschlagen?"

„Ja, aber das meinte ich gar nicht. Wie arbeiten schon ewig zusammen und ich kann ihm vertrauen, aber dann passierten die Morde und ich rutschte immer weiter ab."

„Du meinst das Trinken?"

„Ja und mein Verhalten ihm gegenüber. Das letzte Mal, dass wir uns gesehen haben, war an dem Tag, als ich bekifft und besoffen bei euch aufgetaucht war. Er hat mich in meiner Wohnung gefunden."

Aus dem Augenwinkel bemerkte ich die Blicke von den anderen, die nun ebenfalls meiner Geschichte lauschten.

„Ich hatte gesoffen und Schlaftabletten intus und dann noch die Drogen. Das war zu viel für meinen Körper. Ich hatte einen Anfall. Keine Panikattacke, die sind schon fast Standard, sondern einen Krampfanfall."

„Was ist dann passiert?"

„Wir haben uns gestritten und ich habe ihn geschlagen. Das Letzte was er zu mir sagte, war, dass es ihm egal sei, wenn ich sterben wollte, dass er ab jetzt nicht mehr für mich da ist."

Ich konnte ein schweres Seufzen nicht unterdrücken. „Er hat mich aufgegeben und ich kann es ihm echt nicht verübeln."

„Vielleicht hat er dass nur im Streit gesagt und macht sich schon Sorgen um dich."

„Glaube kaum, er hat mich nicht angerufen und auch nicht geschrieben."

„Du solltest dich einfach entschuldigen, dann siehst du ja, wie er reagiert."

Sie stand auf und setzte sich zurück zu Laurent.

Gegen halb vier in der Früh verabschiedete ich mich und schleppte meinen Körper die Treppen hoch. Es tat zwar gut über die Probleme zu sprechen, aber es zerrte auch an meinen Nerven. Ich wollte nur noch schlafen. Zum Glück hatte ich die Tabletten eingepackt, die ich mit ein paar Fläschchen aus der Minibar runterspülte. Zähneputzen schaffte ich noch, aber nachdem ich mich bis auf meine Boxershorts ausgezogen hatte, schaffte ich es einfach nicht, mir den Pyjama anzuziehen, sondern fiel auf das Bett und schlief sofort ein.

Nach einem tiefen, dunklen Schlaf, fing der folgende Traum schön an, mit einem Spaziergang durch den Wald. Ich hörte fröhliche Stimmen und das Lachen von Lucia. Plötzlich stand Angelo vor mir, ein Leinentuch um seine Hüften. Sein Amulett hatte sich in seine Brust gebrannt und sein Körper war fast zur Gänze mit Blut bedeckt. Seine durchtränkten Haare klebten an ihm, die Augen hatte er weit aufgerissen und er sah mich verzweifelt an. „Hilf mir, Thomas ... bitte hilf mir ..."

Ich streckte meine Arme aus, wollte ihn zu mir ziehen doch fremde Menschen, mit seltsamen Tiermasken, zerrten mich von ihm weg und stießen mich um. Statt auf dem weichen Laubboden des Waldes landete ich auf hartem, kalten Stein. Ich drehte mich um, wollte aufstehen, doch irgendetwas lag auf mir, drückte mich auf einen blutdurchtränkten Teppich. Meine Augen wurden gewaltsam aufgerissen und ich sah in die toten Gesichter meiner Eltern. Die höhnische Stimme der Vampirin schallte in meinen Ohren und sie fing an, mich zu beißen. Ich wurde immer schwächer, das Atmen immer schwerer. Mein Herz raste, pumpte den letzten Rest Blutes in meine Lungen, die sich langsam füllten und keinen Platz mehr für Luft ließen.

Ich ersticke, endlich. Ich werde sterben und nicht stundenlang hier liegen, bis mich die Nachbarin findet.

Jemand schüttelte mich, sagte meinen Namen und als ich aufwachte, blickte ich zuerst auf das Amulett aus dem Traum und die Panik in mir gewann. Ich schnappte nach Luft, doch es brachte nichts. Wie ein verwundetes Tier robbte ich rückwärts, stieß gegen das Kopfende des Bettes. Meine Hände krallten sich um meinen Hals, als würde es irgendetwas bringen, als könnten sie die Luftröhre befreien und ich wieder atmen.

„Thomas, du musst dich beruhigen, dein Herz schlägt viel zu schnell."

Angelo, ich hörte seine Stimme. Langsam klärte sich mein Blick und ich erkannte, dass er vor mir saß, vollkommen nackt, nur das Amulett ruhte auf seiner weißen Brust.

Wieder schnappte ich nach Luft, doch es geschah nichts. Mir wurde schwarz vor Augen und ich fühlte, wie ich seitlich wegkippte.

Etwas Schweres drückte auf meine Brust und presst mir die Luft aus den Lungen. Rasselnd atmete ich wieder ein.

„Ausatmen, Thomas."

Ich befolgte die Anweisung.

„Einatmen ... Ausatmen ..."

Als ich endgültig wieder zu mir gekommen war, lag ich auf der Seite, völlig verschwitzt und immer noch schwer schnaufend.

„Verdammte Scheiße."

„Also, das war eine Panikattacke?"

„Ja, eine von den Üblen."

„Kann ich etwas für dich tun?"

„Wie spät ist es denn?"

„Gerade mal dreizehn Uhr. Wieso?"

„Dann kann ich also noch weiterschlafen."

Bei meinem nächsten Satz kam ich mir vor wie ein Idiot und ich traute mich nicht mal, von meinem Kissen hochzusehen. „Kannst du hierbleiben? Nur eine Weile?"

„Natürlich. Aber ich bin noch müde, also werde ich mich hinlegen, wenn es dir recht ist."

„Klar doch, dass Bett ist ja groß genug."

Die Matratze neben mir senkte sich und ich hörte das Rascheln der Decke.

„Habe ich geschrien?"

„Ich verstehe die Frage nicht." Angelos Stimme war leise, tief und ich bildete mir ein, ihren Bass zu spüren.

„Warum bist du in meinem Zimmer?"

„Ich habe dich gehört, aber du hast nicht geschrien. Deine Atmung wurde schneller, sowie die Herzfrequenz. Ich dachte mir schon, dass du einen Albtraum hast. Hergekommen bin ich erst, als deine Atmung Aussetzer hatte."

„Oh." Schlaue Antwort, aber ich wusste nicht, was ich darauf sagen sollte.

„Ich habe mir sorgen gemacht, also habe ich nach dir geschaut. Dein Zimmer war nicht abgeschlossen."

„Das habe ich wohl vergessen."

„Ja, scheint so." Eine kurze Pause entstand, fast friedlich, dann wünschte er mir einen guten Schlaf und kurz darauf hörte ich ihn ruhig atmen.

Ich schlief überraschend schnell wieder ein und als ich Stunden später aufwachte, fühlte ich mich tatsächlich etwas erholt, mir war aber auch schweinekalt. Es dauerte eine Weile, bis ich verstand, warum. Angelo war im Schlaf an mich gerückt. Obwohl das war noch untertrieben. Sein Arm lag um meine Taille, sein linkes Bein ruhte auf meinen eigenen und sein Gesicht hatte er in meinen Nacken gepresst. Als ob seine kalte Haut nicht reichen würde, spürte ich eine eindeutige Härte, die gegen mein Becken drückte.

„Ähm, ... Angelo?"

„Hmm?"

„Könntest du mich eventuell loslassen?"

„Hmm, nein. So schön warm." Er drückte sich noch näher an mich und auf einmal war ich woanders.

Über mir brannte die Sonne gegen die Erde und ich selbst lag im Wüstensand, nur eine dünne Decke als Schutz vor den heißen Sandkörnern. Ein Blick in die Runde zeigte mir Kinder, die miteinander spielten und eine Gruppe Frauen, die sich aufgeregt unterhielten.

Wieder zurück schlug mir die Kälte noch intensiver entgegen. „Tja, das freut mich für dich, aber ich friere mir hier grade einen Ast ab."

Immer noch rührte er sich nicht, also griff ich zum Nachttisch, schnappte das Handy, öffnete die Kamera und stellte auf Selfie. Seine schwarzen Haare verdeckten halb sein Gesicht aber man konnte dennoch sehr gut erkennen, wer neben mir lag. Ich drückte den Auslöser und ein Klicken erklang. Das ließ ihn immerhin seine Augen einen Spalt weit öffnen. „Was war das?"

„Ich habe dich fotografiert. Wer weiß, vielleicht brauche ich das Mal als Druckmittel."

Erneut der klickende Ton und nun sah man auf dem Bild das wilde Funkeln seiner Pupillen. Als ich nun nach links schaute, ließ er endlich von mir ab, streckte sich auf der Matratze wie eine Katze in der Sonne und gab ein wohliges Seufzen von sich, dass sich beinahe wie ein Schnurren anhörte. „Also eigentlich war mein erster Gedanke, als ich dich sah, dass du wie ein Wolf aussiehst aber jetzt gerade erinnerst du mich eher an eine Wildkatze." Er lag auf dem Rücken, rieb sich mit der Faust über die Augen und kratzte sich zeitgleich am Bauch. Bei meinen Worten hielt er allerdings inne und blickte mich schief an. „Eine Katze?"

Wieder hob ich das Handy, machte schnell ein Foto und hielt es ihm dann hin. „Ja, eine Katze, sieh doch."

„Du spinnst ja."

„Oh, bist du verstimmt?" Ich fing an, ihn hinter dem Ohr zu kraulen.

Noch eine Vision, aber dieses Mal stand er vor dem Haus von Lucia und vor mir. Ein seltsames Gefühl, da ich auf mich selber zuging und mir über den Hals leckte.

So schnell, wie sie gekommen war, war sie auch wieder weg und ich sah erneut Angelo, der vor mir lag. Sein Kopf drehte sich schnell zur Seite und er nahm meinen Finger in den Mund, kreiste mit seiner Zunge darum und saugte leicht daran. Ein wohliges brummen kam aus seiner Kehle und einer seiner spitzen Zähne schabte über meine Haut.

Fasziniert sah ich in sein Gesicht, zu den halbgeschlossenen Augen. „Hast du Hunger, oder bist du einfach nur geil?"

Noch ein brummender Laut und dann kam eine genuschelte Antwort. „Beides."

Mein Blick glitt seinen Körper hinab und blieb an seiner Mitte hängen. Sein Schwanz stand aufrecht und zuckte vor Erregung, in dem Moment wo seine Zähne durch meine Haut drangen. Eine Welle aus Erregung, Lust und Verlangen überflutete meinen Geist und war plötzlich wieder weg.

Er leckte sich genüsslich über die Lippen und grinste mich an.

„Du bist so ein Arsch, echt."

Angelo streckte sich nochmals und stand dann auf. „Entschuldigung, aber es ist sehr schwer zu widerstehen, da ich dein Blut schon gekostet habe und ich genau weiß, wie lecker es ist."

„Ja, sehr gut für dich und jetzt hau ab, bevor ich mich vergesse und so Katharina zu meiner Feindin mache."

Seine Hand lag schon auf der Klinke der schweren Holztüre. „Ich habe mit ihr gesprochen. Sie versteht mein Verlangen und Küssen ist für sie in Ordnung." Der Drecksack zwinkerte mir auch noch zu und verschwand einfach.

Eine kalte Dusche später schleppte ich mich die Treppen runter und traf auf Nathan.

„Guten Abend, ... Hader, richtig?"

„Thomas reicht."

„Gut, Thomas. Kann ich etwas für dich tun?"

„Tatsächlich ja. Wäre es möglich, ein Frühstück zu bekommen?"

„Ihr seid wohl Nachteulen." Er kicherte über seinen eigenen Scherz.

„Ja, so könnte man es sagen und ich will nach dem Aufstehen nicht unbedingt eine deftige Mahlzeit."

„Natürlich, das verstehe ich. Welches Frühstück möchtest du? Französisch, Englisch oder deutsches?"

„Französisch bitte, und wäre es möglich, dass ich meinen Kaffee mit Schuss bekomme?"

Nathan zwinkerte kurz und nickte verschwörerisch. „Es wird dir an den Tisch gebracht."

„Danke."

Zehn Minuten später saß ich in einem großen Ohrensessel vor dem Kamin, mit einer Tasse Kaffe in der Hand, einem Teller mit warmen Buttercroissants auf dem Beistelltisch und starrte auf mein Handy.

Ich hatte bereits den fünften Versuch einer Nachricht an Michael gelöscht. Ich wollte mich mit ihm treffen, mich persönlich entschuldigen, aber selbst das viel mir schwer. Eine Bewegung im Augenwinkel ließ mich hochblicken, Katharina kam in die Halle, setze sich mir gegenüber hin und lächelte mir zu. „Gut geschlafen?"

„Äh, ja danke. Du?"

„Auch gut. Du siehst irgendwie verzweifelt aus."

„Hm, ich versuche schon die ganze Zeit, eine Nachricht an Michael zu schicken, aber kein Text erschien mir passend."

„Du entschuldigst dich jetzt aber nicht per WhatsApp oder?"

„Nein, natürlich nicht. Ich will ihm eigentlich nur sagen, dass ich noch lebe und wo ich gerade bin."

„Dann schreib das doch einfach."

„Ich weiß nicht."

Sie zupfte mir das Handy aus der Hand und tippte los.

Nach einer Minute hielt sie mir es wieder hin.

Ich las den Text. Hallo Michael! Bin zur Zeit in Frankreich, es geht mir den Umständen entsprechend, ich melde mich bald.

„Meinst du, das reicht?"

„Schick schon ab und dann siehst du ja, was zurückkommt."

„Du hast ja recht." Ich drückte auf Senden, kopierte den Text und schickte ihn auch noch an Vinny. Dann steckte ich das Smartphone zurück in meine Hosentasche und lümmelte mich in den Stuhl. „Danke dir."

„Kein Problem."

Meine Gedanken wanderten zu Angelo und zu dem, was er beim Verlassen des Zimmers gesagt hatte.

„Katharina?"

„Ja, was ist?"

„Hat Angelo mit dir gesprochen?"

„Meinst du, über dich?"

„Ja. Er hat vorhin etwas zu mir gesagt, aber ich denke, er hat mich nur verarscht."

„Also wenn es darum geht, dass es mir egal ist, wenn ihr euch küsst, dann stimmt es."

Ich verschluckte mich an meinem Spezialkaffee und brauchte eine Weile, bis der Hustenanfall abgeklungen war. „Dein Ernst?"

„Ja, warum nicht. Angelo und ich sind ja nicht wirklich zusammen, wir kennen uns erst seit ein paar Tagen. Ich fand es ja schon lächerlich, dass er mich überhaupt um Erlaubnis gebeten hat, dich küssen zu dürfen."

„Aber ihr mögt euch, das sieht man ja."

„Das stimmt schon, aber da gibt es viel zu bedenken. Immerhin ist er ein Vampir und noch dazu über dreitausend Jahre alt. Mein Leben wäre für ihn nur ein Wimpernschlag und ich weiß nicht, ob ich auch, also ... ein Vampir werden möchte."

„Okay, das macht Sinn." Ich hielt ihr den Teller mit den Croissants hin und schnappte mir selber eines. „Ich will nur nicht, dass du verletzt wirst. Es ist einfach so, dass er es schafft, mich zu beruhigen, und irrsinnigerweise fühle ich mich bei ihm in Sicherheit."

„Das ist nicht irrsinnig, ich kann es verstehen. Er blickt immer wieder zu dir, scheint dich zu beobachten. Ich denke, er macht sich Sorgen um dich."

„Ja, das sagt er zumindest. Vielleicht beobachtet er aber auch nur sein Abendessen." Ich lachte kurz auf, um ihr zu zeigen, dass ich es als Scherz meinte.

„So abwegig ist das vielleicht gar nicht."

„Du kannst ganz schön fies sein, weißt du? Und dass, in deinem Alter."

„Heh, ich bin siebenundzwanzig, also Erwachsen. Außerdem darfst du nicht vergessen, dass ich schon seit Jahren mit zwei Vampiren befreundet bin."

„Stimmt auch wieder." Ich biss in mein Gebäck und kaute genüsslich vor mich hin.

Ein paar Minuten darauf kamen die anderen zu uns. Wir verbrachten einen netten Abend, redeten viel und lernten uns besser kennen.

Um neunzehn Uhr versammelten wir uns hinter dem großen Gebäude, um in den Wald aufzubrechen. Es war ein seltsames Bild. Laurent, Angelo und ich hatten jeder eine Schaufel in der Hand, die Laurent sich aus dem Schuppen hier geborgt hatte. Katharina hielt eine Taschenlampe und Lucia trug einen Jutebeutel mit sich.

„Ich kann nicht glauben, dass ich euch helfe, ein Grab zu schänden. Immerhin bin ich Polizist."

Angelo sah mich schief an. „Dein Ernst? Du bist alkoholisiert im Dienst gewesen und hast so ein Auto gelenkt, bist eingebrochen und obendrein hast du auch noch Drogen genommen. Das hier ist nun wirklich auch schon egal."

Nur mit Mühe schaffte es Katharina, ein Lachen zu unterdrücken.

Zwei Kilometer waren es bis zu unserem Ziel, welches sich als eine kleine Lichtung im Wald entpuppte, auf dem ein riesiger Stein lag. Fast so hoch wie ich, ragte das grau im Mondschein auf. Angelo ließ seine Schaufel fallen und stemmte sich gegen das Ungetüm. Mit offenem Mund sah ich zu, wie er ihn gut einen Meter wegschob. Keuchend hob er seinen Spaten wieder auf. „Du wolltest dir wohl sicher sein, dass ihn keiner findet."

Gemeinsam fingen wir an zu graben. Sehr tief war es nicht, grade Mal einen Meter, dann stießen unsere Werkzeuge auf Widerstand. Wir befreiten eine Holzkiste mit einem Meter Breite und vielleicht einen Meter zwanzig lang, von der Erde.

Laurent ließ sich auf die Knie fallen, wischte den letzten Rest Dreck von dem Holz.

Eine Veränderung ging mit ihm durch. Die Luft um uns wirkte angespannt, wie vor einem Blitz. Lucia trat vorsichtig an ihn ran, legte ihre zarte, kleine Hand an seine Schulter.

„Mon loup, lass uns das machen. Versuche, dich zu beruhigen, bitte. Laurent, steh auf und geh einen Schritt zurück."

Er sah zu ihr auf und ein tiefes Knurren kam aus seiner Kehle. Seine Faust hob sich und ich wollte schon zu ihnen, weil ich befürchtete, er würde sie schlagen. Aber er rammte die Hand durch das Holz, mit so einer Wucht, dass sie selbst durch den Boden der Kiste stieß.

Kurz legte sich eine erdrückende Stille über uns und den gesamten Wald. Zitternd kam die aufgeschürfte Hand wieder zum Vorschein, bedeckt mit Blut und Schlamm. Lucia trat ein paar Schritte zurück, Angelo stellte sich beschützend vor Katharina und ich hielt meine Schaufel so fest, dass die Finger schmerzten.

Ein Schrei zerriss die Luft, durchbrach die Stille wie ein Donnergrollen. Laurent vergrub die Finger in seinen Haaren, schmerz stand ihm ins Gesicht geschrieben. Es war so surreal anzusehen, wie er da kniete und schrie, wie plötzlich ein höhnisches Lachen aus ihm brach, um kurz darauf wieder in einen Schrei voller Schmerz und Trauer überzugehen.

Er kroch aus dem kleinen Loch, torkelte regelrecht auf den nächsten Baum zu. Wir konnten nur dastehen und zusehen, wussten nicht, was wir tun sollten. Plötzlich schlug Laurent seinen eigenen Kopf, so heftig gegen den Stamm, dass dieser zur Seite kippte und schräg stehen blieb. Ich hielt die Luft an, starrte auf ihn, wie er einen Moment aufrecht blieb und dann einfach umkippte. Seine Augen waren weit aufgerissen und er rührte sich nicht mehr.

Angelo war der Erste, der sich in Bewegung setzte. Er drehte den am Boden Liegenden zur Seite, öffnete seinen Mund und schlug ihm kräftig gegen den Rücken. Ein Schwall an schwarzer, zäher Flüssigkeit entwand sich Laurents Lippen und er holte rasselnd Atem. Sein ganzer Körper wand sich, schlug um sich, wie bei einem Anfall. Lucia und Angelo hielten ihn fest, bis er sich wieder beruhigt hatte.

Langsam trat ich auf sie zu, stützte mich auf der Schaufel ab und zündete mir mit zitternden Fingern eine Zigarette an. Gerade inhalierte ich den ersten Zug, als Laurent uns fragte, ob James jemanden verletzt hätte.

Ich beugte mich etwas vor, um ihn in die Augen sehen zu können. „Du meinst, außer dass er dir fast den Schädel gespalten hat? Nö, alles gut bei uns."

Laurent hatte so viel Blut verloren, und sein Schädelknochen musste erst noch heilen, daher trug ihn Angelo zurück zur Unterkunft und Lucia begleitete sie.

Ich hebelte mit der Schaufel den Deckel der Holzkiste ab und hüpfte hinein. Zu dem Zeitpunkt war ich sehr froh, dass ich die schwarzen Lederhandschuhe anhatte.

Knochen für Knochen ließ ich in den Beutel fallen, den Katharina mir hinhielt. „Kannst du mir die Taschenlampe mal geben, bitte? Hier sind so viele kleine Stücke und ich will echt nichts übersehen."

„Natürlich." Sie reichte mir das Licht und nach einer gefühlten Ewigkeit, fand ich kein einziges Knochenstück mehr. Seufzend richtete ich mich auf und sah zu ihr hoch. Katharina hielt mir ihre Hand entgegen und gemeinsam traten wir den Rückweg an.

„Sorry, aber ich brauche mindestens eine Zigarette." Ich lehnte die drei Schaufeln an den nächsten Baum und holte die Packung aus der Tasche.

„Scheiße."

Meine Hände zitterten wieder mal so extrem, dass sie mir runtergefallen waren. Ich nahm mir fest vor, sollte ich den ganzen Mist überleben, würde ich wirklich mit dem Trinken aufhören. An die Kopfschmerzen war ich irgendwie schon gewohnt, aber das Zittern störte mich extrem.

Katharina hob sie für mich auf und sah mich etwas unsicher an. Ich griff nach der Packung und schaffte es tatsächlich, mir einen Glimmstängel zwischen die Lippen zu stecken. Das Anzünden lief dafür gänzlich schief. Wut brannte in mir hoch, stieg immer weiter und füllte mich aus. In solchen Momenten hasste ich mich selber, hasste mich für das, was ich war. Der verletzte Blick von Vinny tauchte vor mir auf, die Enttäuschung in Michaels Augen. Ich schlug mit der Faust gegen die harte Rinde, schmerz schoss meinen Arm hoch. Es tat gut, ich spürte etwas, wusste so, dass ich noch da war. Ich existierte, wenngleich sich mir die Frage nach dem warum, immer öfters aufdrängte.

„Es tut mir leid. Geh ruhig schon vor, ich komme klar."

Katharina ging nicht, sondern kam auf mich zu. Sie hob das Feuerzeug auf und hielt mir die Flamme hin. „Du musst endlich akzeptieren, dass du nicht mehr alleine bist." Mit diesen Worten drehte sie sich um und marschierte los. „Kommst du?"

Die Schaufeln über die Schulter schwingend eilte ich ihr hinterher.

Angelo wartete vor dem Gebäude auf uns. „Es geht ihm wieder besser. Kommt, lasst uns das lieber gleich im Auto verstauen." Er deutete auf den Jutesack und marschierte Richtung Wagen.

Während Katharina die Knochen im Kofferraum verstaute, steuerte ich auf den Schuppen zu, um die Schaufeln zurückzubringen. Gerade wollte ich die dritte Schaufel an den Haken hängen, da hörte ich ein Geräusch hinter mir. Mit festem Griff schlossen sich meine Finger um den Holzgriff, ich drehte mich um und holte aus. Doch statt das Ziel zu treffen, wurde mir die Schaufel aus der Hand gerissen und ich fand mich an die Schuppenwand gedrückt. Das gelbliche in seinen Augen schien die Oberhand zu haben und blitzte mir entgegen. Angelo drückte sich mit seinem gesamten Gewicht gegen meine Brust und ich konnte hören, wie er tief die Luft einsog. Ein halbes Knurren entrang sich seiner Kehle und ich bekam Angst.

„Angelo, hast du deinen Talisman um?"

Er stoppte nur wenige Zentimeter vor meinem Hals, roch an meiner Haut. „Ja, habe ich."

„Warum tust du das dann?"

„Weil ich dich so gerne rieche. Es fällt mir wirklich schwer, dir zu widerstehen."

„Ich bin mir nie sicher, ob ich Angst davor haben sollte, dass du mich umbringst oder mich vergewaltigst."

„Keines von beidem, ich kann mich beherrschen."

Ich konnte das Lachen nicht zurückhalten. „Das nennst du Beherrschung?"

„Ja, denn sonst hätte ich dich schon längst gebissen, oder geküsst."

„Warum tust du es nicht?"

„Weil ich nicht weiß, welche Vision ich dann hervorrufe, und ich will dich nicht verletzen. Vor allem jetzt, wo du doch alles nicht nur siehst, sondern auch spürst und hörst."

„Äh, das ist, ... sehr nett von dir."

„Ja, nicht wahr?" Er kicherte los, machte aber immer noch keine Anstalten, einen Schritt zurückzumachen. Im Gegenteil, er drückte sich weiter an mich, hob seinen Kopf und ich spürte seinen Atem auf meinem Gesicht. Er roch wie immer nach Lavendel aber auch nach etwas Metallischem und leicht süßlich.

Er sah mir tief in die Augen. „Ich denke an jetzt, an diesen Moment." Seine Lippen legten sich sanft auf die meinen, dann erhöhte er den Druck.

Plötzlich sah ich alles von Angelos Sicht aus. Ein tiefes Verlangen brodelte in meinem Magen, eine Gier nach dem Blut, welches ich roch. Die Erregung zog sich durch den ganzen Körper und verlangte mir sehr viel ab, um nicht doch mehr zu tun.

Dann war die Vision vorbei und ich sah wieder auf Angelo. Seine Lust, gepaart mit meiner entlockte mir ein Stöhnen. Ich umschloss ihn mit den Armen, presste meine Erektion gegen seinen Bauch und leckte über seine Lippen. Stieß gierig in seinen Mund.

Allzu bereitwillig öffnete er sich mir, kratzte mit den Zähnen über meine Lippe. Kurz tat es weh, weil er mich verletzte doch er nahm meine Unterlippe so sanft zwischen seine, saugte vorsichtig daran, sodass der Schmerz gleich vergessen war.

Dann löste er sich von mir, trat einen Schritt zurück und atmete schwer. „Das war sehr gewagt von dir." Er wischte sich über den Mund und starrte mich an. „Ich sagte zwar, dass ich mich beherrschen kann, jedoch nicht, wenn du so etwas machst."

„Es tut mir leid, aber es waren ja nicht nur meine Empfindungen."

Angelo sah mich fragend an.

„Ich hatte eine Vision."

„Also hat es geklappt?"

„Ja, es war genau diese Situation aber von deiner Sicht aus. Ich habe gefühlt, was du gefühlt hast und auch gerochen."

„Jetzt weißt du ja, was der Geruch deines Blutes bei mir auslöst."

„Nur zu genau." Ich deutete in Richtung meines Schrittes. „Wo ist eigentlich Katharina?"

„Die ist schon in ihr Zimmer gegangen."

„Bist du enttäuscht?"

„Weshalb?"

„Weil sie noch nicht weiß, ob sie ein Vampir werden, und an deiner Seite bleiben will."

„Nein, ich kann sie verstehen. Sie ist jung und mit ihrem Studium noch nicht fertig. Wäre sie jetzt schon ein Vampir, müsste sie alles auf Abendkurse und Fernstudium umstellen. Abgesehen davon, könnte sie ihre Eltern nicht mehr lange sehen. Es wäre zu auffällig, weil sie nicht altern würde."

„Eine schwierige Entscheidung."

Angelo nahm meine Hand und zog mich hinter sich her, aus dem Schuppen. „Wie würde deine Entscheidung aussehen?"

„Wenn ich sie wäre? Wohl ähnlich."

„Nein, das meinte ich nicht. Wie würdest du dich entscheiden, wenn ich dir jetzt anbieten würde, dich zum Vampir zu machen?"

„Das ist leicht. Ich würde es ablehnen."

„Weshalb?" Seine Stimme klang etwas trauriger als zuvor.

„Ganz ehrlich?"

Immer noch hielt er meine Hand in seiner und gemeinsam schlenderten wir auf das große Haupthaus zu.

„Ich bitte darum."

„Zurzeit weiß ich nicht mal genau, ob ich überhaupt noch leben will."

„Warum bist du dann hier?"

„Ich dachte, es könnte mir helfen. Mich auf andere Gedanken bringen."

„Welche Gedanken hast du denn?"

Ich entzog ihm die Finger, machte eine unwirsche Bewegung in die Dunkelheit. Ich fühlte mich unglaublich müde und ausgelaugt. Meine Nerven lagen blank und am liebsten würde ich auf etwas einschlagen.

„Solche halt.", fuhr ich ihn an.

„Was meinst du? Nenn mir ein Beispiel."

„Na zum Beispiel, was passiert, wenn ich jetzt einfach gegen diesen Baum fahre oder, ist dieses Fenster hoch genug oder würde ich mich nur verletzen. Was, wenn ich statt drei Schlaftabletten, die ganze Packung nehme."

Meine Stimme wurde immer leiser und brach bei den letzten Worten. Zum ersten Mal sprach ich aus, was ich wirklich dachte und fühlte.

Angelo war stehen geblieben, starrte mir im Finstern entgegen. „Thomas ..."

Ich konnte ihn nicht mehr ansehen, meine Sicht verschwamm und ich drehte mich um. Mit schnellen Schritten eilte ich auf das Haus zu, durchquerte die Eingangshalle und stürmte die Treppen hoch. Die Tür glitt hinter mir ins Schloss und ich fiel ins Bett, so wie ich war. Die Schuhe streifte ich mir ab, ließ sie achtlos zu Boden gleiten.

Die Tür ging auf, ein paar Schritte erklangen und die Matratze neben mir sank unter seinem Gewicht.

„Es ist in Ordnung, so zu fühlen. Ich bin über dreitausend Jahre alt, denkst du, in all der Zeit fühlte ich mich nie einsam, nutzlos und unsagbar traurig?"

Ich drehte meinen Kopf und sah ihn einfach nur an.

„Du bist nicht alleine."

„Das sagt mir irgendwie jeder."

Er lachte kurz auf. „Dann hör doch darauf. Das meiste lässt sich regeln und in Ordnung bringen. Ich unterstütze dich, egal auf welche Art und Weise."

„Danke."

Angelos lächeln nahm ein paar Kilo von meiner Brust und machte mir das Atmen leichter. Er beugte sich vor, küsste mich kurz auf die Wange und verließ dann den Raum.

Ich robbte etwas nach oben, bettete meinen Kopf auf das Kissen und vergrub mich unter der Decke, wo ich erschöpft einschlief.

Die Hexe

Ein Schrei riss an mir, zog mich aus meinem Traum. Es war, als krallte er sich in meine Eingeweide und katapultierte mich auf den Rücken, zurück in das Bett.

„Thomaaaaaas!"

Da, wieder. Eine Frauenstimme. Meine Türe wurde aufgerissen und eine rote Teufelin flog auf mich zu.

Nein, keine Teufelin. Es war Katharina, mit wild zerzausten Haaren, nichts an außer einem übergroßen Schlafshirt.

Panik stand in ihrem Gesicht und Verzweiflung starrte mir entgegen.

„Lucia braucht Hilfe, James ... er hat sie ..."

Weiter kam sie nicht, denn ich war schon aufgesprungen, mit meiner Glock in der Hand, welche ich automatisch unter dem Kopfkissen hervorgezogen hatte.

Ich lief Katharina hinterher, die schon längst draußen im Flur war und stolperte hinter ihr in das Zimmer von Lucia und Laurent.

Kurz stockte ich, es waren nur wenige Sekunden, erschien mir aber wie eine Ewigkeit. Lucia lag auf dem Boden, rührte sich keinen Millimeter, schien wie tot.

Auf dem Bett kniete Angelo über Laurent, oder James, die Hände um dessen Gelenke geschlungen und drückte ihn in die Matratze.

Kurz blickte er auf, als er mich hörte, dann drang ein Knurren aus seiner Kehle.

„Sie atmet nicht!"

Ich war Polizist und auf solche Momente geschult. Keine Panik in Stresssituationen und immer die Ruhe bewahren. Ich schaltete auf Autopilot, warf im Vorwärtsgehen die Waffe zu Angelo, der sie geschickt auffing, und ließ mich neben dem kalten Körper auf dem Boden fallen. Ich richtete ihren Kopf etwas nach hinten, öffnete ihren Mund und kontrollierte, ob ihre Atemwege frei waren, dann drückte ich ihre Nasenflügel zusammen. Tief Luft holend beugte ich mich vor und blies meinen Atem zwischen ihre Lippen. Der Brustkorb hob sich nicht, die Luft erreichte ihre Lungen nicht.

„Angelo, irgendetwas stimmt nicht!"

„Mach weiter mit dem beatmen und setze auch eine Herzmassage an!"

Katharina schluchzte herzzerreißend auf und aus dem Augenwinkel sah ich, wie sie nervös von einem Fuß auf den Anderen trat.

Laurents Stimme drang gepresst an mein Ohr. „Bitte, Angelo! Töte mich doch einfach! Mach dem Ganzen ein Ende!"

„Halt die Klappe, Laurent. Sie würde es mir nie verzeihen, wenn ich das täte, sie hat noch nicht aufgegeben und ich ebenfalls nicht." Sein nächster Satz kam ihm flehend über die Lippen. „Bitte Lucia, wach wieder auf! Thomas, hör nicht auf mit der Herzmassage!"

Ich war kurz vorm Verzweifeln. Laurent wand sich unter Angelos starkem Griff, Katharina hörte nicht auf zu schluchzen und ich starrte auf Lucias Brustkorb, in der Hoffnung, dass mein Atem ihre Lungen füllen würde.

„Hilft es? Angelo, sag schon! Hilft es?!" Ich schrie ihn an.

„Ihr Körper braucht nur die Zeit um die Atemwege zu heilen, so lange musst du sie beatmen. Ihr Herz schlägt wieder von selbst."

Er versuchte eine beruhigende Stimme, als er sich an Katharina wandte. „Liebes, hol bitte Blut aus meinem Zimmer, es ist in der Minibar."

Hastige Schritte entfernten sich und eine Tür fiel ins Schloss. Ich stieß meinen Atem in ihren Mund, den Brustkorb immer im Blick. Ganz sachte hob er sich. Wieder Luft holen, nach unten beugen, ausatmen, Brustkorb beobachten, Kopf heben, wieder Luft holen.

Ein Flattern und Lucia öffnete ihre Augen.

„Angelo, sie ist wach!"

„Gut aber hör jetzt nicht auf."

Etwas unsicher sah ich sie an. „Es tut mir leid, ich muss dich weiter beatmen." Wieder versiegelten meine Lippen ihren Mund.

„Kannst du schon alleine Luft holen?"

Sie rührte sich nicht, gab keine Antwort. Lucias Augen zuckten panisch hin und her, füllten sich mit Blut.

„Nicht weinen, Lucia, es wird alles wieder gut. Kannst du aufstehen?" Konnte sie nicht. Langsam machte sich Verzweiflung in mir breit. „Was hast du? Kannst du dich nicht bewegen, nicht sprechen?"

Ihre Pupillen drehten sich nach oben und ich fing sofort wieder an, sie weiter zu beatmen.

„Lucia, bleib bei Bewusstsein! Hörst du? Konzentriere dich auf meine Stimme."

Beatmen

„Lucia, du schaffst das, wir sind bei dir, hörst du?"

Beatmen

„Alles wird wieder gut, wir helfen dir."

Beatmen

Angelo wies Laurent an, ihre Beine gerade zu halten, mich schrie er an, ja nicht mit der Wiederbelebung aufzuhören. Katharina war zurück, die Arme voller Beutel. Angelo beugte sich über Lucia, die mittlerweile ihre Augen wieder geöffnet hatte. „Herrin, deine Wirbelsäule ist wohl gebrochen, wir werden dich so gerade wie es geht hinlegen, damit sie auch richtig zusammenwächst. Katharina wird dir Blut geben, während ich deinen Kopf etwas strecke. Zuerst muss die Luftröhre heilen, damit du selbstständig atmen kannst."

Sie schloss für einen Bruchteil einer Sekunde die Augen und ich war mir sicher, es war ihr Zeichen an uns, dass sie verstand.

Der erste Schwall Blut versickerte mit einem gurgelnden Geräusch.

Ich spürte ihre Unruhe und strich mit meinem Finger beruhigend über ihre Wange. „Ganz ruhig, keine Panik kriegen. Ich werde dich so lange beatmen, bis du es alleine kannst."

Ich weiß nicht mehr, wie oft ich meine Lippen auf ihre gelegt hatte, bis sie endlich eigenständig atmete. Erleichterung überkam mich und ich strahlte sie an. „Siehst du, es wird. Du kannst alleine atmen. Bald wirst du dich auch wieder bewegen können."

Eine gute halbe Stunde später saß sie in einem Stuhl. Ein dunkelbraunes, langes Kleid bedeckte ihren Körper. Immer noch hatte sie Probleme beim sprechen und ihre Stimme kam

so kratzig heraus, als hätte sie eine ganze Nacht lang durchge-
schrien.

Ich hockte vor ihr auf dem Boden, während die Anderen
ihre Sachen zusammenpackten.

Lucia griff nach meinen Händen, das schwarze Leder gab
ein knautschendes Geräusch von sich.

„Danke, Thomas."

„Nichts zu danken." Ich erhob mich und zog sie mit mir.
„Komm, lass uns nach Hause fahren."

Ich saß wieder vorne, neben Katharina, welche die ersten
vier Stunden Fahrt auf sich nahm. Es herrschte eine merk-
würdige Stimmung im Wagen. Niemand sagte etwas, nur das
Rauschen der Straße war zu hören, dass mich langsam in
einen Schlaf sinken ließ. Manchmal erwachte ich halb, durch
eine Unebenheit im Boden, oder durch leises Stimmenmur-
meln. Doch ich schaffte es nicht, mich ganz aus dem dunklen
Tiefen, in die ich versunken war, emporzukämpfen, bis ein
sanftes Rütteln meine Schulter nicht mehr loslassen wollte
und eine mittlerweile vertraute Stimme meinen Namen in
mein Ohr flüsterte.

„Wasn los Kleiner?" Mein Hals kratzte bei den Worten
und ich schaffte es gerade so, mich nicht räuspern zu müssen.

„Wir machen eine Pause und danach solltest eigentlich du
weiterfahren."

Ich griff nach seiner Hand, drückte sie an meine Wange.
Die Kälte der Haut tat gut, war erfrischend in der stickigen
Luft der Heizung. Ich legte seine Finger über die Augen,
atmete seinen Geruch ein, der am Handgelenk intensiver war.

Nach Lavendel, Erde und Moos. Wie ein Wald im Herbst.

Nur widerwillig öffnete ich die Augen, ließ ihn los und schnallte mich ab. Draußen schlug mir Eiseskälte entgegen und ich hob die Schultern an, um mich vor dem Wind zu schützen. Ein Schokoriegel und einen Kaffee später saß ich auf dem Fahrersitz, Lucia neben mir. Die Sonne war schon längst verschwunden und ich reihte mich in die Linie der roten Rücklichter auf der Autobahn ein. Ein Blick zur Seite verriet mir, was ich schon gespürt hatte. Sie war unruhig, hatte ihre Finger ineinander verschlungen und ihr Gesicht wirkte angespannt.

Ich überlegte gar nicht lange, sondern griff rüber zu ihr, verschränkte meine Finger mit ihren und drückte sie leicht. Lucia sah mich dankbar an, umschloss unsere Hände mit ihrer Zweiten und seufzte erleichtert auf. So fuhren wir ewig dahin, nur manchmal davon unterbrochen, wenn ich schalten musste.

Keiner brauchte oder wollte eine Pause. Jeden von uns zog es einfach nur nach Hause. Sechs Stunden später allerdings, konnte ich nicht mehr. Ich spürte, wie mir der Schweiß ausbrach, meine Finger anfingen zu zittern und auch Lucia bemerkte es, denn sie schlug letztendlich vor, den Fahrer zu wechseln. Nach einer Pause, in der wir etwas aßen, ich zu viel und zu schnell rauchte, ließ ich mich seufzend auf den Sitz hinter Katharina fallen. Lucia fuhr weiter und ich öffnete gerade die Flasche, die ich an der Tankstelle gekauft hatte und nahm den ersten Schluck. Das brennen in meiner Kehle war wie eine Erlösung und nach vielen weiteren Schlucken, döste ich, an Angelo gelehnt, ein.

Die Sonne war bereits aufgegangen, als der Wagen von Katharina in die Garage gelenkt wurde. Wir waren alle fertig von den Erlebnissen und wollten nur noch schlafen. Laurent wurde in den Keller gebracht und ich wollte mich nur noch verabschieden und ein Taxi nach Hause rufen. Lucia bat mich aber, zu bleiben, und so fand ich mich, nach einer Zigarette und einem Drink im Garten, auf dem Sofa wieder.

Langsam gewöhnte ich mich daran.

Wieder Albträume, wieder das Gefühl, keine Luft zu bekommen. Ich sehnte mich nach Dunkelheit, klarer, einfacher Dunkelheit. Finger krallten sich in meine Haare und ich wachte auf.

Es war reiner Instinkt, der mich die Waffe ziehen ließ. Meine Finger lagen am Abzug und ich atmete schwer. Braune Augen blickten mich erschrocken an, nur für den Bruchteil einer Sekunde, dann wurde Lucia herumgewirbelt und der eiskalte Blick von Laurent durchbohrte mich. Es ging alles so schnell, plötzlich hatte ich den Lauf der Glock an der Stirn und ein Knurren teilte die Lippen meines Gegenübers. Ich drückte mich in die Lehne und hob abwehrend die Arme. „Es tut mir leid, aber ich habe mich erschrocken. Ich war durcheinander."

Lucia versuchte, ihn zu beruhigen, ihm klarzumachen, dass ich nur einen schlechten Traum hatte.

„Laurent, er hat doch nichts getan. Bitte lass ihn."

„Ich weiß, mon ange. Ich will wirklich nur mit ihm sprechen." Er drückte ihr meine Waffe in die Hand und wandte sich an mich. Die Wut war weg und er lächelte mich freundlich an, also stand ich auf und ging im nach. Kaum war ich über die Schwelle seines Büros getreten, schloss er schon die Tür hinter mir, nicht ohne mich mit dem Arm zu streifen. Ich konnte ein Zucken nicht unterdrücken und der Arsch grinste doch tatsächlich über das ganze Gesicht.

„Was soll das, Laurent?"

„Ich muss mit dir sprechen. Bitte setz dich." Widerwillig nahm ich ihm gegenüber Platz.

„Wir wissen nicht, wie das morgen ausgehen wird. Ich könnte von James befreit werden, aber ebenso könnte ich sterben."

„Ich weiß noch nicht mal genau, was morgen passieren wird." Es gelang mir nicht wirklich, den Sarkasmus aus meiner Stimme zu lassen.

„Natürlich, verzeih." Er räusperte sich und fuhr fort. „Magdalene Blair, eine Hexe aus Schottland, kennt eine Möglichkeit, mich von der Seele von James zu befreien. Dazu braucht sie ein Gefäß, in welches sie die Seele sperren kann."

„Deswegen die Knochen."

„Genau. James wurde mit einem Fluch belegt, der ihn zu ewigem Leben verdammt. Sei es mit oder ohne fleischliche Hülle. Der sogenannte Seelenfluch. Er ist dazu verdammt, ewig auf Erden zu bleiben. Als ich ihn damals getötet habe, hat er sich an das nächste, lebende Wesen geklammert."

„An dich."

„Leider."

„Worin besteht dann das Risiko, wenn diese Hexe doch weiß, was sie machen muss?"

„Der Fluch ist sehr mächtig, und wenngleich Madame Blair es ebenfalls ist, kann sie nicht mit Sicherheit sagen, dass sie den Fluch brechen kann, oder mich von ihm befreien kann."

„Was passiert, wenn sie es nicht schafft?"

„Das wissen wir nicht. Deswegen habe ich ein Testament aufgesetzt, welches bereits beim Anwalt hinterlegt ist. Es tritt in Kraft, sobald sich mein Körper unter der Erde befindet."

Seine Wortwahl ließ mich ihn fragend anblicken, aber er ging nicht darauf ein.

„Das meiste bekommt Lucia. Einen Teil meines Vermögens allerdings, hinterlasse ich dir."

„Bitte was?"

„Du hast schon richtig gehört. Ich hinterlasse dir eine beträchtliche Summe. Mit dieser solltest du dir etwas Neues aufbauen können."

„Warum? Ich habe ehrlich das Gefühl, dass du mich nicht so recht leiden kannst."

„Zum Teil stimmt das, aber es ist eher Eifersucht."

„Auf was?"

„Auf dich und das bringt mich zum nächsten Punkt. Magdalena hat mir etwas vorhergesagt. Es muss nicht zutreffen und vielleicht irre ich mich aber es geht um dich."

„Sorry, ich komme nicht mehr mit." Wollte er mich verarschen?

„Lucia und ich sind schon seit über zweihundert Jahren liiert und ich muss gestehen, dass ich sie aus Angst vor der Außenwelt abgeschnitten habe. Ich habe sie an mich gekettet und ihr ein Leben unter den Menschen verwehrt, nur um meine ständige Angst und Paranoia unter Kontrolle zu halten. Ich liebe sie und sie mich aber nicht mehr so, wie es zu Anfang war. Es fehlt an Vertrauen und nach dem, was passiert ist, wird sie mir auch nie wieder vertrauen können."

„Das kannst du doch jetzt noch nicht wissen."

„Lass mich bitte zu Ende erklären. Madame Blair hat mir gezeigt, dass es an der Zeit ist, jemand Neues in ihr Leben zu lassen, unabhängig davon, wie dass mit mir ausgehen wird."

Plötzlich fiel mir die Vision wieder ein, die ich von ihr hatte und ich starrte ihn an.

„Was hast du gesehen?" Laurent beugte sich vor und sah mich neugierig an.

„Bevor wir nach Frankreich gereist sind, hatte ich eine Vision von ihr, aus der Zukunft."

„Magst du sie mir erzählen?"

„Kann ich sie dir zeigen?" Ich war aufgestanden und um den Tisch gegangen.

„Wie meinst du das?"

„Trink von mir."

„Nein, niemals." Er drückte sich tiefer in seinen Stuhl.

„Bitte, Laurent. Zeig mir, was Magdalene dir prophezeite und ich zeige dir meine Vision. Du brauchst dich nur auf das zu konzentrieren, was du mich wissen lassen willst. Angelo hat es getestet, ich empfange dann sonst keine weiteren Visionen."

„Darum geht es nicht, nicht nur. Du hast keine Ahnung, wie lange es her ist, dass ich von einem Menschen getrunken habe."

„Wenn du dich veränderst, rufe ich sofort nach Angelo, er kann mir dann helfen."

Recht überzeugt wirkte er immer noch nicht, aber ich sah ihm auch an, dass er neugierig war. Er wollte sehen, was ich gesehen hatte.

„Na gut, aber es muss schnell gehen, also habe ich nicht viel Zeit deinen Schmerz zu kontrollieren."

„Das ist nicht nötig."

Seine zitternden Finger umgriffen mein Handgelenk und führten es an seine Lippen. „Du musst dich auf deine Vision konzentrieren, damit ich sie beim trinken sehen kann."

Nach diesen Worten biss er zu. Nicht zu tief, er kratzte nur an der Oberfläche der Haut. Dennoch konnte er ein Stöhnen nicht unterdrücken als der erste Tropfen meines Blutes, seine Zunge benetzte. Laurents Augen weiteten sich und dann war er weg.

Ich saß einer kleinen Frau gegenüber, mit langen, braunroten Haaren. Ihr Blick war ernst und sie erzählte von einer Vorhersage. Laurent solle Lucia ziehen lassen, sie nicht länger an sich klammern. Jemand Neues warte auf sie. Jemand Großes, Modernes, der ihr die langersehnte Nähe zu den Menschen brachte und ihr die fehlende Wärme zurückbringen würde. Dieser Jemand würde bald kommen, wie aus dem heiteren Himmel und nicht nur Lucia würde sich nach ihm sehnen, sondern auch Angelo. Ein Zwilling, der Beiden das geben kann, was sie brauchen und dadurch selber wieder zu den Lebenden zurückkehren wird.

Ich war so durcheinander durch ihre Worte, sodass ich kurz vergaß, wo ich war. Laurent ergriff meinen Oberarm und drückte leicht zu, um mich zurückzuholen. Dann schloss ich die Augen und konzentrierte mich auf die Vision, welche ich ihm zeigen wollte.

Laurent biss sich kurz in den Finger und fuhr mit seinem Blut über meine Wunde. „Es tut mir leid, ich hätte nicht so viel trinken dürfen."

„Schon gut, ich stehe noch. Mir ist nur etwas schwindelig." Er reichte mir ein Taschentuch und ich sah ihn irritiert an, woraufhin er in mein Gesicht deutete. „Das sind wohl meine Emotionen, es tut mir leid."

Ich fuhr mir über die Wange und spürte Tränen. Ohne es zu merken, hatte ich geweint. Ich setzte mich wieder auf die andere Seite des Tisches und lehnte mich seufzend zurück.

„Deine Vision bestätig meine Vermutung."

„Super, willst du es mir erklären? Ich blicke nämlich nicht so ganz durch."

„Natürlich, Thomas. Mit dem Zwilling bist du gemeint. Du bist das Neue und Moderne."

„Halt, halt, halt. Das kann nicht stimmen."

„Ich denke schon. Nur jemand, der blind ist, hat noch nicht bemerkt, wie Angelo dich ansieht."

„Wieso jetzt auf einmal Angelo?" Der Mann machte mich wahnsinnig.

„Madame Blair erwähnte, dass derjenige nicht nur Lucia, sondern auch Angelo, dass geben könnte, was sie brauchen. Du kannst Lucia den Menschen näher bringen, sie in das moderne Leben einführen."

„Sie hat doch Katharina."

„Die Kleine studiert Geschichte und sitzt lieber bei einem guten Buch, oder flaniert durch ein Museum, anstatt in den nächsten Club zu gehen."

„Was ist mit Angelo?"

„Darauf kann ich dir keine Antwort geben. Allerdings fühlt er sich sehr stark zu dir hingezogen."

„Also gut. Nehmen wir an, ich bin derjenige aus der Vorhersagung. Wie stellst du dir das vor?"

„Das kann ich dir nicht sagen. Ich will doch nur, dass du nicht verschwindest. Bleib hier, unterstütze Lucia, wenn ich nicht mehr bin."

„Wir wissen ja noch gar nicht, wie das morgen ausgehen wird."

Eine Traurigkeit legte sich über sein Gesicht. „Nein, wissen wir nicht, aber ich werde sie, egal was morgen passiert, nicht mehr an mich binden. Ich werde sie freigeben. Sie wird Freunde brauchen, Halt und Unterstützung." Er seufzte schwer und sah mir direkt in die Augen. „Kannst du mir bitte versprechen, sie zu unterstützen und für sie da zu sein? Wenigstens für die erste Zeit?"

„Ich weiß nicht, Laurent. Ich habe mein eigenes Leben ja nicht mal im Griff, das weißt du."

„Ja, aber ich weiß auch, dass eine Verbindung zwischen euch besteht, die du nicht abstreiten kannst."

„Wie meinst du das?"

„Hast du nicht das Gefühl, die beiden schon länger zu kennen? Fühlst du nicht eine gewisse Vertrautheit zu ihnen? Oder bist du zu jedem, den du gerade kennengelernt hast, so?"

„Nein bin ich nicht. Du hast recht. Irgendetwas ist da, dass ich mir nicht erklären kann."

„Also wirst du bleiben?"

„Ich denke ja, aber ich will dein Geld nicht."

Laurent schob einen Zettel über den Tisch. „Das ist nicht verhandelbar. Es ist keine Bezahlung und auch keine Erpressung. Ich will es dir schenken, damit du etwas Neues aufbauen kannst. Ich bin mir sicher, dass du nicht mehr zu deiner alten Arbeit zurückkehren wirst."

Ich griff nach dem Dokument und begann es zu lesen, ehe er mich unterbrach. „Eine Bedingung stelle ich allerdings."

„Welche?"

„Du musst einen Entzug machen und trocken werden, erst dann hast du Zugriff auf das Geld."

Meine Augen überflogen die Zeilen und es stand genau das darin, allerdings nicht, wie viel er mir hinterlassen würde. Wieder fiel mir der Wortlaut von vorhin auf, dass ich Erben würde, sobald Laurent unter der Erde sei. Innerlich zuckte ich mit den Schultern und dachte mir, dass es doch egal sei. Es würde morgen bestimmt alles gut gehen, dann würde dieses Gespräch hinfällig sein.

Ich griff nach einem Stift und unterzeichnete das Dokument. „Gut, das klingt fair. Du wirst mir nicht verraten, um welche Summe es geht, oder?"

Laurent zwinkerte mir zu. „Nein, das wirst du dann schon sehen."

Er stand auf und ging auf die Türe zu. Ich wollte rausgehen, aber er zog mich an sich und umarmte mich.

„Du musst nicht ihr Partner werden, aber sei bitte wenigstens ihr Freund und habe ein Auge auf sie."

Mit diesen Worten schob er mich von sich und setzte sich wieder an den Tisch.

Das Gespräch war seltsam und brachte mich ziemlich durcheinander. Lucia meine Partnerin? Wie meinte er das? Er war doch noch mit ihr liiert und das seit über verdammten zweihundert Jahren. Er wollte sie nicht wirklich verlassen, oder?

Kurz begegnete ich Lucias Blick, bevor ich im Badezimmer verschwand. Danach tauschte ich meine Pyjamahose gegen verschlissene Jeans und ein Marilyn-Manson-Shirt, das mir Vinny mal geschenkt hatte, und ging in den Garten, um zu rauchen.

Ich war total in Gedanken versunken, als sich jemand neben mir auf die Bank setzte. Der vertraute Geruch von Lavendel wehte zu mir herüber und ohne nachzudenken, lehnte mich an seine Schulter.

„Dir wird nur noch kälter werden."

„Das macht mir nichts."

Angelo hielt mir eine Flasche hin. „Laurent meinte, du könntest sie gebrauchen und ich soll dir sagen, es ist kein Test, sondern du kannst ruhig deine Nerven beruhigen."

Nach den ersten Schlucken stellte ich sie neben mich auf die Bank und holte meine Zigaretten hervor. Wieder mal zitterten meine Finger zu sehr, um das Zippo zu drücken, also nahm es mir Angelo aus der Hand und hielt es mir hin. Ich atmete tief ein, fühlte wie der Rauch in meine Lungen drang.

„Danke dir."

„Du brauchst Hilfe, Thomas."

„Ich weiß, aber nicht heute und nicht jetzt." Mit diesen Worten hob ich die Flasche und lehrte die Hälfte des Inhalts.

Viel zu schnell war der Alkohol aus und ich torkelte an Angelos Schulter zurück ins Haus, nicht ohne Lucia auf dem Weg zur Couch, völlig unangebracht ins Gesicht zu greifen und eine Vision hervorzurufen. An die ich mich später einfach nicht mehr erinnern konnte.

Ich hatte nicht lange geschlafen und gesellte mich für den restlichen Abend zu den anderen. Wir saßen draußen, um ein

Feuer, aßen und tranken in gemütlicher Runde. Die Stimmung war bedrückend und geladen von dem Versuch, den folgenden Tag zu verdrängen, aber wir hatten dennoch unseren Spaß.

Mit den ersten Sonnenstrahlen gingen wir alle zu Bett.

Ich träumte davon, in diesem Haus zu leben, bei Lucia und Angelo. Ich war glücklich, fühlte mich leicht. Beim Aufwachen war ich noch so in dieser Welt gefangen, dass ich mich ziemlich orientierungslos von der Couch hochrappelte und aus dem Raum schlurfte. Das Deckenlicht blendete mich, daher waren meine Augen auf Halbmast, als ich mich, ein murmelndes Hallo an alle richtend, zur Küchentheke schleppte. „Kaffee."

Lucia füllte eine Tasse und schob sie in meine Richtung. Hatte ich danke gesagt? Lucias sarkastischer Kommentar gab mir die Antwort. „Dir auch einen guten Abend."

„Entschuldigung. Guten Abend Lucia und danke für den Kaffee." Ich beugte mich nach unten und gab ihr einen Kuss auf die Stirn, schnappte mir die Tasse und kämpfte mich zum Tisch. Dort angekommen ließ ich mich mit einem Seufzen auf den Stuhl fallen und nahm endlich einen Schluck.

Es war so schön ruhig, nahezu friedlich, bis Angelo damit anfing, mit seiner Hand vor meinem Gesicht rum zu wedeln. „Erde an Thomas, ist jemand da?"

„Lass den Scheiß, mein Schädel brummt." Ich hatte echt nicht den Nerv für seine Späße.

„Hast du überhaupt mitgekriegt, was du gerade getan hast?"

„Was meinst du?" Ich wollte einen weiteren Schluck dieses herrlich bitteren Getränks nehmen, aber bei seinen nächsten Worten stoppte die Tasse mitten in der Luft und mein Geist klärte sich schlagartig.

„Du hast Lucia einen Kuss auf die Stirn gegeben."

Die Hitze stieg mir ins Gesicht und ich konnte fühlen, wie ich rot wurde. Das laute Gelächter, welches daraufhin rund um mich einsetzte, ließ mich zusammenzucken, aber dann stieg ich mit ein. Es tat gut zu lachen und für einen kurzen Moment die Sorgen, welche wir alle hatten, zu vergessen.

Eine Stunde später fuhr ein Kleinwagen in die Auffahrt und eine kleine Frau stieg aus. Angelo eilte nach draußen, um sie zu begrüßen. Sie umarmten sich und Angelo küsste sie auf die Lippen. Ein Stich der Eifersucht ging durch meinen Magen und ich erschrak über meine eigenen Gefühle.

Die anderen kannten sie schon und umarmten sie ebenfalls, außer Laurent, der gab ihr einen Handkuss und verbeugte sich leicht vor ihr. „Madame Blair, danke, dass sie zu uns gekommen sind."

Irgendwie fühlte ich mich fehl am Platz und hielt mich daher im Hintergrund, aber sie bemerkte mich dennoch.

Zuerst sah sie nur in meine Richtung, mit leicht schräg gelegtem Kopf, was ihren langen, braunroten Zopf über die Schulter rutschen ließ. Danach ging sie auf mich zu und streckte mir ihre Hand entgegen.

Ich zog den Ärmel meines Longsleeves über die Finger und reichte sie ihr.

Sie blickte kurz darauf, ergriff sie aber nicht. „Ein Seher?"

„Scheint wohl so."

„Es gibt nicht mehr viele mit dieser Gabe. Darf ich fragen, wie ausgeprägt sie ist?"

„Ich verstehe die Frage nicht."

„Wie sehen deine Visionen aus?"

„Visionen aus der Zukunft sind stumm, ich sehe sie nur. Welche aus der Vergangenheit haben sich vor kurzem geändert. Mittlerweile erlebe ich sie mit allen Sinnen."

„Vor kurzem?"

Ihr Blick wanderte zu Angelo und dieser hob abwehrend die Arme. „Sieh mich nicht an, er war selber schuld."

Magdalene drehte sich wieder zu mir. „Selber schuld?"

„Könnte man so sagen. Ich habe ihn gebissen."

„Darüber müssen wir uns unbedingt noch unterhalten, aber erst einmal, wie werden deine Visionen hervorgerufen?"

„Durch direkten Hautkontakt. Auch hier hat sich etwas verändert. Vorher, wenn ich jemanden berührte, mittlerweile auch wenn mich jemand anfasst."

Sie sah meine abgetragene Jeans an und das lange, schwarze Shirt, dann machte sie einen Schritt und zog mich in eine Umarmung. „Schön dich kennenzulernen Thomas. Es freut mich, dass du hier bist."

„Äh, danke ... schätze ich."

„Wenn wir das hier überstanden haben, müssen wir uns unbedingt zusammensetzen, ich habe dir was zu sagen und auch einige Fragen."

„Okay." Sehr geistreich, aber ich wusste echt nicht, was ich darauf antworten sollte. Die Situation war mehr als schräg und die folgenden Ereignisse gaben mir das Gefühl, in einem Film gefangen zu sein.

Magdalene errichtete einen Zeremonienkreis und anschlie-ßend wurden die Knochen von James in die Mitte gelegt. Laurent verabschiedete sich von allen, falls irgendetwas schief gehen sollte. Selbst mich umarmte er und erinnerte mich an mein Versprechen. „Lass ihr Zeit, hörst du? Und ich erwarte von dir, dass du dein Problem in den Griff bekommst."

„Das werde ich." Ehrlich gesagt, wusste ich nicht genau, womit ich Lucia Zeit lassen sollte, aber ich ging davon aus, dass er ihre Trauer meinte. Immerhin waren die beiden über zweihundert Jahre lang zusammen und das sollte auf einmal vorbei sein.

Die Hexe setzte sich auf Felle, ungefähr drei Meter entfernt von Laurent. Sie sprach leise und mit monotoner Stimme auf ihn ein. Dann war es eine Zeit lang still, vollkommen still. Ich hörte meinen eigenen Atem und das Blut in den Ohren rauschen, bis ein abscheuliches Lachen die Luft durchbrach. „Haha, eine Hexe. Netter Versuch. Nur, du bist zu schwach Magdalene Blair, du warst schon immer armselig!"

Laurent saß dort, mit offenen Augen, er schien sich nicht bewegen zu können, doch gesprochen hatte jemand anderes. Es war faszinierend wie die Stimme gleich und dennoch völlig verändert klingen konnte.

„James Bonnet, warum bist du noch hier?" Magdalene sprach ruhig und mit klarer Stimme.

„Was soll denn diese Frage? Ich kann nicht gehen und das weißt du genau! Immerhin war es deine Sippschaft von Teufelsdirnen, die mich verflucht hat!"

„Du hättest dir genauso einen sterbenden Wirt suchen können."

„Ja, aber warum sollte ich? Dieser Körper hier gehörte mir schon vor meinem Tod." Ein schreckliches Lachen hallte von den Bäumen wieder.

„Ich bitte dich, hier und jetzt, vor Zeugen, aus diesem Körper, und in deine Gebeine zu fahren. Dann werde ich dir helfen, diese Erde zu verlassen."

„Ach wie nett von dir Magdalene! Ich muss nur leider ablehnen, hihihi!"

„Dann sei es so. Deine Seele wird zurückgeschickt in die leblose Materie und wird dort auf unbestimmte Zeit ausharren."

„Haha, dann leg mal los, du Hure! Bin schon gespannt, was du drauf hast!"

Sie murmelte irgendetwas vor sich hin, ihr Gesicht durch Anstrengung verzerrt, bis plötzlich ein Wind aufkam, der die bunten Herbstblätter durch die Luft peitschte und meine Haare durcheinanderwirbelte. Ein Licht, in dessen Mitte ein dunkelgrauer Schatten lag, kam aus Laurents Körper und schwebte auf die Knochen zu.

So schnell er aufgetaucht war, verschwand der Wind wieder und ich kann mich noch genau an den entsetzten Blick der Hexe erinnern. Als Nächstes hörte ich einen lauten Knall, Angelo packte mich am Shirt und riss mich zu Boden.

Was nun?

Durch das Rauschen in meinen Ohren vernahm ich einen entsetzlichen Schrei, voller Schmerz und Leid.

Ich hatte es geschafft, mich auf die Knie zu rappeln, und blickte mich um. Laurents Körper krampfte sich wie in einem Anfall, während seine Finger sich das Gesicht zerkratzten. Magdalene lag regungslos auf dem Rücken und Katharina neben mir, stützte sich an der Gartenmauer ab, um hochzukommen.

Angelo stand vor Lucia, redete auf sie ein.

„Herrin, komm zu dir! Sie brauchen unsere Hilfe!"

Sie reagierte nicht, starrte weiter nur auf Laurent. Ich hatte sowas schon bei Kollegen gesehen, selbst mir ist es am Anfang passiert. Der Schock über das, was man gesehen oder erlebt hat, raubt einem die Sinne. Sie war in ihrer eigenen Welt und ich wusste, was half, also schob ich Angelo zur Seite und schickte ihn zu Maggie.

Ich stellte mich vor Lucia, entschuldigte mich bei ihr und hob meine Hand. Mit einem klatschenden Geräusch traf sie auf ihre Wange und riss den Kopf zur Seite. Danach umfasste ich ihr Kinn und zwang sie dazu, mir in die Augen zu schauen. „Lucia, es ist keine Zeit für so einen Mist! Wir brauchen deine Hilfe!"

Ihr Blick klärte sich und kurz sah sie mir in die Augen, ehe sie Richtung Laurent lief und mir zuschrie, Angelo abzulösen.

Katharina rannte an mir vorbei, ins Haus, mit panisch geweiteten Augen und als ich bei Angelo ankam, erkannte ich erst das Ausmaß dessen, was geschehen war. Die Hexe lag nun nackt vor mir, da Angelo ihre Kleidung entfernt hatte, und ihre gesamte Vorderseite war mit Verletzungen übersät. Der laute Knall, der mich leicht taub gemacht hatte, kam von den Knochen. Diese waren in tausende Stücke zerbrochen und viele dieser Splitter hatten sich in ihre Haut gebohrt.

Ich hatte mich gerade zu Angelo gekniet, da kam Katharina mit Blut und anderen Dingen aus dem Haus zurück. Angelo nahm sich eine Schüssel, holte sein Butterfly aus der Tasche und schnitt sich die Pulsadern auf. Das Blut floss in großen Mengen in das Gefäß. Mich wies er an, die Knochensplitter aus Maggies Haut zu ziehen, während Katharina sein Blut über die Wunden fließen ließ. Selbst schnappte er sich ein paar der Beutel und eilte zu Lucia. Ich blickte ihm kurz nach und sah, dass Laurent auf der Seite lag und sich erbrach. Sein Luftholen klang verzweifelt, aber immerhin hatte sein Körper aufgehört zu krampfen.

Die größten Splitter waren weg und ich war hundemüde. Ich wollte einfach nur schlafen, doch daran war noch lange nicht zu denken.

Lucia und Angelo hatten es geschafft, Laurent von allen Knochenstücken zu befreien, und halfen ihm gerade hoch. Er starrte ins Leere, bewegte sich orientierungslos und schwankend. Sie gaben ihm noch Blut zu trinken und sperrten ihn danach in das Versteck. Magdalene wurde von Angelo in eines der Gästebetten getragen, wo ich mit einer Pinzette die restlichen kleinen Splitter herausziehen konnte und Katharina wieder die Wunden mit dem Blut verschloss.

Eine Stunde, nachdem James Knochen zerborsten waren, schleppten wir uns die Treppe hinunter, wo wir Angelo und Lucia im Bad vorfanden.

Der Anblick verschlug mir den Atem, und wenn ich Katharinas keuchen richtig deutete, nicht nur mir.

Die beiden saßen jeweils auf einem kleinen Hocker, vollkommen nackt. Lucia war gerade dabei, Angelos Rücken von Knochenstücken zu befreien.

Wie sie uns hörte, blickte sie erleichtert auf. „Ach zum Glück, wir könnten hier Hilfe gebrauchen. Die Stücke an den Beinen habe ich schon rausbekommen. Liebes, könntest du bitte am Rücken weitermachen?"

Sie stand auf und bot Katharina ihren Platz an. Diese setzte sich und begann augenblicklich mit der Arbeit. Bei jedem Stück, welches sie herauszog, zuckte Angelo leicht zusammen. Er hatte eine schmale aber dennoch gut durchtrainierte Figur. Seine rotbraune Haut war mit Schweiß, Schmutz und Blut bedeckt. Seine langen Haare hatte er sich über die Schulter, nach vorne gelegt. Er sah mir aus müden Augen entgegen.

Ich löste meinen Blick von ihnen und drehte mich zu Lucia. Sie war, von ihren Schultern abwärts, mit Wunden übersät und gerade dabei ein größeres Knochenstück aus ihrer linken Brust zu entfernen. Sie war wunderschön, trotzt der Wunden und des ganzen Blutes. Ihre Haut war fast milchig weiß und leicht gesprenkelt von Sommersprossen. Die Brüste, eine feste Hand voll und ihre Knospen standen in einem verführerischen Karamellton ab. Ihre Mitte bedeckt von einem lockig, braunem Dreieck.

Sie und Angelo hatten eine so anziehende Wirkung auf mich, wie es nicht mal Vinny hatte. Ich schluckte mein Verlangen hinunter, nahm die Pinzette zur Hand und kniete mich dann vor Lucia. Sie sah mich etwas beschämt an, doch als sie sah, was ich vorhatte, beruhigte sie sich. An ihren Schienbeinen begann ich und arbeitete mich nach oben. Leider schafften wir es nicht, alle Splitter zu entfernen, da sich ihre Wunden zu schnell geschlossen hatten.

„Das macht nichts. Den Rest werden unsere Körper von alleine abstoßen." Lucia zog sich ihre Kleidung wieder an und ging auf die Tür zu. „Ich werde ins Bett gehen, schlaft gut." Damit war sie auch schon weg.

Angelo saß immer noch auf dem Hocker und drehte sich zu uns. „Katharina, du kannst bei mir schlafen, Maggie liegt ja in deinem Bett. Du kannst gerne oben Duschen gehen, ich werde mich hier waschen."

„Ist gut." Sie kam auf mich zu und umarmte mich. „Schlaf gut, Thomas."

„Danke, du auch."

Angelo stand langsam auf und griff nach einem Badetuch. Er war extrem blass und sah sehr müde aus, deswegen ging ich aus dem Badezimmer und in die Küche, um Blut zu holen.

Ich schnappte mir zwei Beutel, da ich keine Ahnung hatte, wie viel er brauchen würde und beim Zurückkommen stand er bereits unter dem Wasserstrahl der Regenbrause. Seine Haare hingen ihm halb ins Gesicht und er stützte sich mit beiden Händen an der Duschwand ab. Das Blut legte ich auf einen der Hocker und wollte eigentlich wieder raus gehen, aber da hörte ich meinen Namen.

„Thomas ..."" Nur ganz leise, ein Flüstern. Ich drehte mich um, aber er stand immer noch genauso da, wie zuvor.

„Hast du was gesagt?" Keine Reaktion.

„Angelo?" Er wandte den Kopf und schien mich erst jetzt zu bemerken.

„Hm?"

„Geht es dir gut?"

„Nein." Mit dieser Antwort hatte ich schon fast gerechnet, also nahm ich das Blut und trat auf ihn zu. Ich hielt ihm einen der Beutel unter die Nase und plötzlich schnappte er nach meinem Arm und riss mich zu sich.

„Hmm ... du riechst so gut."

Ich drückte ihm den Beutel gegen den Mund. „Danke für das Kompliment aber mir wäre es lieber, du würdest das hier trinken." Er verbiss sich in den Kunststoff und riss ein Loch hinein. Etwas von dem Blut rann sein Kinn hinunter, den Rest trank er gierig leer.

„Geht es dir jetzt besser?"

Angelo leckte sich über die roten Lippen und starrte mich dabei an. „Geh raus oder zieh dich aus."

„Bitte was?"

„Du sollst raus gehen oder dich ausziehen. Deine Klamotten werden sonst ganz nass."

„A... achso."

Dieser Arsch zwinkerte mir zu. „Was dachtest du denn, was ich meine?"

Ich war wütend, weil er mich wieder mal veräppelt hatte, und das war wirklich die einzige Entschuldigung für meine nächste Handlung.

Ich trat zurück, wandte ihm den Rücken zu und legte den zweiten Beutel wieder weg. Dann zog ich mich aus. Ich hörte ihn hinter mir nach Luft schnappen und konnte gerade noch ein Lachen unterdrücken.

Nackt ging ich auf ihn zu. „Mach Platz, Kleiner."

Verdutzt trat er zur Seite, sodass nun ich unter dem Wasserstrahl stand. Das warme Nass war angenehm und ich bemerkte, wie müde ich selber war. Ich griff nach dem Shampoo und gab mir etwas auf die Hand, dann stellte ich mich hinter Angelo und begann, seine Haare zu waschen. Er zuckte kurz zusammen, ließ danach aber ein wohliges Seufzen von sich.

Stillschweigend ließ er es über sich ergehen, dass ich seine Haare wusch. Danach duschte ich schnell selber und wartete, bis Angelo fertig war. Ich wickelte ihn in das Badetuch, setzte ihn auf den Hocker zurück und begann, sein Haar zu kämmen und zu föhnen.

Die ganze Zeit über sprachen wir kein Wort, genossen einfach die Gesellschaft des anderen. Ich flocht seine Mähne zusammen, legte sie ihm über die Schulter und gab ihm einen Kuss auf die Wange. „Schlaf gut, Angelo." Danach drehte ich mich einfach um, verließ das Badezimmer und ließ mich im Wohnraum auf die Couch fallen. Ich war wirklich müde.

Stunden später erwachte ich, zitternd und schwer atmend. Ich zog mich an, verließ leise das Haus und entzündete mir eine Zigarette. Die Nacht war noch nicht vorbei und außer das Rascheln des Windes, hörte man nichts. Der Rauch vermischte sich mit den Atemwolken und es war so kalt, dass ich das Gefühl hatte, mir würde der Rotz in der Nase gefrieren.

Meine Gedanken kreisten um die ganze, absurde Situation, in der ich mich befand und ich fragte mich nicht zum ersten Mal, wie ich da hineingeraten war. Mitten unter Vampire, Hexen, einem Seelenfluch und einer Sterblichen, die anscheinend schon Jahre mit einem versteckten Monster und einer etwas naiven Vampirin befreundet war.

Angelo, der auf mich eine Anziehung hatte, wie ich sie zuvor noch nie erlebt hatte. Lucia, die wie eine Puppe auf mich wirkte und bei der sich mein Beschützerinstinkt auf seine Höchstform aufraffte. Beide waren wunderschön und ich musste mir eingestehen, dass ich nicht nur bei Angelo eine körperliche Reaktion verspürte. Sollte ich der Vision Glauben schenken und dem, was Laurent von Magdalene erfahren hatte, dann waren die beiden meine Zukunft. Aber in welcher Konstellation sollte das alles klappen?

Wieder im Haus konnte ich meiner Neugierde nicht widerstehen und ging die Treppen nach oben. Vor Lucias Zimmer blieb ich stehen und klopfte sachte dagegen. Ein leises: „Ja, bitte?", drang durch die Tür.

„Ich bin es, Thomas. Kann ich reinkommen?"

„Es ist offen."

Leise öffnete ich die Tür und betrat den Raum. „Ich wollte nur mal nach dir sehen, ob alles in Ordnung ist."

„Ja danke, es geht schon. Ich bin nur müde."

„Dachte ich mir, du hast dich nicht mal gewaschen."

„Das Bett war einfach zu verlockend, aber jetzt, wo ich wach bin, werde ich schnell duschen gehen. Du kannst gerne schlafen, ich komm schon klar."

Ihr Anblick schmerzte mich. Sie hatte die zerrissene, verdreckte Kleidung von vorhin an und als sie bei mir vorbeiging, sah ich die Bluttränen, die ihre blasse Wange hinunterliefen.

„Lucia, du weinst."

Überrascht blieb sie stehen und wischte sich mit dem Handrücken über das Gesicht. „Es tut mir leid. Das ist bestimmt die Anspannung." Sie zwang sich zu einem falschen Lächeln und setzte ihren Weg fort. „Keine Sorge, du kannst wirklich gehen." Mit diesen Worten war sie im Badezimmer verschwunden und ließ mich einfach stehen.

Kurz verharrte ich auf der Stelle, doch als ich fünf Minuten später immer noch kein Wasser hörte, verließ ich das Zimmer, trottete die Treppe nach unten und in die Küche. Dort holte ich eine Blutkonserve, schnitt ein kleines Loch und steckte einen Strohhalm hinein. Damit ging ich zurück, setzte mich in Lucias Schlafzimmer auf einen Stuhl am Fenster und wartete.

Der Mond ging langsam unter, als sie endlich zurückkam. Sie trug ein dunkelgrünes Nachtkleid, welches sich perfekt um ihre Kurven schmiegte.

Ich stand auf und hielt ihr das Blut hin. „Ich dachte, das kannst du gebrauchen."

Dankend nahm sie es entgegen und trank es schnell aus. „Du hättest nicht warten müssen."

„Ich wollte einfach sichergehen, dass alles in Ordnung ist."

Sie schüttelte den Kopf und legte den leeren Beutel weg. „Mach dir keine Gedanken."

Ungläubig starrte ich sie an. „Lucia, du warst fast eine Stunde im Bad und das Wasser lief gerade mal fünfzehn Minuten. Ich mache mir sehr wohl Gedanken." Ich trat einen Schritt auf sie zu. „Wenn ich etwas für dich tun kann, dann sag es mir doch."

„Was sollst du denn für mich tun können?! Gar nichts kannst du tun!"

Sie machte mich wütend, mit ihrer Überlegenheit und dieser Andeutung, dass ich als Mensch, doch nichts ausrichten konnte. Am liebsten hätte ich sie gepackt und, ... ja was eigentlich? Sie umarmt? Ihr gesagt, dass alles gut werden würde? Sie auf das Bett geworfen, ihr dieses Kleid vom Leib gerissen und sie genommen?

Was, um alles in der Welt, war mit mir los? Ich hatte mich nicht mehr unter Kontrolle, also wollte ich aus der Situation fliehen. „Gute Nacht."

„Warte. Es tut mir leid."

„Was tut dir leid?" Langsam ließ ich die Türklinke los.

„Das ich dich so angeschnauzt habe. Du kannst mir helfen."

„Ja? Wie denn?"

„Bleib hier."

„Ich wollte nicht nach Hause."

„Das meine ich nicht. Bleib hier, bei mir. Nur so lange, bis ich eingeschlafen bin. Bitte."

Ich legte mich auf den Rücken und verschränkte die Arme hinter den Kopf. Es kostete mich wirklich viel Beherrschung, als sie sich auch noch an mich schmiegte und ihren Kopf auf meine Brust legte.

Lucia dachte, ich hätte Angst vor ihr, da sich mein Herzschlag und auch die Atmung beschleunigt hatten.

Ich legte meine Arme um ihre Schulter und zog sie wieder an mich. „Ich kann dir versichern, der Grund dafür ist definitiv nicht Angst." Unsere Blicke trafen sich und ich lächelte sie verschmitzt an. „Du hast keine Ahnung, wie wunderschön du bist, und ich bin nun mal ein Mann."Als sie verstand, woran das lag, wollte sie wegrutschen, doch ich hielt sie fest und gab ihr einen Kuss auf das Haupt. „Schlaf jetzt, der Tag hat schon angefangen."

Natürlich plagten mich wieder Albträume, nur dieses Mal kam mir die Vision von Laurent unter. Ich lag in einem Zelt, es war Winter und James kniete nackt über mir, grinste mich höhnisch an. Mir war kalt, die Zähne klapperten aneinander und zeitgleich war mein Körper von Schweiß bedeckt.

Zitternd wachte ich auf und brauchte eine Weile, um mich zu erinnern, wo ich war. Lucias kalter Körper lag neben mir, doch das war nicht der Grund meines Zitterns.

Ich hatte Entzugserscheinungen. Mir war schlecht, der Kopf schmerzte und ich stellte fest, dass ich nicht nur im Traum geschwitzt hatte. Ich setzte mich auf und schwang meine Beine aus dem Bett. Mir war so übel, dass ich befürchtete, jederzeit loskotzen zu müssen.

„Ist es so schlimm?"

Lucias plötzliche Frage erschreckte mich. „Oh, du bist wach? Ich wollte dich nicht wecken, tut mir leid. Ich gehe besser runter, bevor die anderen mitkriegen, dass ich hier geschlafen habe."

Sie rückte etwas zu mir und sah mir ins Gesicht. „Bitte lüg mich nicht an. Ich weiß doch, dass du Entzugserscheinungen hast."

„Ist ja gut! Ich gehe runter, weil ich dringend eine Zigarette brauche und vor allem Alkohol!" Wieder war ich wütend auf sie, auf mich, die ganze Situation. Meine Hände zitterten noch stärker und der Raum begann sich zu drehen.

„Du musst dich deswegen nicht angegriffen fühlen. Ich wollte dir damit lediglich sagen, dass du in diesem Haus nicht lügen brauchst. Wir kennen alle dein Problem und verurteilen dich nicht."

„Ich weiß ja. Es tut mir leid, aber das Zittern, Schwitzen und die Schmerzen lassen mich schnell wütend werden."

Ich fühlte mich wie das Letzte. Weswegen war ich eigentlich hier? Ich war ihnen bis jetzt nur eine Last gewesen, konnte im Grunde genommen nichts für sie tun.

Wir hatten uns gestritten, weil sie alleine nach Laurent sehen wollte und ich sie in meiner Wut angeschnauzt hatte. Wieder machte sie mich darauf aufmerksam, dass ich sie nicht zurückhalten könne.

Ich fühlte mich einfach minderwertig und nutzlos. Ich war ein Mensch und sie gab mir das Gefühl, dass es nicht genug war, dass ich nicht auf einer gleichen Stufe stand, wie sie.

Ich stürmte die Treppen nach unten, wäre in meinem Schwindel beinahe gefallen, schnappte mir eine Flasche Rum, warf die Jacke über und trat in den Garten. Die Sonne war gerade am Untergehen und da die anderen nach Laurent sehen wollten, konnte ich sicher sein, nicht gestört zu werden. Gierig nahm ich ein paar Schlucke des Alkohols und dann machte ich mir eine Kippe an. Ich musste an Michael und

Vinny denken, ich vermisste sie. Sie waren die einzigen Freunde, die ich hatte. Beide hatten verständnisvoll auf meine Nachricht reagiert. Meinten nur, ich solle mir die Zeit nehmen, die ich brauche und auf mich aufpassen. Nur mit Mühe schaffte ich es, die Tränen zurückzuhalten. Ich sollte gehen, nicht hier sein, aber ich konnte es noch nicht. Angelo akzeptierte mich, gab mir das Gefühl, wertvoll zu sein und es tat verdammt gut nicht der einzige ‚Andere' zu sein. Also ging ich zurück ins Haus, füllte mir einen Eistee in ein Glas und gesellte mich zu den anderen in das Wohnzimmer.

Wie sich herausstellte, war James zwar geschwächt, aber immer noch in Laurents Körper. Für diesen gab es nun nicht viele Möglichkeiten. Er wollte es nicht riskieren, dass James weiterhin mordet, auf der anderen Seite mochte er aber auch nicht eingesperrt sein Dasein fristen, denn er wollte auf alle Fälle leben. Er beschloss also, zu schlafen, und uns bat er darum, nach einer Hexe Ausschau zu halten, die es gemeinsam mit Maggie schaffen könnte, James zu vertreiben. Lucia sollte sich um einen Grabstein kümmern, Angelo ihm beim Einschlafen helfen und ich meine Verbindungen nutzen und einen offiziellen Totenschein besorgen, ausgestellt auf den fünfundzwanzigsten November dieses Jahres.

Es war eine absurde Situation, wie wir da alle im Wohnzimmer saßen und den Scheintot von Laurent planten. Ich driftete mit den Gedanken ab, zu meinem früheren Leben, welches mir ewig her schien, in Wirklichkeit aber erst vor ein paar Tagen geendet hatte. Plötzlich nahm mir Angelo das Glas aus der Hand und trank einen Schluck. „Ich habe sowas tatsächlich noch nie getrunken."

Katharina hatte seinen Kommentar gehört und sah ihn überrascht an. „Du willst mir wirklich erzählen, du hättest noch nie Whiskey getrunken?"

Er stellte das Glas auf den Couchtisch und sah sie an. „Das ist Eistee und ich muss sagen, es ist wahrlich sehr süß."

Ich verfolgte ihre Unterhaltung nicht weiter, hatte nicht mal darauf reagiert, dass er mir das Glas genommen hatte. Ich saß im Schneidersitz in einem der Ohrensessel und lehnte meinen Kopf gegen die Stütze. Die Stimmen der anderen verbanden sich zu einem stetigen Summen und ich hatte das Gefühl bald einzuschlafen.

Die nächsten zwei Wochen lebte ich wie in einer Blase. Ich hatte eine Kündigung per Mail an meinen Chef geschickt, welche, oh Überraschung, sofort angenommen worden war. Bei Michael und Vinny hatte ich mich nicht mehr gemeldet, da ich einfach nicht wusste, was ich ihnen berichten sollte.

Alles war irgendwie unwirklich. Laurent ging mit seinem Anwalt nochmals alles durch, ließ uns Dokumente unterzeichnen und erinnerte mich abermals an mein Versprechen, Lucia zu unterstützen und meine Sucht unter Kontrolle zu bekommen.

So kam es, dass ich fast jede Nacht zitternd aufwachte, weil ich den Tag bei Lucia verbrachte. Mittlerweile schlief ich in Joggerhose und Pullover. Zusätzlich trug ich dicke Socken und Baumwollhandschuhe. Der Körper eines Vampirs ist im Vergleich zum Menschen eher kühl. Wenn sie schlafen, fährt er runter, wodurch er einem regelrecht kalt erscheint.

Zusätzlich zu der totalen Umstellung auf Nachtbetrieb und dem schlechten Schlaf unter tags kamen auch noch meine Entzugserscheinungen hinzu. Ich schaffte es keine vierundzwanzig Stunden ohne Alkohol und war dementsprechend drauf.

„Du hast es versprochen, Thomas!" Laurent stand vor mir, im Wohnzimmer. Die anderen waren spazieren, aber so, wie wir uns angeschrien hatten, konnten es zumindest Lucia und Angelo sehr wohl hören.

„Was soll der Scheiß?! Ich habe es versprochen, aber das bedeutet noch lange nicht, dass ich es auch schaffe!"

„Du versuchst es ja nicht mal richtig! Nicht einen ganzen Tag hältst du durch! Nach achtundvierzig Stunden hättest du es doch hinter dir!"

„Sag mal, läufts bei dir noch ganz? Du verdammter, großkotziger Arsch!" Ich war so wütend, so in Rasche, dass ich nicht mehr klar denken konnte. In der Annahme, Laurent sei mit den anderen nach draußen gegangen, hatte ich mir eine Flasche Rum geholt, um etwas zu trinken. Da stand er plötzlich vor mir, sah mich zornig an und entriss mir den Alkohol.

So hatte unser Streit begonnen.

„Achte auf deine Worte, Thomas." Er zischte es regelrecht und ich konnte ein leises Knurren aus seiner Richtung vernehmen.

„Gib mir sofort die Flasche zurück!" Ich griff danach, besser gesagt ich wollte es, doch mein Körper war alles andere als in Höchstform. Mir rann der Schweiß über die Haut, ich zitterte und die Sicht begann zu verschwimmen. So stolperte ich über den Teppich und wäre auch auf der Schnauze gelandet, wenn mich Laurent nicht aufgefangen hätte.

Ich saß im Freien, einen Becher in der Hand. Das Feuer knisterte, gegrölte Unterhaltungen rund um mich. Ich bin betrunken, mir ist schwindelig.

Ein Sprung in der Erinnerung, ich liege auf dem Boden, sehe in die toten Augen eines Mannes. Mir ist schlecht, ich bin verwirrt, schockiert. Ein Mann tritt mir ins Gesicht, eine Heugabel saust auf mich zu, durchbohrt meinen Körper, ich spüre Wärme.

Ich werde getragen, halte mich am Rücken einer großen Gestalt fest, blondes, lockiges Haar in meinem Gesicht.

Wieder diese blonden Haare, dazu dunkelgraue Augen, die einer Gewitterwolke gleichen. Der Mann umschließt meinen Arm und beißt mich.

Laurent stand wieder vor mir, Entsetzen in seinem Gesicht. Meine Sicht schwamm, wurde kleiner. Helle Blitze zuckten vor meinem Auge und plötzlich drehte sich der Raum, kippte zur Seite. Alles, was ich sah, zuckte komisch umher.

Angelos Gesicht tauchte vor mir auf, Besorgnis in seinem Blick. „Thomas, kannst du mich hören?"

Ja, konnte ich, aber es war mir nicht möglich laut zu sprechen. Er hielt meinen Kopf fest, redete beruhigend auf mich ein, dann war alles Schwarz.

„Hole mir bitte ein Handtuch und einen feuchten Lappen." Angelos Stimme und Laurents, die eine Antwort gab.

Mühsam öffnete ich die Augen, mir tat alles weh, vor allem meine Zunge brannte höllisch.

„Thomas, gut du bist wieder bei dir. Keine Sorge, du warst nur eine Minute weg."

Ich kannte mich nicht aus, war völlig orientierungslos, versuchte zu atmen und verschluckte mich sofort. Angelo richtete meinen Oberkörper auf und ich fing an zu husten. Blut spritze zwischen meinen Lippen hervor und Panik überkam mich.

„Ruhig, Thomas. Du hast dich gebissen, deswegen das Blut. Alles wird wieder, okay?" Er strich mir sanft über den Rücken.

Laurent kam zu uns und hatte neben einem Handtuch auch eine Schüssel mitgebracht. Er sah mich an und dann das ganze Blut. „Was ist mit ihm?" Die Frage ging an Angelo, nicht an mich. Auch gut so, ich hätte eh nichts sagen können.

„Er hat sich bei dem Anfall in die Zunge gebissen."

Jetzt sah er doch mich an. „Es tut mir so leid, Thomas. Ich wollte nicht, dass so etwas passiert."

Ich schluckte einen Schwall Blut hinunter, woraufhin mir sehr übel wurde und ich zu würgen begann. Laurent zog einen Lappen aus der Schüssel und hielt sie mir hin. Ich spuckte hinein und ein metallischer Geruch verbreitete sich im Raum. Mein Zittern wurde heftiger und ich bekam abermals Atemnot.

„Thomas, sieh mich an."

Ich tat, was Angelo mir sagte, und hob leicht den Kopf. Er hielt mich an den Schultern fest, damit ich nicht nach hinten kippte, und sah mir tief in die Augen.

„Darf ich deine Zunge heilen? Ich kann riechen, dass du immer noch blutest."

Ich nickte nur und streckte ihm die Zunge entgegen. Er biss sich kurz in den Finger und ließ dann sein Blut über die Wunde träufeln. Der Schmerz wurde augenblicklich weniger, aber ich konnte meinen Blick immer noch nicht fokussieren. Ich fühlte mich einfach elend, wollte nur schlafen, mich irgendwo verkriechen.

„Thomas?" Angelo sah mich an. „Kannst du aufstehen?"

Er zog mich auf die Beine, aber diese gaben sofort wieder nach und ich knickte ein. Er umgriff meine Taille und hielt mich aufrecht. „Ich bringe dich ins Bett."

Plötzlich legte Laurent seinen Arm um meine Schulter und den anderen in meine Kniekehlen. Er hob mich in die Höhe, so als würde ich nichts wiegen. „Ich trage ihn. Nimm du die Flasche mit und ein frisches Shirt aus seiner Tasche."

Er trug mich aus dem Wohnzimmer und steuerte auf die Treppe zu. Am Rande meines Bewusstseins hörte ich ein erschrockenes Aufkeuchen von Katharina und die Stimme von Lucia, dann glitt ich in einen tiefen Schlaf.

Mir war kalt, ich zitterte und war orientierungslos, wusste nicht, wo ich mich befand.

Eine Hand legte sich auf meinen Bauch und tastete sich nach oben zur Brust. Ich erkannte an den Ringen, dass es Angelos Finger waren, die über meinem Herzen stehen blieben. „Du bist in meinem Bett. Kannst du dich erinnern, was passiert ist?"

Ein krächzendes ‚Nein' kam mir über die Lippen. Sofort bekam ich einen Hustenanfall. Angelo half mir, mich aufzusetzen, und reichte mir ein Glas. Ich nahm es entgegen und hätte es beinahe wieder fallen gelassen, da die Hände so extrem zitterten. Ich brauchte etwas anderes, als das Wasser.

Angelo schien meine Gedanken in meinem Gesicht ablesen zu können, denn er nahm mir das Glas wieder weg, trank es leer und füllte es mit Rum auf.

Dankbar aber auch voller Abscheu mir selbst gegenüber nahm ich es entgegen. Zu gierig trank ich den Alkohol und verschluckte mich prompt.

„Langsam. Ich nehme ihn dir nicht weg." Er strich beruhigend über meinen Rücken, was mich, durch seine kalte Hand, noch mehr zittern ließ. Angelo griff nach seiner Decke und legte sie mir um. „Entschuldigung, ich vergesse immer, wie kalt ich für dich sein muss. Ich wollte eigentlich nicht einschlafen, aber ..." Er ließ den Satz unbeendet und zuckte nur mit den Schultern.

„Du hattest dich mit Laurent gestritten und daraufhin einen Krampfanfall, nehme ich zumindest an. Vielleicht war es auch eine Panikattacke."

„Eine Mischung."

Er sah mich fragend an.

„Ich wollte die Flasche zurückholen, bin gestolpert und gegen Laurent gefallen. Unsere Hände berührten sich und ich hatte eine Vision. Aber ich hatte schon davor Probleme mit dem Sehen und zitterte stark. Deswegen denke ich, dass sich da bereits ein Anfall angebahnt hatte und die Vision dann das Fass zum Überlaufen gebracht hat."

„Wie geht es deiner Zunge?"

„Gut, wieso?"

„Du hast sie fast durchgebissen. Ich habe dir etwas von meinem Blut auf die Wunde getan, ich hoffe, das war in Ordnung?"

„Ja, natürlich. Danke."

Er drehte sich so, dass er mich direkt ansehen konnte.

„Was wirst du machen?"

„Ich melde mich in einer Entzugsklinik an, sobald das hier vorbei ist."

„Du meinst das mit Laurent?"

„Ja. Ich rufe heute noch an und frage nach freien Plätzen."

„Das ist gut. Schön, dass du dir Hilfe suchst."

Schlafen

Es war der fünfundzwanzigste November, die Sonne war untergegangen und ein kalter Wind peitschte durch die Bäume und um das Haus. Wir waren alle versammelt, im Schlafzimmer von Lucia und Laurent. Die Stimmung war, gelinde gesagt, beschissen. Katharina weinte quasi schon, seit sie aus ihrem Zimmer gekommen war, und Lucia starrte nur vor sich hin.

Es war alles so surreal, so unwirklich. Manchmal hatte ich den Verdacht, dass ich komplett verrückt geworden war, und mir das alles nur eingebildet hatte.

Laurent legte sich auf das Bett und ließ sich von Angelo festbinden. Dieser setzte in jeder Ellenbeuge eine Kanüle an, mit einem Schlauch, welcher jeweils zu einem Beutel führte. Katharina und ich saßen in einem Stuhl, während sich Lucia zu Laurent ins Bett gelegt hatte. Sie klammerte sich an ihm fest, durchgeschüttelt von unterdrückten Schluchzern.

Da der Körper eines Vampirs fremde Substanzen sofort abstößt, musste Angelo die Nadeln immer wieder neu setzen. Nach ungefähr einer Stunde wurde der Blutfluss deutlich langsamer, bis schließlich sein Herz stehen geblieben war. Lucia stieß einen Schrei voller Verzweiflung und von tiefstem Schmerz aus. Ich griff nach ihren Schultern und drückte sie an mich, zog sie auf meinen Schoß. Ich kann nicht sagen weshalb, aber ich denke, es geschah aus Instinkt und Trauer, dass sie mich in den Hals biss und zu trinken begann. Ich ließ es geschehen, streichelte sanft über ihren Rücken und sprach beruhigend mit ihr.

„Er ist nicht tot, Lucia. Wir werden jemanden finden, der helfen kann und dann kannst du ihn wiedersehen. Du bist nicht alleine, wir unterstützen dich."

Die Visionen, welche hervorgerufen wurden, versuchte ich weitestgehend zu ignorieren. Ich konzentrierte mich auf Angelo, verlor mich in seinen Augen. So erschien auch der Schmerz nicht so intensiv, bis sie schließlich von mir ließ und meine Wunde verschloss.

Drei Tage später war die Beerdigung, wenn man es denn so nennen mochte. Gemeinsam mit zwei Helfern ließen Angelo und ich den Sarg in die Grube, danach schütteten wir das Loch mit Erde zu. Es war gerade erst fünf Uhr am Abend aber bereits stockdunkel und die Sterne waren hinter dichten Wolken verborgen, aus denen sanft der Schnee zu Boden fiel.

Die nächsten Wochen vergingen schnell und ohne irgendwelche Vorkommnisse. Ich verbrachte meine Nächte weiterhin bei Lucia, hielt sie im Arm, wenn sie Albträume hatte, trocknete ihre Tränen, wenn sie weinte, und brachte ihr Blut aufs Zimmer, da sie es manchmal tagelang nicht verlassen wollte. Eigentlich mochte ich selber nicht aufstehen, hatte keine Kraft, für nichts.

Immer wieder wachte ich vor Kälte zitternd auf und wurde selbst von Albträumen geplagt. Wenn ich dann wach neben ihr lag, kam es manchmal vor, dass ihre Hand meine Haut berührte, was sofort zu einer Vision führte.

Manches Mal stand ich früher auf, wenn Lucia und Angelo noch schliefen, und spazierte in den Ort, um mir neue Zigaretten und Alkohol zu kaufen. Und fast jedes Mal kam es so, dass eine halbe Flasche leer war, ehe ich die Gartenmauer passiert hatte.

Ich war am Ende, schlicht und ergreifend am Ende. Ich sah keinen Sinn mehr, hatte einfach nicht die Kraft für Lucia da zu sein oder auch nur ein normales Gespräch mit Katharina zu führen. Viel zu oft sackte ich im Garten zusammen, krampfte meine Finger in den kalten Boden, versuchte etwas zu fühlen, dass nicht leere oder schmerz war. Viel zu oft bekam ich keine Luft, wurde alles um mich schwarz, zitterte mein ganzer Körper. Die Menge an Alkohol, die es schaffte, mich in einen Zustand der Gleichgültigkeit zu bringen, wurde immer größer. Der Abstand, in denen meine zitternden Finger eine Kippe aus der Schachtel holten, immer geringer. Alles verschwamm ineinander und ich konnte nicht mal mehr sagen, ob Tage oder Wochen vergangen waren. Ich hatte kein Leben mehr, alles lief verschwommen und dumpf an mir vorbei. Am Rande bekam ich mit, dass Angelo und auch Katharina versuchten, mit mir zu sprechen, doch ich konnte nicht mal mehr sagen, ob ich ihnen überhaupt geantwortet hatte. Geschweige denn, dass ich sagen konnte, wann ich zuletzt gegessen oder etwas anderes als Alkohol getrunken hatte.

So fand ich mich eines Abends, die Sonne war gerade am Untergehen, im Wald wieder. Ich saß auf einem kalten Felsen, umgeben von totem Laub, welches zwischen den Resten des Schnees hervorblitzte. Neben mir lag eine leere Flasche Whiskey und mindestens fünfzehn Zigarettenstummel. In meinem

Kopf brauste ein Sturm und dessen Rauschen fegte durch meine Gedanken, wirbelte alles durcheinander.

Es war in Ordnung, so redete ich es mir ein. Ich hatte lange genug gekämpft und nun hatte ich das Recht aufzugeben. Ich hatte auch das Recht zu schlafen, so wie Laurent. Nur würde mein Schlaf für die Ewigkeit sein, zumindest bis zum nächsten Leben. So lange hätte ich Ruhe, Stille und einfach nur Leere.

Auf einmal musste ich lachen. Laut und schon fast hysterisch hallte es von den Bäumen wieder. Tränen liefen über meine Wangen und ich sackte, nach Luft schnappend und schluchzend in mich zusammen. Was machte ich hier eigentlich? Ich dachte zu viel nach, zögerte es nur hinaus. Ich hätte dies schon vor Wochen machen sollen. Es ergab keinen Sinn, dass ich noch hier war.

Der Lauf meiner Glock war kalt und ließ mich kurz zusammenzucken. Das eisige Metall schien sich in die Schläfe zu brennen. Kurz war sie da, die Klarheit, welche mir schon so lange fehlte. Ich fühlte mich seit einer Ewigkeit endlich wieder mal wie ich selbst, traf ganz alleine diese Entscheidung. Ich schloss meine Augen, holte tief Luft und drückte ab.

Schmerz oder einfach sofortige Schwärze, mit so etwas hatte ich gerechnet, aber stattdessen umklammerten mich kalte Hände, bohrten sich Finger in mein Fleisch. Aus dem Rauschen der Gedanken war ein Pfeifen geworden, hervorgerufen durch den lauten Knall. Jemand nannte meinen Namen, rüttelte an meiner Schulter. Mühsam öffnete ich die Augen und sah in das wunderschöne Gesicht von Angelo. Tränen liefen über seine Haut. Ich streckte die freie Hand aus und wischte einen Teil mit meinem Daumen weg. Das Blut rann das Leder des Handschuhes hinab.

„Wieso hast du mich aufgehalten? Wieso konntest du mich nicht gehen lassen?" Meine Mundwinkel zogen sich zu einem Lächeln nach oben, meine Arme umschlossen seinen kalten Körper und zogen ihn an mich. „Willst du es für mich beenden? So lange trinken, bis ich einschlafe?"

Angelo stieß mich von sich und noch ehe ich auch nur im Geringsten darauf reagieren konnte, traf mich seine Faust im Gesicht. Ein unschönes Knacken war zu hören und sofort lief mir Blut aus der Nase über den Mund und von innen in meinen Rachen. Ich spuckte, hustete und verschluckte mich.

„Du verdammter Idiot! Versuch doch, so lange zu bluten, bis du eingeschlafen bist! Ich werde dir garantiert nicht dabei helfen!" Er packte mich erneut am Handgelenk, entriss mir die Waffe und zog mich hinter sich her. Es gab keine Chance, mich zu befreien, er war einfach zu stark für mich. Selbst wenn ich nicht geschwächt und total am Ende gewesen wäre, hätte ich nichts gegen seine Kraft ausrichten können.

Am Haus angekommen, zerrte er mich durch den Garten, auf die Hintertüre zu.

„Lass mich los!"

„Weshalb sollte ich? Damit du dich am nächsten Baum aufknüpfen kannst?"

„Du tust mir weh!" Wie auf ein Stichwort stolperte ich im Dunkeln und schürfte mir die Knie auf. Angelo schien das nicht zu kümmern, er stellte mich mit einem Ruck wieder auf die Beine und zerrte mich weiter.

„Angelo, bitte lass mich los!"

Mit dem Fuß trat er die Hintertüre ein und schleuderte mich ins Haus. Ich kam schwer auf der Seite auf und rutschte gegen die nächste Wand, schlug mit dem Kopf dagegen. Er stand bedrohlich über mir und zielte mit der Waffe auf meine Brust. „Du willst sterben?! Du elender Feigling!" Angelo umschloss den Lauf mit seiner anderen Hand und brach die Pistole in zwei Hälften. Er schmiss die Teile auf mich, was durch seine Kraft ziemlich schmerzhaft war.

Todesangst überkam mich, als er einen Schritt auf mich zuging. Gerade wollte ich noch sterben, mir mein eigenes Leben nehmen und nun, da es drohte beendet zu werden, überkam mich Panik. Ich hatte Angst vor ihm und rollte mich auf dem Boden zusammen, die Arme schützend über meinem Kopf. Als ob es irgendetwas genützt hätte.

„Angelo, Stopp!" Lucias sanfte Stimme hatte einen herrischen Befehlston angenommen. „Geh sofort von Thomas weg!"

„Herrin ..."

Ich wagte es, unter meiner Deckung hervorzublicken. Angelo stand zitternd über mir, die Hände zu Fäusten geballt. Erst jetzt bemerkte ich, dass er nur eine Pyjamahose trug, sonst nichts. Nicht einmal Schuhe und auch etwas anderes fehlte. „D... deine Kette." Mehr als ein krächzendes Flüstern kam nicht über meine Lippen.

Lucia ging auf Angelo zu und streifte ihm das Amulett über. In diesem Moment schien er zu sich zu kommen. Seine beängstigende Aura ließ schlagartig nach und vor mir stand wieder der fürsorgliche, nette und hilfsbereite Angelo. Er drehte sich wieder zu mir und sah mich entsetzt an.

„Thomas, ... es tut mir leid." Ich sah seine Hand, die sich mir näherte, und sah zeitgleich die Hand der Vampirin, die mich vor so vielen Jahren gezwungen hat, den Tod meiner Mutter mitansehen zu müssen.

„Fass mich nicht an!" Ich zuckte zusammen und drückte mich noch weiter an die Wand, weg von ihm.

„Aber, deine Nase."

„Die hast du gebrochen, du Bastard!"

Lucia legte eine Hand auf Angelos Schulter. „Ich denke, du solltest gehen. Verlasse für eine Weile das Haus, bis er sich beruhigt hat."

„Ja, Herrin. Ich ziehe mir nur noch etwas an." Er trottete an uns vorbei und verließ den Raum.

Mein Blick folgte ihm und blieb an Katharina hängen, die mit weit aufgerissen Augen in der Tür stand. „Was ist passiert?"

Irgendwie schaffte ich es, mich aufzusetzen, aber ich fühlte mich hundeelend. Mir tat einfach alles weh. „Katharina, kannst du mir bitte mein Handy bringen?"

„Ja, natürlich. Wo ist es denn?"

„Müsste neben dem Sofa liegen."

Die Haustüre fiel ins Schloss, Angelo war gegangen. Lucia kniete sich vor mich hin und wollte sich meine Nase ansehen.

„Bitte, ... berühre mich nicht."

„Ist in Ordnung, aber deine Nase gehört gerichtet."

„Ich weiß."

Katharina kam zurück und hielt mir das Handy hin.

„Danke dir."

Ich rief mir ein Taxi und bestellte es bis vor die Haustüre.

„Thomas, bitte lass dir helfen. Wenn nicht von mir, dann wenigstens von Katharina."

„Ich werde ins Krankenhaus fahren."

Katharina kam mit einem feuchten Handtuch zu mir. „Darf ich?" Sie wischte mir vorsichtig über die Wangen. „Soll ich mitfahren?"

„Nein, danke. Es geht schon."

„Bist du dir sicher?"

„Ich fahre ja nicht selber."

Zwanzig Minuten später stieg ich, mit einem Handtuch voller Eiswürfel gegen meine Nase gedrückt, in das Taxi ein.

„Heilige Scheiße, Alter. Was ist denn mit dir passiert?"

Die Aussage des Fahrers ignorierend, wies ich ihn einfach an, mich zum Krankenhaus zu bringen.

„Mensch, wieso hast du keinen Krankenwagen gerufen?"

„Ist nicht nötig. Können sie bitte fahren?"

Eine halbe Stunde später saß ich in der Notaufnahme, einfach nur genervt von den Blicken der anderen Patienten.

Durch einen Lautsprecher rauschte eine monotone Frauenstimme: „Herr Hader, Behandlungszimmer 2, Herr Hader."

Nach ewigem hin und her, von einem Behandlungszimmer zum Röntgenraum und wieder zum nächsten Zimmer, lag ich schließlich auf einer Liege. Mein Gesicht betäubt und ein Arzt über mir, der die aufgeplatzte Haut an der Nase und der Schläfe zugenäht hatte.

„Wollen sie wirklich keine Anzeige erstatten?" Der Arzt hatte mir gerade die frischgenähten Wunden abgedeckt.

„Nein."

„Sind sie sicher?"

„Ja, ich bin mir sicher."

„Ihre Verletzungen sind nicht gerade unerheblich."

„Ich bin trotzdem sicher, aber danke."

„Haben sie jemanden, der sich um sie kümmern kann?"

„Ich schaffe das schon, danke."

„Die Schwester wird ihnen draußen noch den Revers zum Unterschreiben geben. Damit bestätigen sie, das Krankenhaus gegen ärztlichen Rat zu verlassen."

„Dann kann ich gehen?"

„Haben sie noch Schmerzmittel zu Hause?"

„Ja, habe ich."

„Dann wünsche ich ihnen alles Gute, Herr Hader."

„Danke."

Vor dem Gebäude schlug mir die frische Winterluft entgegen. Es war angenehm auf meinem überhitzten Gesicht. Ich wollte mich auf den Heimweg machen, doch ich kam keine fünf Meter weit, da versperrte mir jemand den Weg.

„Schön, dass du noch lebst, Thomas."

„Michael?"

„Ja. Es tut gut dich zu sehen."

Ich starrte ihn einfach nur an, konnte es nicht verhindern, dass mir plötzlich Tränen über die Wange liefen.

„Scheiße, wieso weinst du denn? Tut es so weh?"

„Nein, ich spüre gar nichts. Die haben mich mit Schmerzmittel vollgepumpt."

„Warum weinst du dann?"

„Du hast mir gefehlt."

Michael sah verlegen zu Boden und drehte sich dann von mir weg. „Komm mit, du schläfst heute bei uns. Wir haben noch Reste vom Abendessen übrig."

Es bedurfte keiner Worte mehr. Schweigend ging ich ihm nach, stieg in sein Auto ein und wir fuhren zu Michaels Haus.

„Hast du Klamotten dabei?" Michael schloss gerade das Auto ab und deutete auf meinen Rucksack.

„Ja, das meiste gehört halt nur gewaschen."

„Kein Problem, und jetzt komm. Karin wartet auf mich."

Kaum hatte er die Haustüre geöffnet, war die sanfte Stimme seiner Frau zu hören. „Michael, war er es? Hast du ihn ge..." Bei meinem Anblick hielt sie sich erschrocken die Hand vor den Mund und augenblicklich stiegen Tränen in ihre Augen. „Oh Gott, Thomas ... was ist passiert?"

„Es war ein etwas turbulenter Abend, könnte man sagen."

Michael gab seiner Frau einen Kuss und führte sie zurück in den Wohnraum. „Thomas wird heute hier schlafen, wenn es dir recht ist."

„Natürlich, er kann so lange bleiben, wie er will." Sie sah über ihre Schulter zu mir. „Hast du Hunger?"

„Ja, etwas." Ich kam mir wie ein kleines Kind vor, welches zum ersten Mal einen Freund besucht und nun vor dessen Eltern steht. „Könnte ich schnell duschen gehen?"

„Natürlich, du weißt ja, wo das Badezimmer ist."

Ich nickte nur und betrat den dunklen Gang, von dem ein Büro, ein Hobbyraum und das Badezimmer abzweigten. Schon beim Zuziehen der Türe, bemerkte ich, dass die Schmerztabletten langsam nachließen und bei dem Versuch, mich auszuziehen scheiterte ich kläglich.

Es war mir so peinlich, aber es half nichts also ging ich zurück in die Küche. „Michael, kannst du mir bitte helfen? Ich kann meine Arme nicht so gut heben."

„Oh, ja klar."

Ich folgte ihm ins Bad und schloss die Türe hinter uns. Michael hob den Saum meines Longsleeves und zog ihn mir vorsichtig über den Kopf. Er blieb vor mir stehen und starrte mich eine Zeit lang an. Dann nahm er mir die Stütz-Kompresse ab und besah sich meine Prellungen.

„Wer war das?"

„Ist unwichtig."

„Ist es nicht. Hast du dich selber schon im Spiegel gesehen?"

„Nein, nachdem es passiert ist, bin ich in ein Taxi gestiegen und ins Krankenhaus gefahren."

Er drehte mich um und bugsierte mich vor einen großen Spiegel. Ich konnte selber nicht glauben, was ich da sah.

Die Haut war blass und ich hatte ziemlich abgenommen. „Woher stammen diese Flecken?" Er deutete auf meine rechte Flanke.

„Vom Boden, ich habe mir die Rippen geprellt."

„Vom Boden, klar. Und das hier?"

Auf meiner Brust war ein weiterer blauer Fleck. „Von meiner Waffe."

Michael sah mich über den Spiegel fragend an.

„Er hat meine Waffe zerbrochen und mir die Teile entgegengeworfen, daher auch das hier." Ich fuhr über meine Schulter, an der mich der zweite Teil der Glock getroffen hatte. Dabei entdeckte Michael die Hämatome an meinem

Handgelenk, die unschwer als Fingerabdrücke zu erkennen waren.

„Auch ER?"

„Ja ... er hat mir das Leben gerettet."

„Indem er dich fast totgeprügelt hat?"

„Nein, er hat nur einmal zugeschlagen und dabei meine Nase gebrochen."

„Wieso hast du dann zwei gebrochene Rippen?"

„Geprellt." Ich drehte mich wieder zu ihm. „Er hat mich ins Haus geschleudert und dabei kam ich hart auf dem Boden auf und knallte gegen die nächste Wand, daher die leichte Gehirnerschütterung."

„Das hast du auch noch?"

Mit, wieder einmal, zitternden Fingern öffnete ich meine Hose und ließ sie nach unten rutschen, gefolgt von den Pantys. Zum Vorschein kamen aufgeschürfte Knie und eine geprellte Hüfte, ebenfalls in einem dunklen Blau. Ich war so unsagbar müde und wollte nur noch schlafen. Die Schmerzen machten sich allmählich bemerkbar.

„Thomas?" Michael hatte das Wasser in der Dusche aufgedreht, damit es warm wurde. „Wieso musste er dir das Leben retten?"

„Das kannst du dir doch denken, oder?"

„Ich fürchte ja."

Schwankend schaffte ich es bei ihm vorbei in die Dusche. Das warme Wasser auf meiner Haut war angenehm und nahm mir einen Teil der Schmerzen.

„Ich werde deine Klamotten in die Waschmaschine schmeißen. Hast du noch etwas Sauberes, für nach dem Duschen?"

„Es müsste eine frische Jogginghose in meiner Tasche sein."

„Gut, ein Shirt kannst du von mir haben." Er sah mich wieder eine Zeit lang schweigend an. „Kann ich dich alleine lassen?"

„Ja."

„Versprochen?"

„Ja."

Michael verließ das Zimmer und ich war alleine. Ich würde mein Versprechen halten, zumindest für diese Nacht. Während der Strahl des Wassers den Schmutz von mir wusch, dachte ich an Angelo. Ich hatte Angst vor ihm gehabt, Todesangst. Im Nachhinein betrachtet, konnte ich allerdings verstehen, warum er so durchgedreht war. Er hat mir das Leben gerettet, das stand außer Frage. Wäre er nicht dazwischen gegangen, hätte ich ein Loch im Kopf gehabt. Er wollte mir nicht wehtun, doch ohne sein Medaillon hatte er sich nicht ganz unter Kontrolle und er hatte es nur deswegen nicht um, weil er zu mir geeilt war. Ich konnte mir nicht erklären weshalb, aber, ich bedeutete ihm etwas und er wollte, dass ich am Leben blieb.

Kaum war ich aus der Dusche draußen, kam Micheal zurück ins Badezimmer. Er half mir beim Abtrocknen, legte die Stützkompresse an und half mir danach auch noch beim Anziehen.

„Danke dir. Ich frage mich gerade, was ich wohl alleine zu Hause getan hätte."

„Dich wahrscheinlich noch mehr verletzt."

Karin stellte mir eine Schüssel Suppe hin und wünschte uns dann eine gute Nacht.

Schweigend saß mir Michael gegenüber und wie ich fertig war, schob er mir ein Glas vor die Nase. „Ich nehme an, du trinkst noch?"

„Ja, aber nicht mehr lange." Der erste Schluck brannte kurz, dann genoss ich die Wärme, welche sich in meinem Körper ausbreitete. „Ich werde mich in einer Entzugsklinik anmelden."

Er verließ die Küche und ging in das Wohnzimmer. „Kommst du mit? Ich will es mir auf der Couch bequem machen."

Mit meinem Glas in der Hand folgte ich ihm und setzte mich ebenfalls auf das Sofa.

„Hier, dein Handy. Es hat geläutet, während du unter der Dusche warst."

Fünf Anrufe in Abwesenheit, zwei von Katharina, drei von Angelo. Dazu noch sieben Nachrichten. Ich seufzte schwer und drückte auf das grüne Symbol am Display.

Gerade ein Freizeichen war zu hören, dann hob er auch schon ab.

„Thomas?!"

„Ja."

„Den Göttern sei Dank!"

Ich musste schmunzeln. „Göttern?"

„Hast du vergessen, woher ich komme?"

„Ach ja, stimmt. Wie war das? Dreizehnte Dynastie?"

„Nein, Neunzehnte."

„Dann halt Neunzehnte, auf alle Fälle alt."

„Sag mal, hast du in Geschichte nicht aufgepasst? Das sind fünfhundert Jahre unterschied."

Wir waren beide kurz ruhig, hörten das Atmen des anderen übers Telefon.

„Thomas, ... es tut mir leid."

„Ich weiß."

„Ich wollte das nicht, es hat mich einfach so wütend gemacht, dich so zu sehen. Ich hätte dich nicht alleine lassen dürfen."

„Du hast mich nicht alleine gelassen. Im Gegenteil, ohne dich hätte ich jetzt eine Kugel im Kopf."

Michael holte zischend Luft und starrte mich an. Ich hatte tatsächlich vergessen, dass er neben mir sitzt.

„Wer war das? Thomas, wo bist du?"

„Ich bin bei Michael, er sitzt neben mir."

„Oh, gut. Du bist nicht alleine." Wieder eine kurze Pause.

„Wann kommst du wieder?"

„Gar nicht."

„Nein, bitte ...! Es tut mir wirklich leid, bitte komm zurück!"

„Ich brauche eine Pause und etwas Abstand. Wolltet ihr nicht sowieso nach Mexiko und New Orleans fliegen?"

„Ja, aber doch gemeinsam mit dir."

„Nein, ich werde mich in einer Klinik anmelden."

„Das ist gut. Sehen wir uns danach?"

„Ich weiß es nicht. Ich muss erst noch abwarten, für wann ich einen Platz bekomme."

„Thomas, du fehlst mir."

Ich fuhr mit den Fingern durch mein zerzaustes Haar und seufzte schwer. „Ich weiß, ich habe ihm versprochen, für

Lucia da zu sein, aber … ich kann gerade nicht. Jede Vision, die sie in mir hervorruft, ist voller Verzweiflung, Trauer und Schmerz."

„Das verstehe ich und sie ebenfalls. Du musst ja nicht bei ihr schlafen."

„Bitte hör auf."

„Nein! Ich will dich sehen. Gib mir die Adresse von Michael, damit ich vorbeikommen kann."

„Nein."

Er wurde immer lauter am Telefon und ich war mir sicher, Michael konnte jedes Wort verstehen.

„Wieso?"

„Angelo, hör auf."

„Sag mir, wieso?"

Ich war einfach zu müde für so etwas, hatte keine Nerven dafür. Ich wollte eigentlich nur noch eine Schmerztablette nehmen und dann schlafen. „Ich werde jetzt auflegen, schlaf gut Angelo."

Danach drückte ich ihn einfach weg, stellte mein Handy auf stumm und lehnte mich zurück.

„Angelo also. Er hat dich so zugerichtet. Ich verstehe noch nicht ganz warum. Im Grunde verstehe ich gar nichts."

„Selbes Spiel wie immer?"

Michael sah mich verwirrt an. „Was meinst du?"

„Alkohol hast du mir ja gegeben, wenn du jetzt noch eine Schmerztablette für mich hast, dann kann ich dir bei einer Zigarette gerne alles erzählen. Sofern du mich danach schlafen lässt."

„Das Spiel meinst du. Okay, einverstanden."

Frühling

Am Tag nach meinem Suizidversuch begann das neue Jahr und schritt schnell voran. Der Januar war vorbei und Michael und auch Karin, wollten mich nicht gehen lassen. Sie hatten Angst, dass ich mich umbringen würde, und ich muss leider gestehen, nicht ganz zu Unrecht.

„Thomas?!"

Wie oft mir Michael bereits geschrien hatte, konnte ich nicht sagen, aber seiner panischen Tonlage nach, nicht zum ersten Mal. Die Badezimmertüre gab mit einem krachen nach und knallte gegen die Fliesenwand. Verdutzt sah ich zu Michael auf und blickte in sein, vor Angst verzerrtes Gesicht.

„Thomas, lass sie einfach aus. Es ist gut, wirklich. Wir helfen dir."

Ich wusste gar nicht, was er meinte, folgte einfach seinem Blick auf meine Hände und stolperte schockiert rückwärts. In der rechten hielt ich eine Rasierklinge und von meinem linken Handgelenk rann Blut.

„Ich ... ich wollte nicht ... ich weiß nicht."

Wie konnte das geschehen? Ich war so neben der Spur, verzweifelt und weggetreten, dass ich den Schmerz nicht mal gespürt hatte. Meine Gedanken waren voll von Visionen, Morden, Vergewaltigungen, Folter.

Michael nahm mir vorsichtig die Klinge aus der Hand und drückt ein Handtuch auf meine Wunde. „Es ist nicht schlimm Thomas, nur oberflächlich. Ganz ruhig bleiben Thomas, wir schaffen das."

„Es ... es tut mir leid. Michael, es tut mir leid."

Damals endete ich, heulend wie ein Kleinkind, auf dem Badezimmerboden meines Freundes.

So blieb ich also bei ihnen. Ich hatte es geschafft, etwas weniger zu trinken und meine Wunden verheilten gut. Ab und an schrieb ich Angelo auf eine seiner vielen Nachrichten zurück oder rief Katharina an, um sie auf dem Laufenden zu halten und andererseits zu erfahren, was bei ihnen los war. Anfang Februar flogen Angelo und Lucia nach Mexiko, Katharina steckte mitten im Prüfungsstress und blieb zurück. Zwei Wochen später checkte ich in der Entzugsklinik ein.

Es war der reinste Horror. Ich erlitt mehrere Krampfanfälle, wurde von Visionen geplagt, wann immer ein Arzt mich untersuchte, und meine Panikattacken häuften sich. Nach der ersten Woche wurde es etwas besser und auch die Stunden beim Psychologen halfen mir. Natürlich erzählte ich ihm nichts von meinen Visionen, oder über Vampire und Hexen, aber es tat dennoch gut, mit jemanden reden zu können. Nach fünf Wochen wurde ich entlassen und durfte heim, galt offizielle als nicht mehr suizidgefährdet. In den Sitzungen hatte ich über meine Eltern gesprochen, über die vielen Opfer, welche ich gesehen hatte. Es tat mir gut und half mir, zu erkennen, dass ich es wert war zu leben, zu erkennen, dass ich nicht alleine war. Der Alkohol hatte meine Gefühle nur verstärkt und mich in eine schnelle Abwärtsspirale gebracht.

Die Therapiestunden hatte ich auch nach dem Klinikaufenthalt regelmäßig.

In meiner Abwesenheit hatte Michael meine Wohnung durchgeputzt, jeden Alkohol entfernt und den Kühlschrank aufgefüllt. Ich konnte ihm gar nicht genug danken.

Ich hielt mich an die Tipps und schaffte mir einen geregelten Tagesablauf, ernährte mich besser, trainierte wieder.

Alle zwei bis drei Tage wurde ich von Karin zum Abendessen eingeladen, was meist in stundenlangen Gesprächen endete.

Das Einzige, was ich immer noch vor mir hatte, war ein Gespräch mit Vinny. Klar, ich hatte ihm geschrieben, belangloses Zeug, aber er wusste nichts von meinen Selbstmordversuchen oder wie schlimm meine Sucht letzten Endes war. Und vor allem hatte ich mich nicht bei ihm entschuldigt, einfach weil ich mich nicht getraut hatte, ihn zu sehen.

Ich konnte mir selber nicht verzeihen, dass ich ihn verletzt hatte, und wer weiß, wie weit ich noch gegangen wäre, wenn ich keine Panikattacke bekommen hätte. Ich war es ihm schuldig mich persönlich zu entschuldigen, ihm zu erklären, warum ich mich nicht öfters gemeldet hatte. Zu ihm in die Bar konnte ich nicht, dafür war ich noch nicht lange genug trocken, also wartete ich einfach, mit Frühstück in der Hand, vor seiner Wohnungstüre sitzend.

Ich erkannte sofort seine Schritte, als er die Treppen hochkam und mein Herz fing an, schneller zu schlagen. Er sah müde aus, doch wunderschön. Genauso, wie ich ihn in Erinnerung hatte. Seine Haare waren am Kopf oben geflochten und fielen dann in Wellen über seine Brust. Die Jacke stand offen und eines seiner Band-Shirts lugte hervor. Um den Hals trug er einen schwarzen Schal und über seinen Schultern hing sein Rucksack.

Er schlurfte auf mich zu, bemerkte mich gar nicht. Erst als ich aufstand, richteten sich seine blaugrauen Augen auf mich. Vinny blieb stehen und starrte mich einfach nur an. Sein Blick streifte über meinen Körper und blieb am Gesicht hängen.

Mit dem, was dann geschah, hatte ich wahrlich nicht gerechnet. Vinny stellte sich vor mich hin und verpasste mir eine Ohrfeige, danach zog er mich in eine feste Umarmung. Ich erwiderte diese und strich ihm über den Kopf.

„Es tut mir leid, wirklich."

„Was denn?"

„Einfach alles, aber vor allem, dass ich dich verletzt habe. Ich hatte mich wahrlich nicht mehr unter Kontrolle. Wenn du wüsstest, was ich die letzten Monate alles getan habe." Mir entkam ein verlegener Lacher.

„Dann erzähl es mir. Komm mit rein."

„Ich weiß nicht, ob ich dir alles erzählen kann, aber ich komme gerne mit rein." Ich hob die Tüte mit dem Frühstück in die Höhe. „Hab uns auch etwas mitgebracht."

Es fühlte sich an, als wäre ich nicht fünf Monate weg gewesen. So wie ein ganz normaler Morgen, an dem wir beide unsere Arbeit beendet hatten und uns bei ihm treffen würden. Er stellte seine Schuhe ab, hängte seine Sachen auf die Garderobe und ging in die Küche. Die Kaffeemaschine begann laut zu brummen, als er sie eingeschaltet hatte, und die Teller schepperten beim Herausnehmen gegeneinander.

„Was zu trinken?"

„Wasser, bitte."

Er stellte zwei Gläser auf den Tisch und setzte sich dann zu mir.

„Wie geht es dir?"

„Besser. Ich bin jetzt trocken."

„Das freut mich sehr!" Er strahlte mich an. „Du wirkst auch nicht mehr so blass und müde."

„Ja, ich lebe jetzt wieder tagsüber und esse normal."

„Wie darf ich das verstehen, tagsüber?"

„Den ganzen November und Dezember über, war ich nur nachts wach und ich hatte auch oft vergessen, zu essen. Ich habe mich quasi von Alkohol und Zigaretten ernährt." Ich lächelte ihn an, um die bedrückende Stimmung etwas zu überspielen. „Ha, du hättest mich sehen sollen. Michael zwang mich auf die Waage und nicht nur er war schockiert."

„Aber du bist ja immer noch sehr dünn."

„Das schon, aber ist ja auch etwas mehr als drei Monate her. Ich habe bereits zehn Kilo zugenommen."

„Bitte was? Wie viel wiegst du jetzt?" Er musterte mich erneut. „Schaffst du überhaupt siebzig Kilo?"

Etwas kleinlaut nuschelte ich die Antwort. „Fast."

„Um Himmels willen, Thomas. Was war denn los, seit wir uns zum letzten Mal gesehen haben?"

„Oh Mann, wo soll ich anfangen? Das Problem ist, dass ich dir nicht alles erzählen kann und ohne dieses Wissen, ist das andere nur verrücktes Geschwafel."

„Wegen deiner Arbeit?"

„Ich vergaß wohl, zu erwähnen, dass ich zurzeit keinen Job habe."

„Was ist passiert?"

„Wegen des damaligen Falles habe ich eine falsche Zeugenaussage inszeniert, daraufhin wurde ich beurlaubt. Nachdem es mir aber immer schlechter ging, hatte ich dann gekündigt und seitdem versuche ich, mein Leben wieder in die richtige Bahn zu lenken. Ehrlich gesagt, weiß ich gar nicht, was ich machen will."

„Weshalb hast du das getan?"

„Ich wusste, wer der Mörder war, konnte es aber nicht beweisen."

„Und woher willst du dir dann so sicher sein, dass du den Richtigen verdächtigt hattest?"

„Das gehört leider zu dem Teil, den ich dir nicht erzählen kann."

„Wegen irgendeiner Schweigepflicht oder warum?"

„Weil es Dinge gibt, die den meisten Menschen unbekannt sind und ich nicht alleine entscheiden kann, wer davon erfährt und wer nicht."

„Wer kann so etwas entscheiden?"

„Ich weiß es nicht, aber es sollten doch wenigstens die Betroffenen mitentscheiden dürfen."

„Und die Betroffenen sind wer?"

Der Klingelton meines Handys ließ uns beide zusammenzucken. Ich fischte es aus der Tasche und musste grinsen.

Als hätte er es gespürt, dass ich gerade an ihn gedacht hatte.

„Entschuldigung, aber wenn ich nicht rangehe, läutet es in spätestens einer Minute erneut."

Ich hob ab und hielt es mir einfach ans Ohr. Vinny sah mich irritiert an, da ich kein Wort sagte.

Auf der anderen Leitung war es kurz still, dann hörte ich seine Stimme.

„Thomas, wann sehen wir uns endlich wieder? Ich dachte, du fliegst mit nach Ägypten."

„Ja, ich fliege mit, aber ich habe dir auch gesagt, dass ich noch ein paar Dinge zu regeln habe."

„Bei wem bist du? Ich höre jemanden."

„Bei Vinny."

„Oh ..."

„Etwa eifersüchtig?"

„Ehrlich gesagt ja, etwas. Ich weiß, ich habe kein Recht dazu, aber ich habe dich schon drei Monate nicht mehr gesehen."

„Angelo, du fehlst mir ebenfalls, warum auch immer."

„Gleich so freundlich."

„Weshalb bist du eigentlich noch wach?"

„Ich habe auf dich gewartet. Du schreibst immer erst nach sieben Uhr, also nehme ich an, du hast deinen Rhythmus geändert."

„Ja, ich bin wieder zu normalen Zeiten wach. Die Sonne tut mir gut, du weißt schon, zwecks Glückshormonen und so einen Scheiß."

„Thomas, ... du und Vinny, seid ihr ..."

„Nein, sind wir nicht. Er will wissen, was mir alles passiert ist, aber ich weiß nicht, was ich sagen kann."

„Hmm, du kennst ihn doch sehr gut, oder? Vertraue auf dein Bauchgefühl. Du bist nicht nur ein Seher, wenn du jemanden berührst."

„Wie meinst du das?"

„Hattest du noch nie eine Vorahnung und dann ist wirklich etwas passiert?"

„Doch schon, aber sowas haben doch viele Menschen."

„Ja und all diese Menschen haben Fähigkeiten, die nicht annähernd so ausgeprägt sind wie bei dir."

„Liegt das daran, dass ich von dir getrunken habe?"

„Das hat deine Fähigkeiten auf alle Fälle verstärkt, aber du hattest sie schon vorher in dir."

„Ich verstehe. Danke, Angelo."

„Ich soll dir Grüße von Lucia und Katharina ausrichten."

„Ich komme morgen zu euch." Mit diesen Worten legte ich auf.

Vinny hatte während meines Gespräches zu essen begonnen und sah mich aufmerksam an. „Ist dieser Angelo dein Freund?"

„Nein, nicht wirklich. Er hat mir das Leben gerettet."

„Wieso war das nötig?"

Ich holte tief Luft und begann zu erzählen. Erzählte ihm, dass ich den Mörder gefunden hatte und es sich herausstellte, dass er schizophren war und so eigentlich ein gewisser James der wahre Mörder gewesen sei. Ich erzählte von Lucia, Angelo und Katharina und auch, dass ich eine, mir unerklärliche Verbindung zu den beiden Ersteren fühlte. Des Weiteren, dass Laurent an einem Hirnschlag starb und ich bei Lucia blieb, um sie zu unterstützen, und ich selber immer mehr in ein tiefes Loch gefallen war.

Als ich zu der Stelle kam, an der ich mich umbringen wollte, liefen mir Tränen über das Gesicht. Vinny wollte mich in den Arm nehmen, doch ich zuckte instinktiv zurück, woraufhin er mich verletzt ansah.

„Es tut mir leid, Vinny. Ich kann niemanden direkt berühren." Ich zog mir den Pulli wieder an, den ich vorhin abgelegt hatte, und streifte mir die Handschuhe über.

Danach ging ich zu ihm und schloss ihn in meine Arme.

„Was verschweigst du mir, Thomas?"

„Ich will nicht, dass du mich für verrückt hältst."

„Das werde ich nicht, versprochen."

Immer noch umarmte ich ihn, wollte nicht loslassen, sein Gesicht nicht sehen, wenn ich es ihm sagte. Er war mir ein teurer Freund geworden und ich hatte ihn schon fast verloren. Ich wollte es nicht völlig zerstören, durch meine verrückte Gabe, aber ich war ihm wohl die Wahrheit schuldig.

„Angelo nennt mich einen Seher, oder Sehenden. Ich selber sage Visionen dazu. Sie waren nicht immer so intensiv wie jetzt. Früher habe ich nur die Vergangenheit gesehen. Bei Lebenden, die Gedanken, bei Toten das, was sie zuletzt erlebt hatten. Mittlerweile, höre, rieche und spüre ich auch, was ich sehe. Deswegen die Handschuhe. Die Visionen kommen sofort mit Hautkontakt, auch wenn er noch so gering ist."

Langsam löste ich mich von ihm, wagte es aber immer noch nicht, in seine Augen zu blicken.

„Bitte sag etwas."

„Klar, so ergibt es einen Sinn."

Nach dieser Aussage sah ich ihn doch an. „Was?"

„Du warst öfters mal weggetreten, auch während des Sex. Ehrlich gesagt, dachte ich, du nimmst irgendwelche Drogen, aber dann fingst du manchmal an, über Dinge zu sprechen, die ich dir nie erzählt hatte. Zumindest war ich mir sicher, sie nie erwähnt zu haben, also dachte ich mir, ich hätte es einfach vergessen."

„Du glaubst mir?"

„Ich denke, ja. Es klingt wie aus einem Buch oder Film, aber es erklärt so manche Situationen. Dir mag es gar nicht aufgefallen sein, wie oft du Ereignisse aus meiner Vergangenheit erwähnt hattest, von denen ich dir nie erzählt habe."

„Nein, ist es wirklich nicht." Das erleichternde Lächeln, welches sich auf meine Lippen stahl, konnte ich einfach nicht zurückhalten. „Ich bin so froh, dass du mir glaubst."

Er grinste mich an. „Es erklärt dein Verhalten und es beruhigt mich, dass ich nicht so vergesslich bin, wie ich dachte." Nach einer kurzen Pause fügte er noch hinzu: „Heißt das, du kannst niemanden mehr berühren?"

„Doch, aber nicht, ohne Visionen hervorzurufen. Leider denken viele Menschen, wenn auch oft unterbewusst, an schlimme Erinnerungen. Bis jetzt hat es nur Angelo geschafft, seine Gedanken rein auf die Gegenwart zu fokussieren."

„Verstehe. Das ist sicher anstrengend."

„Ich hatte in den letzten Monaten nicht gerade viel Kontakt zu Menschen, von daher ging es. Die Entzugsklinik war allerdings ein Horror."

„Das glaub ich dir." Wieder eine Pause, in der er mich intensiv musterte. „Angelo bedeutet dir etwas, nicht wahr?"

„Ja, obwohl ich mir nicht erklären kann, weshalb." Ich hielt kurz inne und überlegte laut: „Irgendetwas an ihm zieht mich magisch an."

„Das freut mich für dich, dass du jemanden gefunden hast."

„Hm, gefunden ist etwas falsch gesagt, es fühlt sich fast so an, als wäre es Schicksal gewesen."

„Und er ist kein Hetero?"

„Nein, ich würde sagen, dass ihm Geschlechter völlig egal sind. Er fühlt für mich ebenfalls eine unerklärliche Anziehungskraft und rückt mir manchmal ziemlich auf die Pelle, aber ..."

„Aber es ist kompliziert?"

„Ha, ja. Könnte man so sagen." Ich lächelte ihm zu. „Und bei dir?"

Vinny sah verlegen zu Boden und das war Antwort genug.

„Hast du einen kennen gelernt?"

„Ja. Vor ungefähr zwei Monaten, in der Bar."

„Schön, du hast es verdient. Erzähl mir mehr."

Wir redeten bis zum Mittag. Er erzählte mir von dem Kerl, den er traf und ein paar witzige Anekdoten aus seiner Arbeit.

Es tat so gut, über Belanglosigkeiten zu quatschen.

Zum Abschied nahm er mir noch das Versprechen ab, dass ich mich wöchentlich bei ihm melden sollte, was ich nur zu gerne tat.

Um zwei Uhr morgens riss mich mein Wecker aus dem Schlaf. Müde schlurfte ich ins Badezimmer, um zu duschen. Das machte mich zumindest etwas munter. Danach rief ich mir ein Taxi, schnappte mir den Koffer, der bereits für Ägypten gepackt war, und verließ die Wohnung.

Ich muss zugeben, dass ich nervös war. Meine letzte Begegnung mit Angelo war nicht gerade schön und ich konnte mir einfach nicht vorstellen, wie er reagieren würde.

Mit jedem zurückgelegten Kilometer wurde ich aufgeregter und als das Taxi schließlich in die private Straße einbog, die zu Lucias Haus führte, hatte ich das Gefühl, meinen Herzschlag hören zu können.

Ich bezahlte den Fahrer, hob den Koffer aus dem Wagen und ging auf die Haustüre zu. Ich hatte noch nicht mal die Gartenmauer passiert, da wurde die Türe auch schon aufgerissen. Lucia stand vor mir und strahlte mich an.

„Endlich bist du wieder hier." Sie überbrückte die Distanz zwischen uns und umarmte mich. Ihr nächster Satz allerdings, verwirrte mich.

„Ich schwöre, eine Woche länger und ich hätte ihn zurück nach Italien geschickt."

„Bitte was?"

Genervt schnaufte sie auf und strich sich wirsch eine Haarsträhne hinters Ohr. „Angelo. Er macht mich wahnsinnig. Er benimmt sich wie ein quengeliges Kleinkind, seit du weg bist. Wahrlich unausstehlich, das kannst du mir glauben und da Katharina nicht mehr so oft hier ist, muss ich alles alleine ertragen."

„Weshalb ist sie nicht mehr so oft hier?"

„Das soll dir Angelo erklären, aber jetzt lass dich mal ansehen."

Lucia trat einen Schritt zurück, musterte mich und setzte dann wieder ihr strahlendes Lächeln auf. „Du siehst wirklich gut aus, richtig stattlich."

„Danke, du siehst auch sehr gut aus."

Ihre weißen Wangen färbten sich leicht rot, wodurch sie noch hinreißender aussah. Ich musste sie einfach nochmals umarmen. „Es ist schön, wieder hier zu sein."

„Komm, gehen wir rein. Angelo wird sich freuen."

„Wo ist er denn?"

„Er schläft, diese Nervensäge."

„Um diese Uhrzeit?"

„Ja. Seit du angekündigt hast, dass du heute kommen würdest, war er sogar noch lästiger als sonst. Er meinte, du hättest deinen Rhythmus geändert und wirst bestimmt am Tag kommen. Er wollte ausgeschlafen sein, wenn du eintriffst."

„Dann ... lass ich ihn lieber schlafen."

Lucia ergriff meine Hand und zog mich in die Küche. „Er trägt sein Medaillon jetzt immer, nimmt es nicht mal zum Baden runter, und er fährt alle zwei Wochen zu Magdalene, um den Zauber zu erneuern. Er hat nach wie vor ein schlechtes Gewissen und hasst sich für das, was passiert ist."

„Ich bin ihm wahrlich nicht böse, er hat mir immerhin das Leben gerettet."

„Es wird sicher besser, jetzt wo du wieder hier bist."

In der Küche herrschte dezentes Chaos und damit meine ich, es sah schrecklich aus. Lucia bemerkte meinen irritierten Blick und wirkte plötzlich etwas verlegen.

„Ich lerne gerade Kochen und irgendwie habe ich kein Händchen dafür."

„Haha, sieht ganz danach aus. Hast du Hunger? Ich kann dir etwas machen."

„Nein danke, nun wo du hier bist, trinke ich lieber Blut."

„Also dieser Hunger."

Sie grinste mich frech an. „Jetzt, wo du nicht mehr trinkst, riechst du noch besser als zuvor, das macht Appetit."

Ich wartete, bis sie den Beutel geleert hatte, und schloss sie erneut in meine Arme. Wir kannten uns noch nicht lange und hatten uns noch länger nicht gesehen, dennoch fühlte es sich so vertraut an. Ihr Körper schmiegte sich perfekt an meinen an und ich stützte das Kinn auf ihren Kopf. „Wie geht es dir?"

„Es tut gut, deine Wärme zu spüren, sie wirkt so vertraut."

Ich drückte einen Kuss auf ihr Haupt und schob sie sanft von mir. „Du hast recht, es wirkt seltsam vertraut, wenn man bedenkt, wie lange wir uns kennen. Und jetzt sag mir, wie es dir geht."

„Besser, denke ich. Es ist immer noch eigenartig, ihn nicht hier zu haben. Ich gehe oft in das Wohnzimmer und erwarte, ihn dort sitzen zu sehen, aber dann fällt mir alles wieder ein und es macht mich traurig."

„Das ist auch kein Wunder, wenn man bedenkt, wie lange ihr zusammen wart."

„Das stimmt schon, dennoch habe ich das Gefühl, dass vieles einfach nur reine Gewohnheit war, verstehst du?"

„Ja, ich kann mir vorstellen, was du damit meinst, und es ist völlig in Ordnung, so zu fühlen. Ihr seid im Reinen auseinander und du kannst dich jetzt auf dich selber konzentrieren, tun, was du schon immer mal machen wolltest."

„Du hast recht." Sie lächelte mich an und drückte sanft meine Schulter. „Danke dir, Thomas. Und jetzt geh zu ihm, du kannst ihn ruhig aufwecken. Er wäre morgen Abend sonst wohl unausstehlich, wenn er den Tag über wach bliebe."

Sein Zimmer war völlig abgedunkelt und ich musste mein Handy benützen, um mich überhaupt zurechtzufinden.

Er lag auf dem Bauch, die Decke bis zur Hüfte hochgezogen, ein Bein heraußen. Seine bronzene Haut schien das künstliche Licht zu reflektieren. Ich legte mein Handy auf den

Nachttisch und setzte mich an die Bettkante. Seine langen Haare bedeckten seine Schultern und ich strich sie ihm zur Seite. Er seufzte im Schlaf.

„Angelo, aufwachen."

Er redete, eine fremde Sprache, die ich noch nie zuvor gehört hatte. Dann drehte er sich zur Seite und ich konnte sein Gesicht sehen, blickte in seine Augen, die mir leicht geöffnet entgegensahen.

„Ein schöner Traum." Angelo streckte seine Hand nach mir aus und fuhr über meine Wange.

Sofort war das Zimmer verschwunden und ich saß auf einem Lager aus Fellen und Decken umgeben von Fackeln, die im Sand steckten. Ich trug einen dünnen, leinenen Schurz und um meinen Hals hingen verschiedene Ketten aus Steinen und Glasperlen.

Angelo hatte seine Hand zurückgezogen und sah mich einfach nur an, seine Augen immer noch nicht ganz geöffnet.

„Angelo, du träumst nicht."

„Doch, es muss so sein, denn sonst würdest du mich nicht so ansehen, so voller Vertrauen."

„Weshalb sollte ich nicht?"

„Ich hätte dich beinahe getötet. Du bist ein Mensch, ihr zerbrecht so leicht."

„Wenn du das so sagst, klingt das irgendwie gruselig."

„Es ist schön, dass du mir in meinen Träumen noch vertraust und dich so zu mir setzt. Ich vermisse dich so sehr, dass ich manchmal denke, dich zu riechen und deine Wärme zu spüren. Ich bin in die Sonne gegangen, nur um diese Wärme fühlen zu können, doch es war nicht dasselbe."

„Ich dachte, die Sonne schmerzt euch?"

„Ja, das tut sie auch, aber was macht das bisschen Schmerz im Vergleich zu dem, was ich dir angetan habe?" Er seufzte und schloss seine Augen. „Ich habe die Angst in deinem Gesicht gesehen und diesen Anblick werde ich nie wieder vergessen."

„Angelo, sieh mich an."

Langsam öffnete er seine Augen wieder.

„Du träumst nicht und ich bin wirklich hier. Ich habe keine Angst vor dir und ich vertraue dir. Du hast mein Leben gerettet und dafür bin ich dankbar."

„Nein, sag das nicht. Lass mich lieber weiterträumen."

Ich streckte meine Hand aus und legte sie auf seine Wange, strich mit dem Daumen über seine kühle Haut. „Spürst du sie, die Wärme? Ich bin wirklich hier."

Langsam sickerte Verständnis in seinen Blick und er begann zu weinen. Leise, still und ruhig. Eine Blutsträne nach der anderen verließ seine Augen und rann über seine Haut. Er starrte mich einfach nur an.

Ich wischte mit dem Ärmel über sein Gesicht, dann legte ich mich hin und zog ihn in meine Arme. „Hörst du mein Herz und meinen Atem? Riechst du mein Blut? Ich bin wirklich hier und ich bin dir nicht böse."

Angelo schlang die Arme um mich und drückte sein Ohr gegen meine Brust. „Wie ein Trommeln, ein stetiges, kraftvolles Trommeln. Du bist es wirklich und ich träume nicht."

„Ja, ich bin es wirklich."

Ich spürte seine Lippen auf meiner Haut, spürte seine Zunge, die über mein Schlüsselbein leckte, und er verteilte sanfte Küsse auf meinem Kinn.

„Angelo, hör auf. Ich will Katharina nicht verletzen."

Er stemmte sich hoch und sah mir in die Augen. „Das wirst du nicht. Sie hat sich gegen eine mögliche Wandlung entschieden. Katharina möchte Mutter werden, ein normales Leben führen können."

„Wie fühlst du dich dabei?"

„Es macht mich traurig, dass sie sterben wird, aber sie hat noch vor mir meine Gefühle für dich richtig gedeutet und ich kann sie sehr gut verstehen."

„Deine Gefühle für mich?"

Er grinste mich frech an. „Du kannst die Anziehungskraft, welche zwischen uns herrscht, nicht leugnen, Thomas."

„Nein, da hast du recht. Aber was, wenn ich auch nicht gewandelt werden möchte?"

„Dann werde ich traurig sein, aber es akzeptieren. Es ist dein Leben, genauso wie Katharinas ihr alleine gehört. Sie hat sich ja nicht dagegen entschieden, weil sie merkte, dass ich mich zu dir hingezogen fühle, sondern um ihretwegen. Sie ist unsere Freundin und wird es auch bleiben, aber sie will ihr normales Leben ohne Einschränkungen erleben. Katharina will in der Sonne nach Geschichte suchen, möchte Kinder bekommen, will leben."

„Das klingt sehr erwachsen für ihr Alter."

„Sie ist bereits 28, du hast ihren Geburtstag versäumt, also durchaus eine erwachsene Frau."

„Stimmt, du hast recht."

„Also, darf ich dich jetzt endlich küssen? Ich sehne mich seit Monaten danach."

Statt einer Antwort umgriff ich seinen Nacken, zog ihn nach unten und verschloss seinen Mund mit meinem. Es war wie ein kleiner Stromschlag, der durch meinen Körper jagte. Sofort baute sich Verlangen nach mehr auf und ich umschlang seinen Rücken, um ihn noch näher an mich zu ziehen. Nach einer Weile unterbrach er den Kuss und stemmte sich wieder hoch.

„Thomas, kannst du mir jemals verzeihen?"

„Das habe ich doch schon längst. Ohne dich wäre ich nicht mehr hier, also ... danke."

„Bitte danke mir nicht, ich habe dich verletzt und wer weiß, wie weit ich noch gegangen wäre."

„Aber doch nur, weil du dir Sorgen um mich gemacht hast und deinen Anhänger nicht dabeihattest. Den hast du wohl nur deswegen nicht getragen, da du so schnell zu mir gerannt bist."

„Das stimmt schon, aber ich habe dir die Nase gebrochen."

Ich schluckte den Kommentar: „Nicht nur das" hinunter und fragte ihn stattdessen, woher er damals wusste, wo ich war.

„Ich habe gehört, wie du das Haus verlassen hast. Da machte ich mir schon sorgen und deshalb saß ich am offenen Fenster und lauschte." Er hob kurz seinen Kopf und sah mich verlegen an. „Ich habe dich weinen gehört und dann dein hysterisches Lachen, da war mir klar, dass etwas ganz und gar nicht stimmte. Ich bin einfach aus dem Fenster gesprungen und kaum haben meine Füße den Schnee berührt, hörte ich das Entriegeln deiner Schusswaffe."

„Weshalb hast du dir Sorgen gemacht, nur weil ich das Haus verlassen hatte?"

Angelo richtete sich auf und wir saßen uns im Bett gegenüber. „Wir haben alle gemerkt, wie dreckig es dir ging, und ich habe fast jeden Nachmittag am Fenster gesessen und dir beim Trinken zugesehen. Wir wussten einfach nicht, wie wir dir helfen sollten, denn du musstest dich selber dazu entscheiden, mit dem Trinken aufzuhören, und du musstest dich selber dazu entscheiden, mit jemanden über deine Probleme zu reden." Er seufzte lautstark, stand auf und ging auf den Kleiderschrank zu. „Jedes Mal, wenn einer von uns versucht hat, dich zum Reden zu bringen, hast du uns nur angeschnauzt und das Weite gesucht."

Ich musste wirklich mies drauf gewesen sein, denn mir war gar nicht bewusst, dass ich das getan hatte.

„Es tut mir leid, mir ging es sehr schlecht."

„Ich weiß, und anstatt dir zu helfen, verletzte ich dich auch noch."

„Angelo, lass es bitte. Ich bin dir nicht böse und würde das Ganze bitte gerne vergessen."

Er stand auf und zog sich stumm eine schwarze Jeans und ein Shirt an, dann drehte er sich zu mir. „Gut, ich versuche, es zu vergessen. Lass uns feiern, dass du wieder hier bist."

Die Nacht war fast vorbei, daher beschlossen wir, Katharina erst am nächsten Abend einzuladen und gemeinsam zu feiern. Ich hatte ein Lagerfeuer entfacht, während Angelo und Katharina sich um das Essen gekümmert hatten.

Es war schön, mit meinen neuen Freunden, um das wärmende Feuer zu sitzen, und bei dem Gedanken fiel mir zum ersten Mal auf, dass ich sie wirklich als Freunde sah. Wir lachten viel, jeder erzählte etwas aus seinem Leben und selbst als das Thema unseres Gesprächs auf Laurent überging, wurde die Stimmung nicht getrübt.

Katharina biss herzhaft von ihrem Brot ab und warf es mir dann ohne Vorwarnung zu. „Hier, du solltest das essen, so dünn wie du bist."

Ich schaffte es mehr schlecht als recht, es aufzufangen und protestierte dann: „Von wegen dünn, ich habe schon zehn Kilo zugenommen und nach dem ganzen Essen hier, sind es bestimmt elf."

„Von wegen, du kannst unmöglich noch dünner gewesen sein, als du es jetzt bist."

Ich deutete mit dem Brot in der Hand in ihre Richtung. „Und ob, ich habe sogar Beweise."

„Dann her damit."

„Nein, zeige ich nicht her."

Nun beteiligte sich auch Lucia an unserem Gespräch. „Welche Beweise hast du denn?"

„Bilder." Mehr sagte ich nicht. Dann aß ich einen Bissen von meinem Fleisch und während ich noch kaute, zwinkerte ich den Frauen zu. „Die sind zu freizügig für euch."

Daraufhin fingen sie an zu lachen und wollten sie nur noch dringender sehen. Wir waren ausgelassen, balgten uns spielerisch und während Katharina halb auf meinem Rücken hing, fing Lucia an, meine Hosentaschen zu durchsuchen.

„Hey, das ist unfair, zwei gegen einen und noch dazu ein Vampir." Hilfesuchend sah ich mich um und entdeckte Angelo, der das Ganze lachend beobachtete.

„Lach doch nicht nur, sondern unterstütz mich lieber."

„Aber gerne doch." Er stand auf, kam auf uns zu und fing ebenfalls an, mein Handy zu suchen.

„Nein, hört auf, bitte." Langsam verging mir der Spaß, denn eigentlich wollte ich, dass diese Bilder niemand, jemals zu sehen bekam. Der einzige Grund, warum ich sie überhaupt hatte, war der, dass Michael darauf bestand. Er meinte, ich müsse mich auf einem Bild sehen, um zu realisieren, wie es mir ging. Was soll ich sagen, er hatte recht.

„Ich habe es!" Angelo hielt triumphierend mein Smartphone in die Höhe. Ich wollte es zurückholen, doch bis ich Lucia und Katharina von mir abgeschüttelt hatte, war es bereits zu spät.

Angelo hatte die Galerie geöffnet und das Bild gefunden. Er sog scharf die Luft ein und starrte auf den Bildschirm. Zum zweiten Mal in kurzer Zeit sah ich ihn weinen, sah, wie die roten Tränen über sein Gesicht liefen.

Die Stimmung schlug schneller um als ein Blitz und alle sahen zu ihm. Lucia und Katharina konnten ihre Neugier nicht zurückhalten und stellten sich zu ihm. Beim Blick auf das Bild sahen sie schockiert aus.

„Seht ihr, ich habe eindeutig zugenommen." Mein kläglicher Versuch, die Stimmung wieder etwas aufzuheitern, ging im Schweigen und den Blicken der Frauen unter.

Es schienen Minuten zu vergehen, bis Angelo endlich seinen Kopf hob und mich ansah. „War das alles ich?"

Mittlerweile etwas genervt, entriss ich ihm das Handy und setzte mich zurück ans Feuer. „Habt ihr Tipps für mich, was ich alles für Ägypten einpacken soll?"

Er stellte sich zwischen mich und die Flammen und schnauzte mich an. „Lenk nicht vom Thema ab, Thomas. Sag mir, ob das alles ich war."

Was hatte er das Recht mich anzuschnauzen? Langsam wurde ich wütend. „Das meiste kam von dem Sturz im Haus, also lass es doch endlich!"

„Ha, Sturz. Du meinst wohl, als ich dich ins Haus geschleudert habe." Er ging einen weiteren Schritt auf mich zu und ich musste den Kopf heben, um ihn in die Augen sehen zu können.

„Jetzt sag mir endlich, welche Verletzungen du hattest."

„Mann, du nervst." Ich seufzte schwer und sah an ihn vorbei, ins Leere. Dann holte ich tief Luft und fing an aufzuzählen. „Ich hatte eine gebrochene Nase, von deinem Schlag. Blutergüsse am Handgelenk, weil du mich durch die Gegend gezerrt hast, sowie an Brust und Schulter, wegen der Waffe, die du auf mich geworfen hast."

„Weiter, was noch."

Ich wagte es, meinen Blick wieder zu heben und der Schmerz, den ich in seinen Augen erblickte, ließ mich schwer schlucken, ehe ich fortfuhr. „Bei dem Aufprall auf dem Boden habe ich mir zwei Rippen geprellt und davon kamen auch die Hämatome an meiner Hüfte. Du hast mich mit so einer Wucht ins Haus geworfen, dass ich über den Boden rutschte und mit dem Kopf gegen die Wand aufschlug. Ich hatte auch noch eine leichte Gehirnerschütterung und eine Platzwunde am Kopf. Die aufgeschürften Knie stammen vom Sturz im Garten, den du wohl nicht so richtig mitbekommen hast."

Nur am Rande hatte ich wahrgenommen, dass Lucia und Katharina noch hier waren. Die beiden standen einfach nur da und beobachteten uns.

Angelo sank vor mir auf die Knie und griff nach meinen Händen. Ohne dass ich es gemerkt hatte, war bei dem ganzen Gerangel mein Ärmel nach oben gerutscht und nun sah man die Narbe des zweiten Selbstmordversuches.

„Du hast es ein zweites Mal versucht?"

„Das ist jetzt unwichtig."

Lucia trat an mich heran und besah sich mein Handgelenk. „Thomas, bist du immer noch gefährdet?"

„Nein, bin ich nicht." Ich strich über die Narbe. „Das hier, das war kurz nach dem ersten Mal. Ich habe es nicht mal richtig mitbekommen. Durch den Alkohol und meine allgemeine Verfassung war ich wie in einem Nebel gefangen. Erst als Michael die Badezimmertüre aufbrach und geschockt auf meine Hände sah, bemerkte ich, was ich getan hatte."

„Du willst dich also nicht mehr selber umbringen?"

„Nein, Lucia, will ich nicht."

Angelo strich vorsichtig über meine Hände. „Wie kannst du mir verziehen haben, wieso hasst du mich nicht?"

„Ich weiß es nicht."

„Du weißt es nicht?"

„Genau. Ich fühle eine Anziehung zu dir, genauso wie zu Lucia, die ich mir nicht erklären kann. Eine Verbundenheit, so als gehöre ich hierher, zu euch. Auch mit Katharina verstehe ich mich so gut, als würden wir uns schon Jahre kennen. Ich fühle mich bei euch wie zu Hause und ehrlich gesagt, bist du der einzige Punkt in meinem derzeitigen Leben, an dem ich mich ruhig fühle und sicher."

„Ich verstehe es nicht. Wie kannst du dich nach alldem, bei mir noch sicher fühlen?"

„Es ist halt einfach so."

Kaum merklich schüttelte er den Kopf, starrte auf den Boden und murmelte mehr zu sich selbst: „Es kann nicht sein."

Ich entzog ihm meine Hände und friemelte an seiner Hose rum. Er war so verdutzt, dass er es einfach geschehen ließ. Einen Augenblick später hatte ich sein Butterfly in der Hand, klappte es auf und schnitt mir in den Finger. Die blutende Wunde drückte ich ihm gegen den Mund. „Trink, damit du mir endlich glaubst und wir das Thema abhacken können."

Die Wunde brannte und als er mit seiner Zunge darüberfuhr, zuckte ich kurz zurück. Doch bei seinem ersten Schluck überrollte mich eine Welle der Zuneigung, aber auch der Schuld. Ich spürte seine Schuldgefühle und konzentrierte mich schnell auf die letzte Nacht. Auf meine Freude, als ich ihn im Bett liegen sah, meine Gedanken, wie schön ich ihn fand und wie gern ich ihn hatte. Ich konzentrierte mich auf die Anziehungskraft, die er auf mich ausübte, auf einen der vielen Träume, die ich in letzter Zeit über ihn hatte.

Angelo schloss meine Wunde und zog mich in eine Umarmung. Er strich mir beruhigend über den Rücken und vergrub sein Gesicht in meiner Halsbeuge. Noch mehr Arme schlossen sich um mich, da auch Lucia und Katharina nun bei uns knieten und mich umarmten.

Die sanfte Stimme der Vampirin drang an mein Ohr. „Wir sind für dich da und helfen dir."

Ich nickte einfach nur und genoss die Nähe zu allen dreien.

Ägypten war schön. Dank der vielen Kontakte von Angelo, hatten wir fast überall Zutritt und das auch noch nachts.

Katharina und ich ließen es uns dennoch nicht nehmen, einen Tag nur für uns zu verschwenden. Wir lagen in der Sonne, waren im Meer schnorcheln und genossen das Nichtstun.

Wir schafften es, Angelo dazu zu drängen uns ein paar Sehenswürdigkeiten zu zeigen und den Rest der Reise verbrachten wir in den verschiedensten Bibliotheken und kuriosen Hinterhöfen mit irgendwelchen Hexen und was weiß ich noch.

Ausgelaugt und leider ohne neues Wissen flogen wir zurück nach Hause.

Es war Juni und der Sommer näherte sich langsam. Die Nächte wurden kürzer, die Tage wärmer und alles blühte.

Wir saßen zu viert auf der Steinmauer und blickten in den Wald. Das war mittlerweile zur Gewohnheit geworden. Wir nutzten diese Zeit, um uns auszutauschen. Katharina war mit ihrem Studium fertig und legte jetzt erst mal eine Pause ein, bevor sie ins Berufsleben startete. Ihr Plan war es, in einem geschichtlichen Museum zu beginnen und dann vielleicht auch ins Ausland zu gehen.

Ich wusste immer noch nicht so recht, was ich machen wollte.

„Hat dir der Beruf als Polizist gefallen?" Lucia drehte sich zu mir.

„Ja, schon. Ich vermisse es auch irgendwie, aber ich bezweifle das man mich, nach dieser Aktion, wieder zurücknehmen wird."

Nun schaltete sich Angelo dazu. „Warst du denn gut?"

„Ich denke schon. Durch meine Gabe konnte ich viele Fälle lösen und auch ohne sie, war meine Aufklärungsrate nicht schlecht."

„Dann mach doch etwas in diese Richtung."

„Ja, aber was denn?"

„Zum Beispiel Detektiv."

Ich sah ihn verdutzt an. „Detektiv? Wer, bitte schön, geht zu einem Detektiv? So etwas gibt es doch nur in Filmen."

„Überlege mal. Du magst deinen Beruf, kannst aber nicht zurück, da kommt das doch am nächsten ran, oder?"

Das plötzliche Zusammenklatschen von Katharina ließ uns alle aufschrecken. „Ich habs! Mach eine Detektei für Übersinnliches auf."

„Das ist eine gute Idee. Ich hätte da auch einen Klienten für dich." Angelo sah mich aufmunternd an.

Neuanfang

So kam es, dass ich Mitte August vor einem Gebäudekomplex, am Rande der Stadt auf Michael wartete.

Sein weißer Familienvan bog um die Ecke und parkte direkt hinter dem Wagen von Lucia. „Sorry, wartest du schon lange?"

„Nein, keine Sorge. Ich bin selber erst vor fünf Minuten angekommen." Ich drehte mich wieder in Richtung des Gebäudes. „Danke, dass du dir das mit mir ansiehst."

„Kein Problem." Er folgte meinem Blick. „Dann lass uns die Räume mal begutachten."

Es führten drei Stufen zur Eingangstüre hinauf, welche ich mit dem Schlüssel, den ich mir zuvor vom Verkäufer geholt hatte, aufschloss. Eine Welle an stickiger Luft schlug uns entgegen, als wir den Vorraum betraten. Linkerhand führte eine Holztreppe ins Obergeschoss, auf der rechten Seite war eine Garderobe und ein Stück weiter zwei Türen. Diese führten in ein kleines Bad und ein WC. Den Gang geradeaus, an der Treppe vorbei, folgte eine Art Wohnzimmer, welches ich mir als Büro einrichten würde, und von dort abzweigend eine kleine Küche.

Im Obergeschoss befanden sich ein weiteres kleines Bad und ein Schlafzimmer. Es war perfekt. Ich konnte hier Kunden empfangen und es zeitgleich als Wohnung nutzen.

Michael stand im Wohnraum und sah sich um. „Nicht so übel. Da kann man etwas daraus machen. Wirst du es nehmen?"

„Ich denke schon. Die Lage ist nicht schlecht und der Preis passt auch."

„Ist es nicht etwas zu abseits?"

„Nicht für das, was ich vorhabe."

„Eine Detektei, oder? Wäre da nicht etwas mehr im Zentrum Gelegenes besser?"

„Ich mache eine Detektei für Übernatürliches auf. Meine zukünftigen Klienten haben es sicher lieber, wenn es etwas ruhiger ist."

„Übernatürliches?"

„Ja. Angelo meinte, er habe bereits einen Klienten für mich. Jemanden, der ein altes Schmuckstück sucht, welches er im siebzehnten Jahrhundert verloren hat."

„Also ein Erbstück?"

„Nein, es war sein Eigenes. Es scheint ihm gestohlen worden zu sein. Näheres erfahre ich noch. Wird bestimmt nicht leicht, aber da ich ihn ja selber befragen kann, haben wir eine Chance, es zu finden."

„Also ein Vampir?"

„Ich weiß es, ehrlich gesagt, nicht. Vielleicht auch ein Hexer oder etwas ganz anderes."

„Ist das nicht zu gefährlich? Du bist immerhin ein Mensch."

„Angelo wird mich unterstützen, also keine Sorge."

Wir lehnten mittlerweile an seinem Wagen und sahen auf das Gebäude. Michael verschränkte seine Arme vor der Brust und sah kurz zu mir. „Ich kann das Ganze immer noch nicht so richtig begreifen. Es fühlt sich irgendwie so an, als würden wir über einen Film oder ein Spiel sprechen und nicht über das reale Leben."

„Ich wollte eh längst mal fragen, ob du mich begleiten willst. Sie sind neugierig auf dich."

„Ich soll mitkommen?"

„Du musst natürlich nicht, wenn du nicht willst, aber vielleicht hilft es dir, das Ganze etwas besser zu verstehen, und es kommt dir nicht mehr so unreal vor."

„Hmm, vielleicht keine so schlechte Idee."

Ich fischte mein Handy aus der Hosentasche, bereits nach neunzehn Uhr. Ich wählte Angelos Nummer und hoffte einfach, dass er schon wach war. Nach dem dritten Freizeichen wurde der Anruf angenommen.

„Hm ... ja?"

„Angelo? Thomas hier. Habe ich dich geweckt?"

„Schon gut, was gibt es?"

„Ist es in Ordnung für euch, wenn ich Michael heute mitnehme?"

„Michael?"

„Du schläfst ja noch halb, ich rufe später wieder an."

„Warte, rede noch etwas, dann werde ich schon munter."

„Hmm, was hältst du von Grillen und gemütlich beisammensitzen? Dann werde ich jetzt mit Michael einkaufen fahren und bis wir bei euch sind, bist du bestimmt munter."

„Mhm."

„Ist Katharina im Haus?"

„Warte kurz." Es ist still auf der anderen Leitung, bis ich ihn wieder atmen höre.

„Ja, sie ist hier. Beide schlafen noch."

„Dein Gehör ist unheimlich."

„Nein, nur sehr ausgeprägt."

„Das sagst du, weil du derjenige mit den guten Ohren bist. Man könnte meinen, du seist ein Hund."

„Vergleiche mich bitte mit keinem Wolfsmenschen."

„Bitte was? Die gibt es auch?"

„Ja, und nachdem, was du zukünftig arbeiten wirst, triffst du sicher bald selber auf einen, also gewöhne dich lieber daran."

„Ach du Scheiße."

Als hätte ich nichts gesagt und als sei es völlig normal, dass es Werwölfe oder so etwas gibt, redete er einfach weiter. „Lasst euch Zeit mit dem Einkaufen. Ich würde sagen in frühestens einer Stunde hier, dann sollten sie wach und bereit für Besuch sein."

„Okay, aber das Thema ist noch nicht vom Tisch."

„Schon gut, du kannst mich später ausfragen."

Ich stecke mein Handy zurück, da er einfach aufgelegt hat.

„Also ich bin heute schon bei euch?" Michael stemmte sich vom Wagen ab und ging auf die Fahrerseite.

„Sorry, ja. Passt das auch?"

„Klar, habe ja Freischicht. Ich gebe nur schnell Karin Bescheid."

Etwas über eine Stunde später parkte ich den Wagen in der Garage. Kaum war ich ausgestiegen, kam uns Katharina entgegen. „Hy Tom."

„Hy Kathy." Ich grinste sie frech an. Irgendwann hatten wir die kindische Idee uns diese Spitznamen zu geben, einfach um uns gegenseitig zu zeigen, dass wir eine besondere Freundschaft hatten.

„Michael, das ist Katharina. Kathy, darf ich dir Michael vorstellen?"

Die beiden reichten sich die Hände, dann kam sie zu mir und umarmte mich kurz. „Sie haben mich vorgeschickt, damit Michael nicht gleich überfordert ist."

„Also zuerst den Menschen, damit er sich in Sicherheit wiegen kann." Ich konnte ein Lachen nicht unterdrücken und als ich Micheals verdutzte Mimik sah, wurde es nur noch lauter.

Kurz kämpften verschiedene Gefühlsregungen in seinem Gesicht, doch dann stieg er in mein Lachen mit ein und strahlte mich richtig an. „Es ist schön, dich wieder so zu sehen."

„Wie denn?"

„Lachend."

„Aber ich lache doch sehr oft."

Die Antwort kam von Katharina. „Eigentlich nicht, und wenn, dann wirkt es nicht aufrichtig. Es erreicht deine Augen nicht. Aber in letzter Zeit wird es besser."

„Okay." Mehr war mir als Antwort nicht eingefallen. Ich wusste selber nur zu gut, dass ich meistens nicht richtig lachte, dass ich immer wieder in dieses Loch zurückfiel. In diese Dunkelheit, aus der ich kein Entkommen sah, wo sich alles einfach nur schwer und falsch anfühlte. Ich wusste aber auch, dass ich immer wieder dort rauskam, mich hochrappelte und das schöne in meinem Leben suchte. Um nicht weiter den dunklen Gedanken nachzuhängen, griff ich nach den Einkäufen.

„Lasst uns ins Haus gehen, die anderen warten bestimmt schon."

Lucia stand in der Küche und hatte gerade Teller aus dem Schrank geholt. „Hallo!" Sie kam auf mich zu und nahm mich in ihre Arme, immer darauf bedacht, meine Haut nicht zu berühren. Ich erwiderte die Umarmung und legte mein Kinn auf ihren Kopf. „Hallo Lucia. Wie geht es dir heute?"

„Danke, mir geht es gut, und dir?"

„Heute ist ein guter Tag."

Wir teilten ein Lächeln und lösten uns voneinander.

Da Lucia selber zu keiner Therapie wollte, teilte ich das Wissen aus meinen Sitzungen mit ihr. Ihre gesamten Sorgen drehten sich um Übernatürliches, was es schwer machte, mit einem normalen Menschen darüber zu sprechen. Einmal in der Woche setzten wir uns zusammen und redeten offen miteinander. Was wir erlebt hatten, wie wir uns fühlten. Unsere Gedanken und Ängste.

Lucia und Michael hatten sich mit einem Handschlag begrüßt und ich fragte nach, wo Angelo war.

„Der ist im Garten und kümmert sich um das Feuer."

„Michael, kommst du? Einen noch, dann kennst du alle."

Er folgte mir durch die Küche und ich steuerte auf die Hintertüre zu. Kaum war sie geöffnet, wehte mir der Geruch von Rauch entgegen. Das Feuer loderte und knisterte vor sich hin.

Angelo hockte dahinter, seine Haare hingen ihm offen über die Schulter. Das Kabel seiner Kopfhörer baumelte von seinen Ohren und endete in seiner schwarzen Jeans. Er hatte Musik laufen, was auch erklärte, warum er erst dann aufsah, als wir bereits auf der Wiese im Schatten der Bäume standen.

Als er mich sah, schenkte er mir sein strahlendes Lächeln, bei dem die spitzen Eckzähne deutlich sichtbar waren.

Michael neben mir erschreckte sich kurz, als Angelos Augen auch noch die Flammen spiegelten und er so, ziemlich wild wirkte.

Angelo zog die Stöpsel aus den Ohren und steckte sie in die Hosentasche, dann kam er auf uns zu.

„Hallo Michael, freut mich, dich endlich kennenzulernen."

„Danke, gleichfalls."

Die beiden nickten sich zu, dann stellte sich Angelo vor mich hin. Mein Blick streifte über seine Statur und blieb an seinen Augen hängen. „Ich weiß, es ist heiß, aber wieso trägst du kein Shirt?"

„Weil ich die Wärme des Feuers spüren wollte."

„Ist dir kalt?"

„Du weißt doch, dass ich fast keine Kälte fühlen kann, aber das bedeutet ja nicht, dass ich nicht manchmal Wärme spüren will."

„Bist du so weit?"

Angelos Lächeln kehrte zurück und er strahlte zu mir hoch. „Ja." Seine gehauchte Antwort bescherte mir eine Gänsehaut, trotz der Hitze des Sommerabends und des Lagerfeuers.

Meine Arme schlossen sich um seinen Körper. Die angenehme Kühle seiner Haut drang durch mein Shirt und als ich die Lippen an seine gelegt hatte, tauschte ich die Sicht.

Vor mir stand ich selber, den Kopf nach vorn gebeugt, damit ich an die Lippen kam. Eine Welle an Gier und verlangen überrollte all meine Sinne. Ich hörte das Blut, dass durch die vielen Adern gepumpt wurde, roch den süßlich, metallischen Saft und ich spürte ein Ziehen in meinen Zähnen.

Ich schaffte es, Angelo ein kleines Stück von mir zu stoßen. Ohne ein weiteres Wort drehte ich mich um, ging schnell in die Küche und kam mit einem Beutel zurück. Ich rammte den angespitzten Strohhalm hinein und hielt das Ganze an seine Lippen.

Michael starrte uns einfach nur an, blickte verdutzt von einem zum anderen.

Wie er sah, dass Angelo das Blut mit einem verzückten Stöhnen durch den Strohhalm saugte, hatte er endgültig realisiert, dass ein Vampir vor ihm stand.

Eine Weile beobachtete er das Schauspiel, dann schüttelte er den Kopf, um sich selbst aus der Starre zu reißen.

„Woher wusstest du, dass er ... hungrig ist?"

„Ich habe es gespürt. Angelo schafft es, seine Gedanken vollkommen auf das hier und jetzt zu fokussieren, daher habe ich bei ihm keine richtigen Visionen, sondern sehe einfach die Gegenwart mit seinen Augen. Dazu kommen auch all die anderen Sinne, die ich durch ihn wahrnehme, so wusste ich, dass er Blut braucht. Die Sonne ist ebenfalls noch nicht untergegangen und obwohl er im Schatten steht, schmerzt ihn das und alleine dadurch braucht er mehr Blut."

„Tja, dann würde ich sagen, ich kümmere mich weiter um das Grillen und Angelo geht ins Haus."

Michael war einfach fantastisch. Er nahm es einfach hin, akzeptierte die Existenz von Vampiren und verstand sich sogar richtig gut mit Lucia und Angelo.

Es war ein wunderschönes Beisammensein, mit all meinen Freunden, nur einer fehlte. Vinny. Wir telefonierten wöchentlich und trafen uns wenigstens einmal im Monat.

Er wirkte sehr glücklich mit seinem Partner, was mein schlechtes Gewissen ihm gegenüber etwas geschmälert hatte. Er war immer für mich da und wir hatten uns fast ein halbes Jahr nicht gesehen. Zum Glück war Vinny nicht nachtragend und unsere Freundschaft bestand weiterhin.

„Was habt ihr jetzt vor?"

Michael riss mich aus meinen Gedanken. Wir hatten ihm einen Kurzbericht, der bisher unternommenen Versuche gegeben, Laurent, sprich James, von dem Fluch zu befreien.

Ich schmiss ein kleines Stöckchen ins Feuer und sah ihn an. „Im Herbst reisen wir nach Frankreich, dort wurde damals wohl der Fluch ausgesprochen. Nächstes Jahr, im März geht es dann nach Rom."

„Was wollt ihr dort?"

Diesmal kam die Antwort von Angelo. „Ich wohne eigentlich dort."

„Ja, das weiß ich doch, aber wie bringt euch das weiter?"

„Woher weißt du, wo ich wohne?"

Michael und ich sahen uns schuldbewusst an.

Angelos Blick glitt von ihm zu mir und seine Augen verengten sich. „Thomas? Raus mit der Sprache."

„Erinnerst du dich an unser erstes Aufeinandertreffen?"

„Ja?"

„Du hast meine Waffe genommen und perfekte Fingerabdrücke hinterlassen."

Kurz sah er mich verdutzt an, dann zuckte er mit der Schulter. „Okay, das kann ich verstehen."

„Gut, also was bringt euch das jetzt?", fragte Michael erneut.

Angelo lehnte sich in seinem Stuhl gemütlich zurück und sah in die Flammen. „Ich habe viele Kontakte dort und somit Zugriff auf etliche Bibliotheken, in die man sonst nicht reindarf."

„Also erhoffst du dir, in irgendeinem Buch etwas zu finden?"

„Ja, allerdings."

Es tat so gut, zu sehen, dass sich Michael und meine neuen Freunde miteinander vertrugen, ja, sogar selber eine Art Freundschaft aufbauten.

Es war nicht das letzte Treffen dieser Art und es tat mir sehr gut, Michael und Vinny, als auch meine neuen Bekannten als Freunde zu zählen. Die dunklen Gedanken wurden merklich weniger und meine Albträume kamen nicht mehr so oft, wenngleich ich sie nie ganz loswerden würde.

Über die erhofften Neuigkeiten aus Frankreich bleibt mir nicht viel zu berichten, denn es gab keine. Außer ein paar Erzählungen über „Legenden", welche sich als die Geschichte von James und Laurent entpuppte, fanden wir keine Hinweise darauf, wer den Fluch ausgesprochen hatte, noch wie wir ihn lösen könnten.

Tod

Der Winter brachte dann mehrere kleine Fälle, bei denen mir nicht nur Angelo, sondern auch Michael tatkräftig zur Seite standen. Im März flogen wir gemeinsam nach Rom.

Was sollte ich sagen, ich liebte diese Stadt, ihre Geschichte und die vielen Sehenswürdigkeiten. Ich hatte auch jede Menge Zeit, mir diese anzusehen, denn die besagten Bibliotheken, zu denen Angelo Zugriff hatte, durfte auch nur er alleine betreten. So verbrachte ich die Nachmittage mit Katharina, am Abend gingen wir gemeinsam Essen und Lucia zog mit Angelo in der Nacht um die Häuser. Es gab tatsächlich Clubs für Vampire, in denen auch nur solche reindurften.

So vergingen die zwei Wochen in der Ewigen Stadt recht schnell und die Heimreise stand uns bevor.

Dieses Mal nahmen allerdings nur Lucia und Katharina einen Flug zurück, denn Angelo hatte, nach Rücksprache mit Lucia, beschlossen, zu ihr zu ziehen. Katharina war ebenfalls schon dort eingezogen und ich selber verbrachte mehr Zeit bei ihnen als in meiner Wohnung in der Stadt. Seine Wohnung in Rom behielt Angelo allerdings, lediglich ein paar persönliche Habseligkeiten wollte er mitnehmen und natürlich sein Motorrad. Dies war auch der Grund, warum wir nicht mitflogen.

Wir fuhren um sieben Uhr am Abend los, besser gesagt Angelo fuhr, während ich mich an seinen schmalen Rücken klammerte. So etwas wie Geschwindigkeitsbegrenzung schien ihm völlig egal zu sein und ich war nur froh, dass ich kein Polizist mehr war, denn sonst hätte ich ihm den Schein abnehmen müssen.

Bei der dritten Pause, die wir eingelegt hatten, um uns die Füße zu vertreten, hielt mir Angelo den Schlüssel seiner mattschwarzen Honda Fireblade unter die Nase.

„Fährst du bitte die restliche Strecke?" Sein Blick richtete sich auf den Horizont. „Die Sonne wird bald aufgehen und mir wäre es lieber, wenn ich dabei nicht fahren müsste."

„Sollten wir nicht besser eine Unterkunft suchen?"

„Es sind doch nur mehr drei Stunden, das schaffe ich schon." Er klopfte kurz auf seinen Helm, den er im Arm hielt. „Das Visier ist selbsttönend und sonst kommt nirgends Sonnenlicht durch. Deswegen trage ich auch Leder. Wenn es also für dich in Ordnung ist, dann würde ich gerne weiterreisen."

„Bist du dir sicher?"

„Natürlich, du hast doch den Schein."

„Ja schon, aber es ist etwas länger her, dass ich ein Motorrad gefahren bin."

„Kein Problem. Fahre erst mal die Straße hier rauf und runter, damit du ein Gefühl für sie bekommst."

Ich grinste ihn an. „Für SIE?"

Angelo zuckte nur mit den Schultern, also setzte ich mir den Helm auf und schwang das Bein über die Maschine.

Eine leichte Erregung kribbelte durch meinen Körper.

Ich klappte den Ständer ein, startete die Zündung und drehte am Gasgriff. Es war ein herrliches Gefühl. Der Motor vibrierte unter meinen Schenkeln und die Erregung in mir verstärkte sich. Langsam fuhr ich an und passierte die Bäume am Straßenrand, mit einem gemütlichen Tempo. So fuhr ich ein paarmal hin und her, wobei ich nach jeder Wendung etwas schneller wurde, dann stoppte ich vor Angelo.

„Traust du dich rauf?"

„Natürlich."

Kurz musterte ich ihn. Seine schmale Statur in der Lederhose und der dazu passenden Jacke. Die langen Haare waren geflochten und legten sich auf seine Schulter. Er setzte den schwarzen Helm auf, schloss das Visier und kam zu mir. Seine behandschuhten Hände glitten um meine Taille und schlossen sich vor meinem Bauch. Er drückte sich an mich, sodass ich seinen kalten Körper spüren konnte. Ich schob die Gedanken beiseite und konzentrierte mich auf das Anstehende. Wieder startete ich das Motorrad und fuhr los.

Die Sonne blinzelte schon hinter der Bergkette hervor, als wir kurz vor dem Ziel waren. Ich bog die Privatstraße zum Haus rein und drehte am Gas. Der Motor knurrte auf und die Fireblade beschleunigte. Angelos Griff um meine Mitte wurde etwas fester und ich genoss es.

Noch ein Kilometer, dann wären wir zu Hause gewesen.

Angelos Finger krallten sich in mein Fleisch, während wir von der Maschine stürzten und gegen den Boden krachten. Ich hatte einen lauten Knall gehört, mein Kopf war mit einer extremen Wucht auf den Asphalt aufgeschlagen, Angelos Hände lösten sich von mir. Dann schlitterte ich mit hoher Geschwindigkeit auf die Bäume zu.

Der Schmerz war nur kurz, aber dafür so extrem, dass ich mir sicher war, nie wieder atmen zu können. Danach spürte ich nichts mehr. Ich sah die Welt auf der Seite liegen, sah

Angelo, wie er sich gerade aufrappelte. Er zog sich den Helm vom Kopf und ich erkannte eine Platzwunde an seiner Stirn, aus der Blut in sein linkes Auge floss. Er wischte sich mit dem Ärmel über das Gesicht und dann sah er sich um. Sein Blick traf meinen und weiteten sich geschockt. Ich rollte mich auf den Bauch und legte die Hände neben der Brust ab, um mich hochzustemmen.

„Thomas, bleib liegen!"

Ich hörte nicht auf ihn, saß bereits und griff nach meinem Helm.

„Herrin, komm schnell her, mit dem Wagen. Wir sind ungefähr einen Kilometer vom Haus entfernt, wir hatten einen Unfall."

Mit einem Ruck war mein Kopf frei und ich ließ den kaputten Helm einfach auf den Boden fallen.

Angelo legte gerade sein Handy weg und ich fragte mich nur, wie das Ding den Sturz überlebt hatte. Dann ging mein Blick weiter und ich sah die Fireblade mehrere Meter entfernt liegen, ziemlich verbeult und zerkratzt.

„Es tut mir leid, Angelo. Ich komme natürlich für die Reparatur auf, falls sie noch zu retten ist."

„Das ist doch jetzt egal. Wie geht es dir?"

„Es geht eigentlich. Mir tut gar nichts weh."

„Thomas, leg dich bitte wieder hin, du hast bestimmt einen Schock."

„Wieso, mir geht es doch gut."

„Du kannst nicht nichts spüren, nach so einem Aufprall. Sieh dir nur deinen Kopfschutz an."

Ich folgte seinem Blick und verstand, was er meinte. Der Helm war fast gespalten und ich wunderte mich, dass ich überhaupt bei Bewusstsein war.

Das Geräusch eines Autos kam auf uns zu und ich stemmte mich, am Baum stützend, in die Höhe.

Ein Knacken, wie das Brechen eines Astes war zu hören, ein Stich ging durch meine Lungen und der Atem stockte mir. Ich sah noch in die wilden Augen von Angelo, die mir panisch entgegenblickten. Er sprang auf und lief auf mich zu, doch er konnte mich nicht mehr fangen. Dumpf schlug ich auf, blieb reglos liegen, versuchte Luft zu holen.

Ich schaffte es einfach nicht, zu atmen. Jeder Versuch endete mit einem röchelnden Geräusch. Panik machte sich in mir breit, legte einen dichten Mantel über mich.

Es war absurd, um mein Leben zu fürchten, da ich es doch selber beenden wollte. Immer noch litt ich unter Panik-attacken und wachte schweißgebadet und tränenüberströmt auf. Und sehr oft war es Angelo, der mich in den Armen hielt, mir beruhigend über den nassen Rücken strich und mich, einem Kind gleich, hin und her schaukelte, bis ich wieder normal Atmen konnte.

Diese tiefe Verbundenheit und Zuneigung die ich ihm gegenüber verspürte, war bereits weit mehr als nur normale Freundschaft. Genau beschreiben konnte ich es nicht, aber ich wollte und brauchte ihn in meinem Leben. In dem Leben, welches an der Straße, im Dreck, sein Ende finden sollte.

„Thomas, beruhig dich!" Angelo kniete über mir, fuhr mit zittrigen Fingern meine Wange entlang. „Thomas, bitte ..."

Bitte was? Was wollte er von mir? Ich hätte alles in meiner Macht Stehende für ihn getan, doch ich fürchtete, dass das, was er sich von mir wünschte, unmöglich war. Ich bekam keine Luft, meine Sicht verdunkelte sich zunehmend und eine kalte Leere breitete sich in mir aus.

In diesem Moment erblühte ein Gedanke in mir, dessen Samen schon vor Monaten gesät wurde und dessen Knospe stetig wuchs. Ich wollte nicht sterben.

Mit enormem Kraftaufwand hob ich meine Hand und drückte sie ihm gegen die Lippen. So leise, dass ein Mensch es nicht verstanden hätte, hauchte ich ein einziges Wort.

„Trink."

„Nein, wir müssen dich erst stabilisieren." In seiner Panik riss er sich das Handgelenk auf und drückte mir dir blutige Masse gegen den Mund.

„Angelo, er kann nicht atmen. Er wird an deinem Blut ersticken." Die sonst so sanfte Stimme von Lucia wirkte schrill und gehetzt.

„Ja, ja du hast recht. Lucia, ... beatme ihn!"

In Tränen schwimmende, braune Augen tauchten über mir auf. Sahen mich panisch und voller Verzweiflung an. Sie legt ihre zitternden Lippen an meine und flößte mir Luft ein. Es war seltsam, zu spüren, wie sich ihr Atem einen Weg durch meine Luftröhre bahnte und zumindest einen Lungenflügel füllte.

„Halte ihn fest, er darf sich nicht bewegen." Angelo griff in seine Jackentasche und holte einen schmalen, länglichen Gegenstand hervor. Mit einer geübten und schnellen Bewegung ließ der das Butterflymesser aufklappen.

„Es tut mir leid, Thomas, aber das wird jetzt sehr weh tun."

Mit diesen Worten senkte er die Klinge an meine Brust. Erst da fiel mir auf, dass meine Jacke offenstand und das Shirt aufgerissen war. Er setzte das Messer an die Haut und schnitt durch das Fleisch, zwischen der dritten und vierten Rippe an meiner rechten Seite. Der Schmerz war überwältigend, alles überdeckend. Er überrollte mich wie eine Lawine, brach über mir zusammen und entlockte mir einen nervenzerfetzenden Schrei.

Lucia hielt mich umklammert und drückte mich auf den Boden, da ich unterbewusst versucht hatte, mich zu befreien.

„Thomas, gleich ... ich muss nur deine Rippe aus der Lunge ziehen." Ein schmatzendes Geräusch folgte seinen Worten und erneut schrie ich auf. Ich konnte noch sehen, dass Angelo seine Pulsadern aufschnitt und seine Hand über meine Wunde hielt, danach empfing mich alles erlösende Finsternis.

Ich erwachte aus dem Nichts und stürzte in Schmerz. Mein ganzer Körper schrie vor Pein und ich sehnte mich erneut nach Erlösung.

„Angelo, sein Herz wird das nicht mehr lange mitmachen."

„Ich weiß, Lucia. Er hat zu viele Verletzungen, die ich nicht sehe oder höre."

„Was können wir denn tun?"

Kurz herrschte Schweigen, dann vernahm ich wieder die krächzende Stimme Angelos. „Es gibt nur noch eines, womit ich ihn retten kann."

„Was?"

„Er hatte mir vorhin seine Hand an den Mund gehalten und mich aufgefordert zu trinken. Er wollte, dass ich ihn wandle und ich fürchte, es ist die einzige Möglichkeit, seinen Tod zu verhindern."

„Er wollte es? Denkst du, er ist damit einverstanden?" Irgendwie musste ich es schaffen, ihnen mitzuteilen, dass ich es wollte. Ich fühlte mich so schwer und kraftlos, dennoch öffneten sich langsam meine Augen. Angelo blickte sofort zu mir.

„Thomas, soll ich dich wandeln? Oder willst du lieber sterben?"

Ja, wandle mich, lass mich leben! Ich wollte es ihm ins Gesicht schreien, doch kein Ton verließ meine Lippen, kein Laut entrang sich meiner Kehle. Angelo hatte zum Glück bemerkt, dass ich nichts sagen konnte. Er biss in sein Handgelenk und drückte mir dieses an die Lippen. Mit aller Kraft schaffte ich es, ein paar Schlucke zu mir zu nehmen, mein Blick verließ dabei keine Sekunde den von Angelo. Das Blut gab mir zumindest so weit Kraft, dass ich es schaffte zu nicken und somit seine Frage zu beantworten.

„Lucia, ist der Kühlschrank im Keller gefüllt?"

„Ja, ist er."

Erst da registrierte ich, dass wir im Haus waren und ich auf der Couch lag. Angelo hob mich hoch und trug mich die Stufen hinunter, dicht gefolgt von Lucia. Ich wurde am Bett abgelegt.

„Geh jetzt bitte und schließe die Türe."

„Kann ich denn nicht helfen?"

„Nein, leider. Es wird schmerzhaft für ihn werden, da sein Körper viel zu heilen hat, und ich kann nicht vorhersagen, wie er auf all das reagieren wird."

Eine Türe fiel laut ins Schloss und ein elektronisches Summen ertönte. Lucia war weg und ich somit alleine mit Angelo. Dieser holte mich mit einem sanften Streicheln seiner Finger, aus meinen Gedanken. Er zog sein Shirt aus, seine Lederhose und Socken. So stand er nur noch in Trunks bekleidet vor mir und sah mich mit einem, leicht angsteinflö-ßendem Hunger in den Augen, an.

„Thomas, du darfst nicht aufhören, zu trinken, bis ich es dir sage." Er kniete sich neben mich auf die Schlafcouch.

„Ich werde es wohl nicht über so einen langen Zeitraum schaffen, meine Gedanken unter Kontrolle zu halten, das heißt, ich kann dir nicht alle Schmerzen ersparen." Angelo schwang sein linkes Bein über mich und ließ sich auf meinen Hüften nieder. Ich war vollkommen nackt und übersäht mit Schrammen und Hämatomen. Er hatte meinen Blick bemerkt und setzte zu einer Erklärung an. „Ich musste nachsehen, ob du noch weitere, sichtbare Verletzungen hast."

Angelo beugte sich nach vor, stützte seine Unterarme neben meinem Kopf ab und küsste mich kurz. „Ich werde dich in die Halsschlagader beißen, da ich hier am schnellsten an das meiste Blut komme. Dich werde ich zuerst an meiner Pulsader trinken lassen. Wenn sich deine Zähne gebildet haben, dann ist es besser, dass du ebenfalls die Halsschlagader nimmst."

Er biss sich erneut ins Handgelenk, da dieses bereits wieder fast geheilt war, dann hielt er mir die Wunde an die Lippen. Ich öffnete den Mund und drückte sie auf das kühle

Fleisch. Das warme Blut floss in meine Kehle und ich hatte zu Anfang Mühe, alles zu schlucken.

„Thomas, du musst trinken, saugen. Sonst schließt sich die Wunde sofort wieder."

Ich fing an, den metallischen Saft aus ihm zu ziehen, musste ein Würgen unterdrücken, da es zu viel war. Zu viel an Flüssigkeit und zu viel an Geschmack.

Ich zuckte kurz zusammen, als sich Angelos Zähne durch meine Haut bohrten und sich ein brennender Schmerz an meinem Hals ausbreitete. Ich konnte ihn schlucken hören, schwer und oft. Ein Verlangen breitete sich in mir aus. Eine Gier und ein mir unbekannter Hunger. Angelo stöhnte in meine Halsbeuge, drückte sich immer mehr an mich.

Der brennende Schmerz hatte sich mittlerweile im gesamten Körper ausgebreitet und auch mir entkamen stöhnende Laute, wenngleich sie nicht in Lust, sondern in Schmerz zu finden waren. Ich hatte das Gefühl zu verbrennen und zeitgleich war mir so kalt wie noch nie zuvor im Leben. Mein Kopf dröhnte und ein Ziehen machte sich in meinem Kiefer breit.

„Jetzt, Thomas. Beiß mich."

Instinktiv drehte ich den Kopf leicht, inhalierte den Geruch nach unserem Blut, seiner Haut, seinem Haar und dem nach Lavendel. Meine Zunge strich über die kühle, glatte Haut und spürte das Blut darunter pulsieren. Ich drückte die Lippen darauf, durchstieß das feste Fleisch und nahm den warmen Schwall freudig entgegen. Meine Sinne spielten verrückt, nahmen alles in sich auf und fokussierten sich dennoch nur auf eines. Blut. Süßes, metallisches Blut. Ich grub die Finger in sein Haar, drückte ihn noch näher zu mir. Meinen anderen Arm schlang ich um seinen Rücken und ich spürte, wie mein Penis hart wurde. Voller Lust rieb ich mich an ihm, saugte immer mehr aus seiner Ader, konnte nicht genug bekommen.

Dann kam wieder der Schmerz, überrollte mich erneut und nahm mir alle anderen Gefühle. Ich wollte schreien, mich von ihm befreien, doch Angelo hielt mich mit eisernem Griff fest, hörte nicht auf zu trinken und drückte meinen Kopf weiter gegen seinen Hals.

Dieses Wechselbad schien sich ewig dahin zu ziehen, bis ich irgendwann erschöpft und desorientiert einschlief.

Irgendetwas kitzelte mich an der Schulter. Verschlafen kratzte ich mich und blieb mit den Fingern in etwas hängen. Mit Mühe schaffte ich es, meine Augen zu öffnen und als ich die schwarzen Haare sah, fiel mir alles wieder ein. Der Unfall, das Blut, die Schmerzen. Angelo hatte mich gewandelt, auf meinen Wunsch hin.

Ich wusste noch, dass ich das Gefühl hatte zu verbrennen und zeitgleich eine, noch nie dagewesene Kälte verspürt hatte.

Lust hatte sich mit Schmerz vermischt.

Nun lag ich hier, im Dunkeln, nur das schwache Licht einer kleinen Tischlampe erhellte den Raum. Vorsichtig drehte ich mich zur Seite und sah ihn an. Angelo lag auf dem Rücken, eine Hand ruhte auf seiner behaarten Brust, neben seinem Amulett. Mein Blick folgte der Spur der Haare, hinab zu der Stelle, an der sie sich verjüngten, fast ganz aufhörten, um dann in einer verführerischen Linie unterhalb des Bauchnabels weiterzugehen. Ein schwarzer Slip verwehrte mir weitere Einsicht. Sein rechtes Bein lag unter der Decke, während sein anders angewinkelt im Freien war. Angelo hatte einen schlanken, aber dennoch muskulösen Körper.

Ich bemerkte, dass ich die Luft angehalten hatte, und sog sie nun tief in meine Lungen. Das war ein Fehler. Sein Duft überrollte mich förmlich. Nicht nur das mich die Intensität des Lavendels fast erschlug, ich roch auch sein Shampoo, das Blut, den Schweiß und sogar seine Männlichkeit.

Ich verspürte einen seltsamen Hunger und ehe ich mich versah, leckte meine Zunge über das getrocknete Blut an seinem Hals. Der Geschmack explodierte in meinem Kopf, ich stürzte mich regelrecht auf ihn. Einzig die Vision, in der ich mich selber sah, auf ihm sitzend, zeigte mir, dass Angelo erwacht war.

„Thomas, hör auf."

Ich ignorierte ihn, umschloss seine Beine mit meinen und fixierte seine Hände über seinen Kopf.

Angelo bäumte sich auf, was zur Folge hatte, dass unsere Schwänze aneinandergedrückt wurden und ein Stöhnen über meine Lippen rollte. Ich fing an, mich an ihm zu reiben, und grub, ohne nachzudenken, die Zähne in seinen Hals.

„Thomas, hör auf!"

Er versuchte sich zu wehren, rollte sich hin und her und schaffte es letztendlich mich von sich zu stoßen. Nun war ich es, der am Rücken lag, und Angelo ragte über mir auf. Er war wunderschön, sein langes schwarzes Haar umrahmte sein Gesicht. Das goldene Amulett ruhte auf seiner bronzenen Haut.

„Du bist wahrlich ein Engel."

„Thomas, du kannst nicht einfach von mir trinken."

„Weshalb nicht?"

„Du brauchst menschliches Blut, um zu überleben, und diesen Hunger, den du gerade verspürst, den kann ich nicht stillen."

Meine Hände umfassten seine Oberschenkel, wanderten zu seinem Gesäß und drückten ihn nach vorne. Erneut berührten wir uns und nicht nur mir entkam ein Stöhnen. „Oh doch, Angelo. Diesen Hunger kannst du sehr wohl stillen."

Angelo stützte seine Hände auf meine Brust und fing an, sich zu bewegen. „Ja gut, diesen Hunger kann ich stillen, aber du brauchst dennoch menschliches Blut."

Der gemeine Kerl rutschte von mir runter und stand auf.

„Angelo, was soll das? Komm zurück."

Als Antwort warf er einen Blutbeutel in meine Richtung, den ich geradeso noch auffangen konnte.

„Trink den, dann sollten wir nach oben gehen und erst mal Duschen." Sein Blick schweifte über meinen Körper. „Du siehst, ehrlich gesagt, nicht sehr berauschend aus."

Was soll ich sagen, er hatte recht. Ich hatte überall verkrustetes Blut kleben, war voller Schweiß und jetzt, da ich mich darauf konzentrierte, roch ich auch nicht gerade nach einer Blumenwiese.

„Scheiße, Kleiner. Wieso hast du nichts gesagt? Ich stinke."

Angelo kicherte einfach nur und nahm sich selber etwas Blut aus dem Kühlschrank.

Nach dem Trinken fühlte ich mich tatsächlich viel besser und ich war bereit für eine Dusche. Endlich sauber und frisch angezogen ging ich in die Küche, um etwas zu essen, blieb aber abrupt stehen, als ich Katharina sah. Oder besser gesagt roch. Es war der reinste Wahnsinn. Ich konnte ihr Blut rauschen hören und ihren Herzschlag. Ich roch ihre Haut, das Shampoo, ihre Gesichtscreme und natürlich ihr Blut. Oh Gott, ihr süßes, herrliches Blut. Mein eigenes Knurren erschrak mich so sehr, dass ich kurz zu mir kam und den verunsicherten Blick von Katharina wahrnahm.

„Angelo!" Ich klammerte mich an der Küchentheke fest und hielt die Luft an.

„Ja ja, ich komme schon. Keinen Stress."

„Angelo, jetzt sofort, schnell!" Verdammter Mist, ich wusste echt nicht, wie lange ich diesem Geruch noch widerstehen konnte.

„Thomas, ich bin nicht schwerhörig, warum schreist du so rum?"

Endlich war er hier. „Du musst mich hier wegbringen, weit weg, sperr mich ein."

„Was läuft denn mit dir verkehrt?"

Ich nickte zu Katharina, welche sichtlich verwirrt von mir war und immer noch am Kühlschrank stand. „Blut, ich rieche ihr Blut."

„Oh, ... ohhhh. Lucia!"

Angelo schnappte mich und schob mich in den Garten raus und zerrte mich dann zwischen die Bäume.

„Es ist okay, Thomas. Das ist völlig normal, du musst dich erst noch daran gewöhnen."

„Wie bitte, soll ich mich daran gewöhnen? Es ist überwältigend."

„Ich hatte es ja auch geschafft, dir zu widerstehen, dann schaffst du das ebenfalls. Es braucht einfach etwas Zeit."

„Mein Blut kann nicht so gut riechen, wie das von Katherina."

„Das empfindet jeder unterschiedlich. Für mich riecht deines besser als ihres, vor allem seit du nicht mehr trinkst."

„Am besten ich verschanze mich in meiner Wohnung, mit genug Blut, bis ich besser damit umgehen kann."

„Nein, daraus wird nix. Du bleibst schön hier, damit Lucia und ich auf dich aufpassen können. Hier sind auch viel weniger Menschen als in der Stadt, also weniger Versuchung. Katharina wird das schon verstehen."

„Was soll sie verstehen?"

„Dass sie in nächster Zeit nicht so oft kommen kann."

„Aber sie wohnt hier."

„Sie kann ja in der Zeit in deine Wohnung, oder?"

Es blieb nicht nur bei dem. Ich musste auch die Treffen mit Michael und Vinny absagen. In den ersten Wochen fühlte ich mich ständig unter Beobachtung. Kaum gab ich einen kleinen Laut von mir, stand entweder Lucia oder Angelo mit einem Blutbeutel vor mir.

Das erste Mal verließ ich den Wald wieder nach zwei Monaten. Angelo brachte mich zu Magdalene.

„Hallo meine Lieben. Kommt nur rein, setzt euch."

Magdalene, oder Maggie, wie Angelo sie nannte, begrüßte mich mit einer Umarmung und Angelo mit einem kurzen Kuss auf die Lippen. Der eifersüchtige Stich in meinem Magen überraschte mich etwas. Ich nahm seine Hand und verschränkte unsere Finger miteinander.

„Hallo Magdalene, danke dass du dir Zeit nimmst."

„Aber sicher, ich sagte es doch damals. Es hat nur etwas länger gedauert, bis wir endlich zusammenkamen." Sie beäugte mich genau, holte dann eine Karaffe aus dem Kühlschrank und goss uns ein.

„Zwei Gläser Blut, wenn ich mich nicht irre?"

„Scharfsinnig wie eh und je." Angelo nahm das Glas dankend entgegen.

„Nun, Thomas, du willst etwas über deine Visionen wissen?"

„Ehrlich gesagt, nein. Ich möchte sie eher kontrollieren können. Schon die kleinste Berührung reicht aus, um sie hervorzurufen. Ich kann in keine Straßenbahn, oder einkaufen. Überall kommt es vor, dass mich jemand streift, und schon habe ich eine Vision. Zurzeit freue ich mich einfach auf den Winter, wenn die Leute weniger Haut zeigen und meine Handschuhe nicht so viel Aufsehen erregen."

„Okay, das bekommen wir hin."

„Wirklich?"

„Aber natürlich." Sie lächelte mich freundlich an. „Du wirst sehen, mit genug Übung wirst du deine Visionen komplett steuern können und nur noch dann welche empfangen, wenn du das auch möchtest."

Es dauerte Monate, bis ich so weit war, um zumindest bei den kleinsten Berührungen keine mehr zu empfangen. Es war einfach nur herrlich. Es machte mein Leben um einiges leichter, forderte aber auch sehr viel Energie, da ich mich noch aktiv darauf konzentrieren musste.

Da ich mich nun mal nicht ständig konzentrieren konnte, da auch Vampire müde werden und schlaf brauchen, kam es dann manchmal zu etwas unangenehmen Situationen.

Gedankenversunken saß ich am Lagerfeuer und grübelte über unsere nächste Reise nach, als Katharina zu mir kam und mich umarmte.

Musternd blickte ich über den Rücken des Mannes vor mir. Er war extrem groß, mindestens einen Meter neunzig, hatte breite Schultern und lockiges, dunkelbraunes Haar. Manchmal ist es schwierig, die Gefühle zu deuten, aber was ich damals spürte, war eindeutig. Schmetterlinge im Bauch und Hitze, die mein Gesicht überzog, als sich der Mann umdrehte. Er hatte dunkle Augen, trug einen Vollbart und sein Blick jagte eine Gänsehaut über meinen Körper.

„Scheiße, es tut mir so leid."

„Was denn?" Katharina setzt sich zu mir auf die Bank und sah mich fragend an.

„Du darfst mich nicht so schnell umarmen."

„Weshalb? So begrüße ich dich doch immer."

„Ich hatte eine Vision."

„Ja? Vergangenheit oder Zukunft?" Sie war eindeutig neugierig.

„Aus der Vergangenheit."

„Muss ich dir denn alles aus der Nase ziehen, Thomas?" Sie lachte fröhlich auf, so war sie einfach. Ein fröhlicher, liebevoller Mensch.

„Kennst du den großen Mann persönlich oder schmachtest du ihn nur von der Ferne an?"

„Ich musste ja auch unbedingt nachfragen." Ihre Wangen und Ohren färbten sich in einem leichten Rosaton, es war ihr offensichtlich peinlich. „Ich kenne ihn durch die Arbeit. Wir haben letzten Winter gemeinsam im Museum angefangen und er reist mit der gleichen Gruppe wie ich nach Frankreich."

„Und? Wart ihr denn schon auf einem Date?"

„Nein, er macht keine Anstalten danach zu fragen und ich kann ja auch nicht sicher sagen, ob er an mir interessiert ist."

„Dann frag du ihn doch einfach."

„Ich weiß nicht so recht. Wenn er nichts von mir wissen will, wird es in Frankreich einfach nur peinlich."

„Eventuell ergibt sich ja in Frankreich eine Gelegenheit. Aber warte nicht zu lange. Wer weiß, vielleicht ist er der Eine für dich."

„Mach dich nicht über mich lustig."

Ich legte ihr meine Hand auf das Knie. „Das tue ich nicht, Kathy. Ich meine es ernst. Du hast dich gegen ein ewiges Leben entschieden, du möchtest Mutter werden, also worauf wartest du noch?"

„Ich weiß es nicht, es ist irgendwie seltsam. Manchmal habe ich das Gefühl, dass Angelo einen Groll gegen mich hegt, weil ich mich nicht für ihn entschieden habe."

„Nein, das darfst du nicht denken. Er versteht deine Entscheidung und er freut sich für dich. Das Einzige, was ihn zu schaffen macht ist, dass er dich verlieren wird. Du wirst sterben, wenn auch erst in vielen Jahren, so sind das für ihn nur ein paar Wimpernschläge. Er ist über dreitausend Jahre alt, ein Menschenleben ist nur ein kleiner Punkt in dieser Zeitspanne."

„Das stimmt schon alles, aber ich hätte gerne unsere Freundschaft zurück."

„Weist du was? Wenn du mir versprichst mit deinem sexy Arbeitskollegen zu sprechen, werde ich mit Angelo reden."

„Sexy?"

„Hey, ich habe Augen im Kopf und der Typ sieht echt heiß aus." Mein Zwinkern brachte sie zum Lachen und unsere Stimmung wurde wieder leichter.

Ich sprach mit Angelo, woraufhin er das Gespräch mit Katharina suchte, und die zwei fanden wieder in ihre Freundschaft zurück.

Es war ein schönes Zusammenleben mit den dreien, wenngleich der Schatten von James immer über uns hing.

Grabbesuch

Ein lautes Grollen holte mich aus dem Schlaf, ein Blitz erhellte den Raum für den Bruchteil einer Sekunde, ließ das Metall aufleuchten. Ich hielt meine Waffe in der Hand, den Finger am Abzug. Erneut ein Grollen, so tief und schwer, dass ich es im Körper spürte. Ich legte die Hand, in der ich die Waffe hielt, auf meiner Brust ab. Sie hob und senkte sich viel zu schnell.

Ich hatte einen Albtraum. Etwas Großes, mir Unbekanntes hatte mich verfolgt und in dem Moment, wo der krachende Laut mich aus dem Schlaf geholt hatte, war ich im Traum gefallen und das letzte, was ich sah, war ein gigantischer Wolf, der auf mich zukam.

„Könntest du die Waffe bitte weglegen?"

„Heilige Scheiße, hast du mich erschreckt!"

Lucia sah verschlafen zu mir. „Entschuldigung, aber du hattest einen Albtraum."

Ich schob die Pistole zurück unter mein Kopfkissen. „Nichts Schlimmes, schlaf ruhig weiter." Ich küsste sanft ihre Lippen und sie drehte sich mit einem wohligen Seufzer auf die andere Seite.

Eine starke Hand umgriff meine Taille und zog mich zu sich. „Willst du mir deinen Traum erzählen?" Die tiefe Stimme von Angelo flüsterte gegen meine Haut.

„Ist schon gut. Ich wollte euch nicht wecken. Vielleicht hätten wir doch ein zweites Zimmer buchen sollen."

„Sie hatten doch kein Weiteres frei." Er schmiegte sich noch näher an mich. „Und jetzt schlaf wieder. Die Heimreise morgen wird anstrengend werden, da wir keinen Flug mehr für die Nacht bekommen haben."

Zum damaligen Zeitpunkt waren wir zu dritt in Schottland, da Katharina nach Frankreich musste, um Vorbereitungen für die Ausgrabungen im kommenden Frühjahr zu treffen. Wir waren in der Hoffnung dort, aus den ganzen Geschichten, Märchen und Erzählungen etwas herauspicken zu können. Irgendetwas, dass uns weiterhelfen konnte. Leider brachte auch diese Reise keine neuen Erkenntnisse. Der Fluch war so alt und mächtig, dass es einfach mehr Kraft und Energie brauchte, um ihn zu lösen. Dazu kam noch, dass James sich vehement dagegen wehrte und seine ganze Kraft dazu aufwendete in Laurents Körper zu bleiben. Maggie alleine war nicht stark genug.

Die Heimreise war einfach nur anstrengend. Alleine schon die vielen Gerüche in dem Flugzeug, welche mich auch auf dem Hinflug gequält hatten, aber das schlimmste war wohl die Sonne. Wir bekamen keinen Nachtflug mehr und so flogen wir am frühen Nachmittag. Ich trug extra lange Hosen und einen Hoodie, hatte die Kapuze tief ins Gesicht gezogen, aber dennoch war es eine einzige Qual. Es ist vergleichbar mit einem schlimmen Sonnenbrand, bei dem jede Bewegung brennt und die Haut sich anfühlt, als würde sie vor Spannung zerreißen. Natürlich konnten wir kein Blut auf dem Flug mitnehmen, daher mussten wir warten, bis wir wieder zu Hause waren.

Angelo ließ kaltes Wasser in die Badewanne ein und schickte Lucia und mich hinein. Er selbst stellte sich unter die Dusche. Jeder von uns trank zwei Blutbeutel und dann ging es uns endlich besser.

Lucia saß zwischen meinen Beinen, ihren Rücken an meine Brust gelehnt. „Wieder eine Reise umsonst."

„So darfst du das nicht sehen. Ein Ausschlussverfahren bringt immerhin auch etwas und wir haben noch nicht alles versucht. Ich bin sicher, wir werden bald Hilfe bekommen."

Ich schloss einen Arm um ihre Taille und drückte sanft zu. „Gib nicht auf, wir schaffen das."

Lucia legte ihren Kopf an meiner Schulter ab und vergrub ihr Gesicht in meiner Halsbeuge. „Ja, du hast recht, aber es ist manchmal echt ermüdend."

Nach einer weiteren Minute drehte sie sich um, gab mir einen Kuss und verließ das Badezimmer. Ich blieb noch in der Wanne sitzen, genoss das kühle Wasser, als sich Angelo zu mir setzte.

„Ahh, herrlich. Viel besser als die Dusche." Er legte sich halb auf mich und fing an, meinen Hals zu küssen. „Habe ich dir schon mal gesagt, wie unsagbar gut du riechst?"

„Haha, du weißt schon, dass das jetzt ein Widerspruch in sich war?"

„Ach halt doch die Klappe und küss mich."

Nach dem Bad versammelten wir uns alle im Wohnzimmer. Katharina war einen Tag vor uns von ihrer Reise zurückgekehrt und wartete schon auf uns. Angelo lümmelte im Ohrensessel und zappte durch die Programme. Dank mir und

Katharina, gab es nun endlich einen Fernseher in diesem Haus.

So saßen wir eine Weile in stummer Eintracht, bis Katharina das Schweigen brach. „Was machen wir als Nächstes?"

Angelo gab es auf, einen passenden Film zu finden, und schaltete den Fernseher aus. „Maggie meinte, wir könnten es auch in hiesigen Bibliotheken versuchen. In Klöstern, Stiften und dergleichen."

„Das klingt nach einer geeigneten Arbeit für den kommenden Winter." Lucia war aufgestanden und machte sich am Kamin zu schaffen. Sie hatte ein Feuer entfacht und kuschelte sich zu mir. „Kommt ihr Morgen mit auf den Friedhof? Ich möchte Laurent besuchen."

Natürlich kamen wir mit. Jedes Mal, nach einer Reise, ging Lucia auf den Friedhof und besuchte Laurent. Sie erzählte ihm das Neueste und versicherte ihm abermals, dass wir nicht aufgaben und weiter nach einer Lösung suchen würden.

So auch dieses Mal. Ich blieb mit Katharina und Angelo an der Friedhofsmauer stehen, währenddessen sich Lucia einen Weg durch den frisch gefallenen Schnee bahnte. Vor dem Grabstein ging sie in die Hocke und wischte das pulverige Weiß von den Knospen der Schneerose. Sie erzählte ihm von unserer Reise nach Schottland und berichtete davon, dass Angelo und Katharina zu ihr ins Haus gezogen waren.

Nach einer Weile kam sie zu uns zurück, verschränkte ihre Finger mit meinen und wollte wieder nach Hause. Doch etwas, oder besser gesagt jemand, lenkte uns ab.

Eine Frau, mittelgroß, blonde lange Haare, die unter einem roten Filzhut hervorlugten, betrat den Friedhof. Ich kann nicht sagen, was es war, vielleicht diese Art von Vorher-sehungen, welche Angelo schon mal erwähnt hatte, aber irgendetwas brachte mich dazu, stehen zu bleiben.

Ich blickte der Frau hinterher und tatsächlich, sie steuerte auf das Grab von Laurent zu. Dort angekommen wischte sie den Schnee von der Inschrift. Ich sah wie sich ihre Lippen beim Lesen stumm mitbewegten. Dann seufzte sie erleichtert. „Endlich habe ich dich gefunden, Laurent."

Irritiert blickten wir uns gegenseitig an. Keiner wusste so recht, was er machen sollte. Angelo fasste sich schließlich ein Herz und ging auf die junge Frau zu, dicht gefolgt von uns anderen.

„Entschuldigung, wenn ich sie störe, aber ... kannten sie Laurent?"

Sie drehte sich um und blickte uns aus grünen Augen ent-gegen. „Nicht persönlich, nein." Ihr Blick wanderte von einem zum anderen und blieb an mir hängen. „Sie sehen besser aus, gesünder. Und ihre Augen, ... sie sind jetzt auch ein Vampir, oder?"

„Woher ...?"

„Entschuldigung, wäre es möglich, dass wir uns irgendwo zusammensetzen können? Ich habe ein paar Fragen an euch und ich bin mir sicher, dass ihr auch Einige an mich habt."

Es war eine äußerst seltsame Situation. Wir standen im Dunkeln auf dem Friedhof. Mittlerweile hatte es wieder zu schneien begonnen und die einzelnen Flocken wurden von den spärlich gesäten Laternen auf dem Gelände beleuchtete. Eine Stille legte sich über uns, in der keiner so recht wusste, was er sagen sollte.

Lucia schaffte es schließlich, die richtigen Worte zu finden. „Freut mich, dich kennen zu lernen. Ich bin Lucia. Wenn es dir nichts ausmacht, dann kannst du sehr gerne mit zu uns kommen. Dort können wir uns ungestört unterhalten."

Die Frau wirkte leicht nervös und blickte uns der Reihe nach an. Dann schien sie sich einen Ruck zu geben und nickte. „Ja, sehr gerne. Wenn es euch keine Umstände macht. Ich bin übrigens Elisabeth."

So spazierten wir den Weg aus dem Ort zurück durch den Wald. Katharina hatte wie immer eine Taschenlampe dabei und so hatte sich Elisabeth schnell bei ihr untergehakt und gemeinsam folgten sie dem Lichtstrahl.

Zu Hause angekommen, saßen wir um den Esstisch herum, jeder ein Getränk in der Hand.

„Danke, für eure Gastfreundschaft."

Lucia setzte sich gerade an ihren Platz, nachdem sie sich selber eine Blutkonserve in ein Glas gefüllt hatte. „Diese ist nicht ganz uneigennützig, immerhin haben wir ein paar Fragen an dich."

„Das kann ich durchaus verstehen und zuallererst möchte ich mich für meine Neugierde und mein Einmischen entschuldigen."

Es lag wohl an meiner Vergangenheit und am jetzigen Job, dass ich, wie automatisch, das Fragen übernahm.

„Kannst du uns bitte genauer erklären, was du damit meinst?"

Elisabeth drehte sich leicht in ihrem Stuhl, um sich besser mit mir unterhalten zu können. „Natürlich. Ich habe euch damals in Frankreich gesehen und euer Verhalten war irgendwie seltsam, das machte mich neugierig und so habe ich euch belauscht."

„Und wo hast du uns belauscht?"

„In eurer ersten Nacht, am Lagerfeuer. Ich checkte kurz nach euch in das Bed and Breakfast ein, deshalb dachtet ihr, dass ihr die einzigen Gäste wärt."

„Wie viel hast du gehört?"

„Ich würde sagen, das Wichtigste."

Ich zog meine Augenbraue fragend nach oben und sie verstand.

„Zum einen habe ich mitbekommen, dass ihr Vampire seid, was ich zu Anfang noch für Humbug hielt, und zum anderen habe ich euren Plan mit angehört. Als ich euch dann am nächsten Abend mit den Schaufeln in den Wald verschwinden sah, wartete ich in meinem Zimmer auf eure Rückkehr. Das Fenster dort ging genau in die Richtung, in der ihr gegangen wart."

„Was hat dich dann davon überzeugt, dass der Teil mit den Vampiren der Wahrheit entsprach?"

„Ganz einfach, als Angelo mit Laurent auf dem Rücken zurückkam. Der Mann war blutüberströmt und ich konnte im Licht der Hausbeleuchtung sehen, dass er immer noch blutete. Am nächsten Nachmittag hörte ich dann die vielen Schreie und bei einem Blick in den Flur sah ich, wie eine rothaarige Frau mit mehreren Beuteln Blut in ein Zimmer rannte. Später an diesem Tag seid ihr abgereist, ihr alle. Gesund und munter."

„Und wie hast du uns hier gefunden?"

„Zuerst hörte ich mich in der Gegend dort um. So erfuhr ich von der Legende eines Blutsaugers, der in dem jetzigen Bed and Breakfast gelebt hatte und wohl ein wahrer Tyrann gewesen war. Nach einem langen Abend mit dem Unterkunftsleiter, und zu viel Alkohol, erfuhr ich, wo der Besitzer herkam und etwas über die Geschichte des Gebäudes."

„Was zum Beispiel?"

„Dass es schon seit Generationen der gleichen Familie gehörte und er den jetzigen Besitzer zum ersten Mal gesehen hatte und das dieser dem alten Gemälde seines Vorfahren zum Verwechseln ähnlich sieht. Ich wusste nun, wo ich weitersuchen musste."

„Wieso hast du uns überhaupt gesucht?"

Aller Augen waren auf Elisabeth gerichtet, warteten auf ihre Antwort und als diese kam, hörte ich die wild pochenden Herzen der anderen.

„Weil ich eine Hexe bin und euch helfen kann."

Epilog

Endlich hatte es zu tauen begonnen. Der Boden wurde lockerer und die ersten Frühlingsboten streckten ihre Köpfe durch das Erdreich.

Mittlerweile hatten sich ihre Blüten wieder geschlossen, schliefen in der Dunkelheit. Der Himmel war mit Wolken behangen und verdeckte den Mond und die Sterne.

Angelo und Lucia standen am Rande der Grube, welche bereits über einen Meter tief war. Katharina war inzwischen in Frankreich.

Die Erde rutschte über den Rand der Schaufel und fiel auf den Haufen, der sich bereits gebildet hatte. Mein Atem kam, trotzt meiner Kraft, stoßweise und ich schwitzte leicht.

Angelo wollte mir helfen, doch ich bestand darauf, es alleine zu tun, also grub ich weiter, immer tiefer.

Plötzlich ging ein Ruck durch meinen Arm. Ich war auf Widerstand gestoßen. Ich befreite die Fläche von der Erde, wischte den letzten Rest mit den Händen beiseite.

Angelo reichte mir den Schraubendreher. Ein Akkuschrauber wäre schneller gewesen, aber wir wollten keine Aufmerksamkeit auf uns ziehen. Also setzte ich den manuellen Schraubenzieher an den ersten Schrauben und begann ihn zu drehen.

Es dauerte nicht lange und der Letzte landete in meiner Hosentasche. Danach stellte ich mich auf die Seite und hob den Deckel der Kiste an.

Ein Keuchen kam über Lucias Lippen, Entsetzen stand in ihren Augen. Ich folgte ihrem Blick ins Innere der Kiste und sah, wie das Licht der Friedhofslaternen auf die pergamentene Haut von Laurent fiel.

Danksagung

Zu allererst, Danke dass ihr bis hierhin gelesen habt! Ich hoffe, die Geschichte hat euch in eine andere Welt entführt und sie hat euch gefallen.

So ein Buch ist nichts, wenn es nur geschrieben wird, und daher sage ich ein ganz großes Danke an die Menschen, welche mich auf diesem Weg begleitet haben.

Danke Tina, für den Support rund um das Cover, Lesezeichen und alles was mit Grafik und Gestaltung zu tun hat. Ohne dich hätte ich das nicht geschafft.

Auch diesmal geht mein Dank an Katrin, für das wunderschöne Gemälde, welches zu meinem Cover werden durfte.

Danke auch an Verena, für die Digitalisierung und Bearbeitung des Gemäldes.

Zum guten Schluss ein großes Danke an meine Testleser, welche mir mit guten Tipps zur Seite standen.

Über die Autorin

Das Übernatürliche hat mich schon immer fasziniert. Angefangen bei Vampiren und Werwölfen bis hin zu Kartenlegen und Pendeln. Diese Begeisterung führte mich schließlich zum Schreiben.

Als Inspiration dient mir oftmals die Natur und Musik, welche viel Einfluss auf unsere Stimmungen haben kann.

In meiner Freizeit, sofern neben meinen beiden aufgeweckten Kindern welche übrig bleibt, gehe ich gerne meinen Hobbys, dem Lesen, Mittelalter Reenactment und Brettspielen nach.

Mehr über mich und meine Bücher findet ihr hier:

 www.a-n-green.at

 kontakt@ a-n-green.at

 a_n_green_autorin

 a_n_green_autorin

Seelenfluch

A. N. Green

Erster Band der Trilogie

„Mögen die Seelen ihren Kampf beenden, mögen sie Frieden finden und der Weg ruhig und verlassen, einzig beleuchtet durch den Mond, zurückbleiben."

Ein perfektes unsterbliches Leben, so dachte es sich Lucia zumindest, bis ihr geliebter Laurent plötzlich zusammenbricht und eine grausame Bestie vor ihr steht.

Von da an durchziehen Trauer, Verzweiflung und Misstrauen ihr Dasein. Ein uralter Fluch droht alles zu zerstören, und als auch noch die Menschen mithineingezogen werden scheint alles verloren.

Können Lucia und Laurent es mithilfe ihrer neuen Freunde schaffen, aus diesem Horror zu entkommen, oder ist es bereits zu spät?

Freut euch auf den dritten Teil: Die Seele des Monsters